水头寨里的「另一半中国」

李寅 ○ 著

中国青年出版社

（京）新登字 083 号

图书在版编目（CIP）数据

水头寨里的另一半中国 / 李寅著 . — 北京：中国青年出版社，
2020.9
ISBN 978-7-5153-6156-7

Ⅰ . ①水… Ⅱ . ①李… Ⅲ . ①纪实文学 – 中国 – 当代
Ⅳ . ① I25

中国版本图书馆 CIP 数据核字（2020）第 158145 号

责任编辑	岳 虹 张睿智
装帧设计	刘红刚
内文设计	李 平
出版发行	中国青年出版社
社　　址	北京东四十二条 21 号
邮政编码	100708
网　　址	www.cyp.com.cn
门 市 部	010-57350370
编 辑 部	010-57350401
印　　刷	三河市君旺印务有限公司
经　　销	新华书店
规　　格	710×1000　1/16
印　　张	18
字　　数	234 千字
版　　次	2020 年 12 月北京第 1 版
印　　次	2020 年 12 月河北第 1 次印刷
定　　价	38.00 元

本图书如有印装质量问题，请凭购书发票与质检部联系调换　联系电话：（010）57350337

谨以此书，献给我的村庄以及我的父老乡亲

这张照片拍摄于2005年7月9日。我到北京工作之前,回了一趟老家,与家人告别,与家乡告别。一场雨后,我拍下了这张照片。轿子山高耸入云,巍然屹立,这一刻无论我走到哪里,都忘不了它的模样。这是我的精神坐标,就是我的故乡——水头寨山脚下的村庄。

【自序】

大山里有我的村庄

我的故乡叫"水头寨",她偏居西南一隅,位于莽莽群山之中。故乡的山,重岩叠嶂,壁立千仞。

小时候,我以为村子四周的大山是围墙,蔚蓝色的天空是屋顶,这样圈起来的地方,就是整个世界,山外没有人烟。世界只有我的村庄,我的村庄就是全世界。

山里的生活是简单而快乐的,童年带着幼稚,带着无邪,也孕育着好奇。

农家的孩子,七八岁便已经是家里的一个劳力。我的任务,主要是放牛。

因为这个差事,让我在 10 岁之前,几乎涉足了村庄周围的每一座大山。一次次山顶之行,我隐隐约约看到山外的一些景色。山外真的没有人烟吗?我好奇起来。

为了满足这个好奇心,我爬到村子背后那座海拔最高的山峰——轿子山山顶一探究竟,我看到的,是远方连绵起伏的群山。

我确信,山外还有山。那山外有没有人呢?这个问题,困扰了我整个童年。

直到我快 10 岁时,父亲带我翻越一座座大山来到小镇上,看到"繁华"的小镇,还有那些不用干农活靠领国家工资生活的人们,我才相信,山外还真有一个不一样的世界。

所以，当我想写一写处在大山深处的故乡时，犹豫了很多年，迟迟没有动笔。因为，她太平淡无奇了。

300年来，乡亲们聚族而居，紧跟时令。这样的农耕生活，影响了乡亲们的文化特质。农耕经济的生产生活方式主要是劳动力与土地的结合，稳定安居是前提。这种生产和生活方式，使乡亲们形成了安土乐天的生活情趣，他们希望起居有定，耕作有时。

平凡的水头寨，不能和华西村、小岗村、大寨那样，因在历史进程中成为解剖时代的标本而尽人皆知，她只是全国几十万个行政村中的一个，平平凡凡。

故乡有没有自己的秘密？这些年，我不断回乡。只要回到故乡，我都会脱下城市的"外衣"，散去一身的尘嚣，从内心深处以一副清净的姿态融入乡村的安宁，像童年时代一样在村庄生活，像父亲一样游刃于乡村的人情社会，礼尚往来、互惠互助、宗族事宜……能做的我都尽量去做。

当然，回到故乡，我不仅仅是体验和观察乡亲们的日常生活，作为乡村为数不多的"知识分子"和依靠读书进了城的农人，再次进入故乡，我必须摈弃文人式的乡愁，或者是对乡土简单的怀想，去正视村庄面临的问题。

而这个"正视"，确切来说，是从2012年开始的。

2012年，临近春节时，我比往年提前了一些时间回到故乡。腊月里，是观察乡村最好的时间。因为只有在这个时间里，当外出务工的人们回到家乡等待过年时，村子才会呈现她原本应该有的生机和面貌，也会呈现出她不能承受之重。

回到故乡，我浮光掠影地在微博上记录了一些观察和感受，其中，不乏这样的感怀："尽管对村庄我再熟悉不过了，但是，当我真正深入她的肌肤之时，却陷入了无限的惆怅。这是我的家乡吗？很多人家人去楼空，房前屋后，看到的多是老人的身影，给人破败落寞之感。""是什么让村庄的传统文化和传统道德在慢慢解构？为什么人们对乡村古朴的道德感越来越失去尊重？"……

同事看了我的微博，邀我写一篇文章，给我定的题目就是《一个西部民族乡村的春节图像》。

我一开始不想把家乡这种"负面"的事情公开宣传，也不想跟随"回乡体"的大流，无病呻吟，落入俗套。但同事的一句话点醒了我："你家乡的变迁，不就是中国西部乡村的一个缩影吗？"

这句话点醒了我。实际上，关于我小时候对于世界的看法是不是"一个人的观点"这事，我曾经印证过。

2004年，还在上大学的我，和几个同学到贵州安顺一个农村搞社会调查。一个乡村小学校长得知村里来了几个大学生，邀请我们分别给村小的学生上一堂课，我被分到的年级是五年级。

领到任务之后，几位同学都极其认真，各自备课去了。一堂课，我要给村里的小学生讲什么？传递什么？思考再三，我决定告诉他们，外面有一个精彩的世界。

第二天上课时，我问孩子们的第一个问题，就是困扰我童年的那个问题——山外有没有人烟？

孩子们听后摇摇头，他们的想法和我小时候惊人一般相似——世界只有我的村庄，我的村庄就是全世界。

"那我从哪里来？"面对我的问题，孩子们睁大了疑惑的眼睛。是啊，如果山外没有人烟的话，眼前的这位哥哥是从哪里来的呢？

那天的课，我循循善诱，目的是想在45分钟的时间里，为山里的孩子播下一粒种子，希望它未来生根发芽。

这件事告诉我，故乡所面临的一切，不是个案。无论过去、现在，还是未来，一个村庄藏着的，是"另一半中国"的故事。

实际上，在时代大潮的面前，故乡怎能独善其身。这些年，山村在加速被动地变化着，她被卷入了社会变迁的洪流之中。

故乡的背后站着一个时代！

观察这个时代缺少一个乡村吗？答案当然是不缺。不过，我属于这

水头寨里的"另一半中国"

个山村,一如熊培云在《一个村庄里的中国》里所说:"任何人都可以思考中国的前途,但没有人能代替我回到这个毫不起眼的小村庄。"

我答应同事选取一些画面,写一篇文章。也就是从那时起,我开始关注处于大山深处的小村庄,关注她的痛楚和迷茫,关注她的裂变和新生。

一次次进入故乡,我才发现平凡的故乡隐藏着太多的秘密。在社会变迁情境中,村民的思想观念和行为方式发生着急剧变化;作为一个多民族聚居的村庄,各民族在守望相助中形成的你中有我、我中有你的"命运共同体"成为生命的支柱;人口结构在变化着,但人与人之间的社会关系仍然保持着传统的"差序格局";土地虽然没有像以前那样被视为生命,但处理好农民与土地的关系仍然十分重要……

无疑,故乡是中国改革进程中的一个缩影。她的过去与现在,经历的痛苦与孕育的希望,都映射着乡村社会的变迁与转型。

其实,不光是水头寨。由于工作的原因,这些年,我走访过成百上千个乡村,采访过成千上万位农民。我发现,这些村庄绝大多数和我的故乡一样,默默无闻却又隐藏着自己的秘密。是她们,绘制成了广袤农村的现状,构成了"另一半中国"。

有人说:"中国很大,不过这个很大的国家,可以说只有两块地方:一块是城市,另一块是乡村。中国的人口很多,不过这十数亿中国人,也可以说仅分为两部分人:一部分叫城里人,另一部分叫乡下人。"数据显示,截至2017年,我国城镇化率已经达到58.5%,城与乡,几乎各占一半。对于传统中国而言,中国在农村,对于城乡中国来说,乡村依然是观察中国社会的一个重要窗口。而作为几十万个村庄之一的水头寨,为我们认识乡村,思考乡村问题、中国社会问题,提供了一个宝贵的样本。

具体到本书,记录的是乡亲们的命运变迁,也有对我往日生活的追思。我希望通过一个个乡土故事,来呈现中国社会转型过程中普通中国农村人的生活和生存状态。

我是一个媒体人,新闻采访是我的本行和饭碗。但是,本书的采访,我不是手持录音机和笔记本式面对面的访谈,而是以一个村庄人的身份——那个乡亲们熟悉的"小买银"（我的乳名），走进他们的心灵深处。

真实是新闻的生命，尽管本书不是新闻作品，但我秉承了"真实"这一原则。写作方式上，每一篇文章，"我"都没有退居幕后，而是在"前台"当一个讲述者。我给你们讲述的故事，全都是我听到的、看到的和经历的。

本书一些关于乡村社会的观察和思考，全当是我的"采访札记"，并非是为乡村给出药方，只是一个归乡人的感怀。

我更希望通过本书，把一个偏远山村的喜怒哀乐介绍给你，把我可爱的乡里乡亲介绍给你，如果能得到你的关注，那将善莫大焉。

目 录

第一章　故乡，在大山深处　001
　　再回故乡　003
　　回家这条路　009
　　逃离故乡　015
　　水头寨的春节图像　025

第二章　一个家族的变迁　039
　　历史的回响　041
　　安家落户水头寨　048
　　文化变迁与坚守　054
　　清明节挂纸与家族观念　061
　　家族内部会分化吗　066

第三章　共同体逻辑　071
　　清末苗民起义与水头寨　073
　　文化共存共荣　079
　　是什么问题就按什么问题处理　084
　　一位老县长的回忆　088
　　管事　098
　　互惠互助还能延续吗　103

第四章　水头寨人的守土与离土　109
　　农民对土地复杂的情感　111
　　开荒开到天，种地种到边　119

困守在土地上　　　　　　　　　　125
　　　户籍制度松绑，离土成为潮流　　　129
　　　离农，如何退地　　　　　　　　135
　　　未来谁种地　　　　　　　　　　142
　　　解码"塘约经验"　　　　　　　148

第五章　打工背景下的生存镜像　　　　　161
　　　青年流失的村庄　　　　　　　　163
　　　老一代农民工：人生下半场如何安放　170
　　　留守儿童：被扭曲的人生路　　　177
　　　消失的村庄人：打工之痛　　　　184
　　　新生代农民工：先漂着吧　　　　192

第六章　村庄治理困局　　　　　　　　　199
　　　法律与道德，谁该发挥作用　　　201
　　　只见新房不见村　　　　　　　　208
　　　农村的迷信　　　　　　　　　　214
　　　农民需要什么　　　　　　　　　219
　　　水头寨，守着水源没水吃　　　　226
　　　乡村能人为何不愿意当村干　　　232
　　　当村干要有奉献精神　　　　　　236
　　　一位老村干部的治村心得　　　　241

[尾声一]　人的振兴　　　　　　　　　248
[尾声二]　父亲、老屋　　　　　　　　256
[后　记]　后疫情时代的"另一半中国"　268

第一章

故乡,在大山深处

对于我的故乡而言，今天，即便她经历着城镇化浪潮，社会基础结构已经发生了深刻的变化，但是，她还承载着精神滋养的使命，这里的一切能够折射出中国现实与精神的巨变。这些年的漂泊让我确信，我不但在精神上需要重返乡土，而且从生存经验上必须始终与故乡相连。

央视主持人董卿说："人这一生，能够去的地方很多，但是能够回的地方不多。"有诗人说："有故乡的人回到故乡，没有故乡的人走向远方。"我很庆幸随时能回到故乡，在故乡补充前行的力量，拨正人生的航向。

再回故乡

飞机摇摇晃晃穿过云霄，开始平稳飞行。这是 2019 年 2 月 2 日，农历腊月二十八，还在旅途中奔波的人们，大多都是为了赶回家过年。

选择这个时间回家，是半年前的事。一天，老婆问我："今年我们回家过年吗？""当然。"我回答。"那就晚一点回去吧，今年事多。"老婆说。

在北京工作、生活 14 年，我只有一年春节没有回家。那年的除夕，老婆做了一桌子七八个菜，这是我和她生活的 10 年时间里，第一次享有这个待遇。

夜幕降临，我们一家三口坐在桌子前，冷冷清清，全然没有过年的热闹和心境。漂泊的人，梦里不知身是客，直把他乡作故乡。

在老家过年，总要斟满一杯酒，和家人一起同庆。开饭了，我倒了二两酒。此前一直忙于做饭的老婆，这时也才感受到孤独的降临。平时不喝酒的她，夺过我的酒杯，一饮而尽，眼里含着泪花。我连忙喊："别喝别喝，浪费了浪费了。"便收起了酒瓶，当晚，连我自己也没有再喝。

爹娘、故乡，这时才知道离我们那么遥远。从我们离开故乡那一刻，故乡便成了奢侈品，可望而不可即。

这一次，我们的行程是北京——贵阳。

7 岁的儿子在出发前一天晚上就兴奋得手舞足蹈了，不过，他兴奋的

水头寨里的"另一半中国"

不是因为"回家",而是贵州寄养着他喜欢的一条金毛犬,他终于可以见到它了。

儿子出生在北京,在北京的家中,我和他妈妈交流都是用贵州方言,奇怪的是,儿子一张口,说的就是普通话。我常常问他是哪儿的人,他很自豪地告诉我:"北京人。"其实对于贵州话,他听得懂,只是不说,偶尔说一两句,也是为了调侃。

儿子3岁时,一天,他在一堆玩具中喃喃自语:"我们去买点哟。"他用普通话的腔调,说出了一句贵州话,惹得全家哈哈大笑。

原来,几天前,他外婆感冒,说要去买点药。贵州话中,把"药"读成"哟"。大人在说话时,以为孩子听不懂,其实,他无意识地记住了大人的一些话。

虽然儿子骄傲地说自己是北京人,但很显然,他已经受到贵州饮食、文化等因素的影响。他像一只小候鸟一样,每年春节随着我们迁徙。在贵州,他无法和小伙伴们融在一起,无论是语言还是习俗,他都觉得自己是个局外人,而在北京,他又深受贵州文化的影响。如果说我还有一个母文化可以去回忆,那么在儿子的记忆中,春节这事,却只留下迁徙路上的奔波、拥挤、疲惫与杂乱无章。想想,他才是悲哀的。

儿子喜欢宠物,特别是狗,北京房子小,不能养,他的舅舅就在贵州给他养了一条,这成了他与贵州情感联系的纽带。

在飞机上,没有与儿子坐在同一排,让我拥有了两个多小时可以自行支配的时间。我打开随身携带的《一个人的朝圣》——英国作家蕾秋·乔伊斯创作的长篇小说,它讲述了一个退休老人为探望病危友人而独自踏上漫长旅程的故事:小说的主人公哈罗德一天早晨收到一封信——来自20年未见的老友奎妮。她患了癌症,写信告别。震惊、悲痛之下,哈罗德写了回信,在去寄信的路上,他由奎妮想到了自己的人生。经过了一个又一个邮筒,越走越远,最后,他从英国最西南一路走到了最东北,横跨整个英格兰。87天,627英里,只凭一个信念:只要他走,

第一章 故乡,在大山深处

老友就会活下去!

当哈罗德下定决心走着去看望老朋友奎妮时,小说这样描述当时的景色:"小朵的云在地上投下影子,走得飞快。远山的光影一片雾蒙蒙,不是因为薄暮,而是因为山前蔓延的大片空地。他思量着现在的情景:奎妮远在英格兰的那一头小睡,而他站在这一头的小电话亭里,两人之间隔着他毫不了解、只能想象的千山万水:道路、农田、森林、河流、旷野、荒原、高峰、深谷,还有数不清的人。他要去认识它们,穿过它们——没有深思熟虑,也无须理智思考,这个念头一出现,他就决定了。哈罗德不禁因为这种简单笑了。"

……

我被小说的故事、语言深深吸引,直到思绪被空姐打断:"先生,您喝点什么?"我抬起头,空姐推着餐车站在我的面前等待我的回复。"苹果汁,谢谢。"我回答道。

舷窗外,从万里高空俯瞰,只看到层峦叠嶂的云海。这时,突然想到自己第一次坐飞机的情景。

那是 2005 年 12 月,我工作 5 个月后,一天,突然收到单位通知,去福州出差。

坐飞机去!这是多么新奇的事。

小时候在山里,每当有飞机穿过头顶,都会成为村里人议论的稀罕事。老人们互相问道:"飞机飞那么高,坐在里面不害怕吗?"大家面面相觑,没有人能给出答案。

有意思的是,与我同行的一个同行,也是第一次坐飞机。我们俩就像刘姥姥进大观园,对周围的一切都感到很新鲜。在首都国际机场的候机厅,我们以远处停机坪飞机为背景,互相拍照。更为可笑的,上了飞机以后,当空姐推过来饮料和餐食,我心想,飞机上什么都贵,身上没有几个钱,干脆不要了。

想到这些,我自己嗤嗤笑了起来。邻座疑惑地偷看了我一眼,我马

水头寨里的"另一半中国"

上故作镇静。

这班飞机上,乘客们与我往常坐飞机看到的呼呼大睡情形不一样,大多数乘客携妻带儿,一家人有说有笑。

合上书,我爱极了这个书名——《一个人的朝圣》。其实,我们推开一切事务,裹进滚滚春运大潮只为回家,不正是一次朝圣之旅吗?

上完饮料,空姐推来午餐,我选择了一份牛肉饭,餐盒里,还有一小袋辣椒,这是贵州人的乡愁。

以前在老家,好吃的多了,养成挑嘴的毛病。刚工作那会儿,出差乘坐飞机,我最讨厌的就是吃飞机餐,誓有哪怕饿死也不吃飞机餐的气概。后来,出差的次数多了,在饥饿面前,那些无关紧要的誓言不堪一击。渐渐地,我从接受飞机餐到爱上飞机餐。

漂泊在外,填饱肚子最重要。

这些年,一直在路上,但唯有回家这条路,虽然遥远,却乐此不疲。念念不忘的,是回家的渴求。

家在远方,家也在心里。

从地理位置来看,我的故乡纳雍县位于西南大山深处,贵州省西北、毕节市东南部、乌蒙山系东南麓,地处东经104°55′40″至105°38′04″,北纬26°30′16″至27°05′54″,距离北京近3000公里。《纳雍县志》这样记叙故乡的历史:"据考,今纳雍秦初为汉阳、西汉后为平夷县属地。唐时在今纳雍和附近地域置郝州和汤望州。宋时诸州皆废,唯称罗氏鬼国。元世祖至元十七年(1280年),更罗氏鬼国为顺元路宣抚司,后更为宣慰司、安抚司,时领蛮夷长官所廿四,中有市北洞、漕泥等处。《大定府志》说:漕泥等处实汤望州境。明太祖洪武五年(1372年),改顺元为贵州,随置贵州宣慰司,后改为水西宣慰司,原宣慰司地自分为中水、下水、底水三路,每路下有四宗亲,后讹为则溪,今纳雍为部分则溪地。清康熙三年(1664年),以水西地置大定、黔西、平远三府,今纳雍为大定府亲辖地。民初废府置县,大部又为大定县辖区,直至民国三十年七月纳雍置县。"

　　故乡就这样平凡，三言两语就可以介绍清楚。然而对于我来说，故乡却是一本厚重的书，值得我用一生去品读。

　　央视《朗读者》栏目第二季有一场主题是"故乡"，我记得，在节目开场时，主持人董卿有这样一句话："当有一天我们走得很远，走得很久，会发现故乡，就像是妈妈缀扣子的针线，穿透了我的心胸。在我们每一个人的心里，都会有一个或者若干个故乡，地域的故乡安放我们的身体，精神的故乡安放我们的灵魂。"

　　这期节目邀请导演贾樟柯作为朗读者，他在节目中讲述了一个细节，过去的他特别不喜欢参加婚礼和满月酒，现在却乐此不疲。有一次聚会，三五杯酒后，朋友唤他的小名"赖赖"，问他什么时候要个孩子。这个只有亲人才会问的问题，让贾樟柯痛哭流涕。贾樟柯开始重新认识故乡的人际关系，他说："我在北京缺了一种味道就是亲情，很多好朋友，但是没有亲情，也没有从小长大的朋友。"

　　亲情是什么？借一本书的名字解释——《关于亲情：一屋子的欢笑和爱》。

　　故乡，不只有亲情。中国文化，是在农业、农村沃土之上绵延而生的。乡村是传统文明的发源地，中国传统文化的根基在乡村。

　　北京冬天一个寒冷的周日，我窝在被子里拜读人类学家林耀华先生的《金翼：一个中国家族的史记》，这是一本小说体的人类学专著，它以福建古田县黄、张两大家族两代人的兴衰为蓝本，描述了从19世纪末至20世纪40年代，中国社会的动荡变迁带给乡土中国的政治、文化、经济、法律、信仰以及宗族等相关人类活动的影响。这本书的结尾是这样的："一架飞机从他们头顶飞过，孙辈们抬头仰望着充满敌意的天空，但老人却平静地对他们说：'孩子们，你们忘记把种子埋进土里了！'"

　　"你们忘记把种子埋进土里了！"一句意味深长的话，凸显着劳动人民的生存智慧。把种子埋进土里，当寒冬过去，春暖花开，它才能生根发芽。这个老人是谁？或许是年逾古稀回到起点的小说主人公东林，或许是谙熟农事睿智之人，更或许，是一位洞悉社会发展规律的哲人。

　　传统乡村生活方式中的许多优秀成分，体现着劳动人民的生存智慧。很多文学作品，对此都有描写。比如《白鹿原》中的乡绅朱先生调解白家与鹿家纠纷时，用了这样一首劝诗："倚势恃强压对方，打斗诉讼两败伤。为富思仁兼重义，谦让一步宽十丈。"这首同时"致嘉轩弟"和"致子霖兄"的"诉状"，让白鹿两家化干戈为玉帛。如此种种，正是乡村传统人伦道德的真实反映。在农村，我经常发现一些看似老实巴交的农民，他们实则足智多谋，具备孔子所说的"君子食无求饱，居求无安。敏于事而慎于言，就有道而正焉"的人格魅力。

　　对于我的故乡而言，今天，即便她经历着城镇化浪潮，社会基础结构已经发生了深刻的变化，但是，她还承载着精神滋养的使命，这里的一切能够反射出中国现实与精神的巨变。这些年的漂泊让我确信，我不但在精神上需要重返乡土，而且从生存经验上必须始终与故乡相连。

　　董卿说："人这一生，能够去的地方很多，但是能够回的地方不多。"有诗人说："有故乡的人回到故乡，没有故乡的人走向远方。"我很庆幸随时能回到故乡，在故乡补充前行的力量，拨正人生的航向。

回家这条路

飞机还在飞行,吃完饭,我躺在座位上闭目养神,脑海中,那些记忆深刻的回家之旅不断浮现。

2006年,我在北京工作的第一年,回家过年,成为那一年年底魂牵梦绕的事。然而,在春运的大潮中,抢到一张回家的车票是多么的不容易,我多次去排队买火车票都是空手而归。

从北京到贵阳的直达特快列车是T87次,这趟车从北京出发,一路向南,经过郑州、武汉、长沙等大城市,春运期间,一票难求。

那个时候,对于一个刚参加工作,连房租都是拆借的农村青年来说,选择坐飞机回家还是一件奢侈的事。

我继续排队。北京寒冬的夜里,冰冷刺骨,为了能排在购票队伍的前面一些,我常常是凌晨起床往购票点赶。

漂泊在外,回家的动力是无比强大的,比我早的人,有很多很多。在还没有网络购票的年代,每个售票点长龙一般的队伍,是北京冬天里一道亮丽的风景。

在无数次失望后,我和同学商量,改变策略:只要能上T87次列车,沿线任何一站都可以,先上车,再补票。这个策略果然奏效,我们买到了两张从北京到石家庄的T87次列车车票。

水头寨里的"另一半中国"

拿到票的那一刻,我欣喜若狂。第一次加入春运队伍的我,根本不知道前方的景象。

上车还算顺利。前3个小时,我舒舒服服地躺在卧铺车厢的床上,畅想着与家人团聚的快乐。这种时候,3个小时是短暂而珍贵的。

快到石家庄时,我们补了从石家庄到贵阳的站票,从卧铺车厢进入了硬座车厢。这时,我才真正感受到春运的真实内涵。

硬座车厢里,要塞进一个人,就像进入北京上下班高峰期的地铁——拼着命往里挤。好不容易挤进了车厢,拥挤得让人窒息。

T87次列车从北京到贵阳,运行时间近27个小时。从石家庄到贵阳,还有24个小时。这意味着,在接下来的24个小时里,我必须一直保持几近半悬空状。

在这样的车厢,上厕所是个大问题,一来是挪步困难,二来是好不容易等到进入厕所,为了多一点宽松的时间,很多人选择在厕所里小憩。一路上,我一滴水都不敢喝。24个小时,没有上一次厕所。

想到这些困难,是后来的事。当时,在回家的兴奋之中,我反而觉得那是一个应该经历的仪式。

T88/87次列车,是中国铁路运行于首都北京至贵州省会贵阳之间的一对特快旅客列车,它承载着无数贵州学子的梦想和乡愁,乘坐T88从贵阳出发,开启求学之旅、梦想之旅,又乘坐T87从北京出发,返回家乡、寻找乡愁。

说起这一对列车,有一段历史。1978年8月1日,中国铁路调整运行图,铁道部首次开行贵阳至北京的直通旅客列车,车次使用88/87次,结束了贵州省没有进京列车的历史。1999年10月,列车升级为快速列车,车次改为K88/87次。同年10月21日,中国铁路实施第三次大提速后重新分类和调整了列车的等级和车次,K88/87次列车升级为特快列车,车次变更为T88/87次。2014年12月10日,全国铁路"调图",T88/87升级为直达特快列车,使用Z78/77车次。

第一章 故乡，在大山深处

大多数在北京的贵州人，都与T88/87列车有一段故事。也许是为了缅怀那些奔波的青春岁月，几个贵州人还以"T88"为名，在北京开了一家餐厅。

"交通不便、经济落后、生活困苦。"曾经是家乡的代名词。

"江南千条水，云贵万重山。"这是600多年前，明太祖朱元璋的军师刘伯温的慨叹。

"天无三日晴，地无三分平，人无三分银。"这是近现代人们对贵州的描述。

刚来北京时，我经常被问及："你回家需要多长时间？"我耐心地给每一个问我的人这样描述：从北京坐27个多小时的火车到贵阳，再从贵阳坐3个多小时的火车到六盘水，从六盘水坐2个多小时的长途汽车到小镇上，再坐乡村摩托车回家。需要多少时间？一切顺利的话，单程3天。

有人听后惊讶，同情地说："7天的假期，你到家待一天就得马上返回？"

我回答："这是一切顺利的情况。"当然，也有不顺利的时候。

2008年新年伊始，1月3日起，南方遭受1954年以来罕见的雨雪冰冻灾害，湖南、广东、广西、贵州等20个省区不同程度受到低温、雨雪、冰冻灾害影响。

冰雪灾害来临时正值春运高峰，加剧了交通运输压力，机场关闭、列车晚点、公路运输近乎瘫痪，大量旅客滞留。

这时，春节临近。回家过年还是在北京过年？2007年，一年都很忙，没有回过家。过年了，想去看看家人，也想把自己捎回去让家人看看。

再三权衡之后，我还是决定回家。依然是T87次列车，1月29日的车票。

1月28日，我不断收到前一天出发的朋友们的短信和电话，火车出发时间晚点、火车被困在路上……

水头寨里的"另一半中国"

  T87次列车要经过的湖南,是这次灾害的重灾区。湖南境内多处铁路线出现断电,旅客列车大面积晚点,部分列车停运。

  1月28日,湖南又降暴雪。湖南处于京广线的枢纽地带,贯通南北,连接东西,交通运输和电力发生问题,会影响和波及全国其他地区。

  1月29日,我忐忑不安地来到北京西站。心想,如果火车晚点,我就撤回来,在北京过年。

  T87次列车原本是沿京广铁路、沪昆铁路运行。离发车时间只剩40分钟时,广播里突然传来通知:坐T87到湖北、湖南的乘客赶紧退票或改签,本次列车将绕行京九线。

  几家欢乐几家愁,对于坐到终点站的我,火车绕开重灾区湖南而改道京九线,无疑是个好消息。

  火车准时发车,朝着南方,一路呼啸前行。也许是很多人退票或者改签的缘故,车厢里空荡荡的,这是我经历过的最奢侈的一次春运。

  夜里11点左右到了郑州,按照原计划,从郑州开始要走京九线。

  列车在郑州停了,说绕行可能有变化。

  不绕行?绕行?列车员接到的通知也是随时在变。

  "走京九线,请到湖北、湖南的乘客赶快下车。"列车员终于高声喊话了。一些此前没有退票或改签的到湖南、湖北的乘客开始搬运行李。

  两分钟不到,又有新消息:"别下了,下去的快上来,走原路。"我身后是几个到湖南娄底的大学生,如果绕行,他们要从怀化转回娄底,不绕,他们就可以直接到家,这一消息令他们欢欣鼓舞。

  列车员随即告诉大家:郑州站将要上车500多人,让我们赶快找好自己的位置,否则一会儿没座位了。

  话音刚落,蜂拥而上很多人,车厢里的位置一下子坐满了。

  向刚上车的人打听得知,他们是1月26日从北京坐T87出来的,转来转去,等来等去,还在郑州。

  终于上了车,所有的人露出了欣慰的笑容。

前方是否畅通，列车员不知道，我们更不可能知道，一路提心吊胆。

火车驶过湖北，进入湖南境内，车窗外，冰天雪地、银装素裹。一树树透亮的冰凌掠过眼前，远处，不时看到一座座被冰雪压塌的高压电线铁塔。

列车到达湖南怀化，停了。"不会堵在湖南几天吧？"车厢里有人担心地问。

几个小时后，怀化站上了很多人。他们是从广州到贵阳的，有人从广州出来已经5天了。前两天看过新闻："京广铁路湖南境内多处出现断电，致使京广线旅客列车大面积晚点，部分列车停运，滞留旅客数十万人，仅广州火车站滞留旅客已经超过15万人。"

这一拨人上车后，火车开动了。原来，我们这趟列车是救援车，使命是一路搭载滞留旅客。

火车晚点7个小时后，终于在1月31日凌晨3点到了贵阳。

到了贵阳看新闻得知，在我们从北京出发时，时任国务院总理温家宝已经抵达湖南，他坐镇湖南指挥抗冰救灾。在总理的亲自指挥下，被堵塞的京广铁路——这个南北交通大动脉被打通。

我是何等的幸运，在回家的路上得到这般助力。

到了贵阳，所有高速公路全被封闭。就在当天，我要经过的贵毕路还发生了交通事故，有交警献出了生命。

到了贵阳心情也就放松了。走亲访友，倍感开心。

2月1日一早，我去看望两位老师。两位老师是一家人，均年过六旬，一个脚不方便，一个眼睛不好。家里停水停电，在冰天雪地的天气里，两位老师一步也不敢踏出自家的院子。

他们非得留我在家里吃点东西，女老师的意思是做甜酒汤圆，男老师说太费水，最后煮方便面给我吃。

那一碗热气腾腾的方便面，在那个寒冷的冬天是多么温暖。

2月2日，我冒险回家。一大早到车站买了汽车票，幸运的是，当天

水头寨里的"另一半中国"

天气晴朗,太阳时不时露个面,路上的冰凌慢慢融化,我安全到达县城。

2月3日,我再次冒险,乘汽车穿过家乡一座又一座被冰雪覆盖的大山,终于在2月4日回到了家。那一年的天气异常,奶奶说她活了70多岁也没有见过。家人们批评我冒着危险不注意安全,但看到我安全回到家,却都很高兴。

1月29日从北京出发,2月4日到家,经历了7天的奔波和不安之后,我回到家过年了。

很多朋友不解,说我拿生命开玩笑,问我为什么有那么浓厚的乡愁。我诚实地告诉朋友们:"我也不清楚为什么,每当过年,心里都有个信念——回家。"

我无法选择与家的距离,但是回家过年,这是一个不可以错过的约定。

回家的路不再折腾,始于距离家乡不远的两个机场陆续通航:2013年6月,毕节飞雄机场通航;2014年11月,六盘水月照机场通航。2015年,杭瑞高速公路穿越我的家乡纳雍,纳雍境内不通高速公路的历史宣告结束,当地的交通瓶颈终于被打破。

杭瑞高速公路是我国高速公路网中的一条东西连线,在国家高速网编号为G56,起点位于浙江杭州,途经安徽、江西、湖北、湖南、贵州,最后到达云南瑞丽。这条高速公路贵州段开通后,从毕节到纳雍县城,只要不到2个小时。

有了孩子之后,我回家很少坐火车了,大多选择飞机。回家的路,虽然一样遥远,但却少了很多折腾。

这些年,即便在北京有了儿子,也有了小家。但是,每当收拾行李准备回家时,我依然会有难以言说的激动。每个人都是流浪者,有的人是身体浪迹天涯,有的人是内心无处安好。

世上有一种心情,无法用路程来丈量。

逃离故乡

三个多小时后,飞机降落在贵阳龙洞堡机场。

下了飞机,温暖的阳光抚摸着大地,一眼望去,四周的山还被绿色滋养着,充满生机。此时的北方,千里冰封、朔风凛冽、滴水成冰。

沐浴在南方温暖的阳光下,清风拂面。我正要把羽绒服脱了,一想,气温虽然高,但这也是冬天,初来乍到,还是先适应适应,别脱了。

曾经读到一句很有共鸣的话:"年少时总想着离家越远越好,长大了才知道,自从离开家乡的那时起,故乡只有冬,再无春夏秋……"

我们约了一辆专门从贵阳跑纳雍的私人轿车,司机是老婆的小学同学。同车还有一对从郑州赶回家过年的新婚夫妇。看来,这车平时是跑运输赚钱的。

新婚姑娘坐在副驾驶位置,我们一家三口和她的丈夫坐在后座。一路攀谈得知,小伙子也是纳雍人,前几年从北京师范大学毕业后,去了女朋友的家乡郑州当了一名高中语文老师,今年新婚,按理,要回老家过年。他们从郑州飞贵阳,我们从北京飞贵阳,在龙洞堡机场会合了。

汽车在高速公路上穿越一个个隧道、一座座桥梁。蜀道难,云贵高!贵州是中国唯一没有平原的省份,素有"八山一水一分田"之说。在山峦起伏的贵州修路,只能逢山开路,遇水架桥。近十年来,贵州一

水头寨里的"另一半中国"

座座宏伟的大桥横空出世,架在万重黔山之间。

在世界桥梁建设行业当中,有这样一句话:世界桥梁建设20世纪70年代以前看欧美,90年代看日本,21世纪则要看中国。而中国桥梁建设看贵州!世界高桥前100名中,有80多座在中国,其中40多座在贵州。《中国高速公路建设实录》收录的100座特大峡谷桥,有一半在贵州。

看着窗外熟悉的风景,我有些情不自禁。这些年,背着行囊,行走在故乡与异乡之间,这是第几次回家,我已经记不清楚了。但是,当初拼尽全力离开故乡土地的画面,却一幕幕清晰地展现在眼前。

对于我那个时代的大多数村庄少年来说,走出村庄只有三条路:求学、当兵与外出务工。

求学是我逃离村庄的捷径,或者说是一次尝试。如果求学不成功,还会努力去推开另外两扇门。

我踏入的第一所学校,没有名字,她是一所建在村里的民办小学,且称她为"村小"吧。学校砖混结构,有水泥板面,两间教室,是当时村里最好的建筑。

一个入秋的夜晚,父亲干活回来,吃完晚饭,去老师家交了三元钱,领了书本,就算是给我报了名,我成为村小一年级的学生。

那个时候,村里不是所有适龄儿童都能上学,父亲说他没有上过几年学,因此在人生的道路上吃了大亏,所以再苦再累,也要让我上学,学个"倒正"。

"倒正"是村里人的话,意思是当你面对一个汉字的时候,如果你读过书,就会知道它的书写是正的,还是倒过来的。深层的意思,就是读一点书,免得吃亏。

学校没有桌椅板凳,需要学生从自己家带。开学了,我从家里带了一张板凳和一个圆木凳子,开始了我的求学生涯。

学校有三个老师,一年级到五年级,三个老师包揽了所有的课程。实际上,我在这里读了三年,学校只开设了语文课和数学课。

第一章 故乡，在大山深处

一、二、三年级在一个教室，四、五年级在另一个教室。这种教学方式，很多年后我才知道，叫"复式教学"。

教我的一名老师，我记忆深刻，他叫尚显富，是父亲的表弟。他还有个特殊的身份——巫师，村里人把像他这样与鬼神交流的巫师叫"先生"。尚老师白天在教室里给我们上课，晚上常穿梭于村民家，做各种巫术法事。于是，村民开玩笑说，尚老师白天晚上都是"先生"。

如今回想起来，在村小三年的时光里，只有一件事令我记忆深刻。

那是一天早晨，起床之后，我照例先把家里的牛赶到山坡上再回来上学。然而，那天牛不听使唤，一路和我作对。

放牛的路上不顺利，导致了我上学迟到。"报告！"我到教室时，尚老师正在给学生上课。我喊完"报告"后，尚老师没有让我进教室。我不敢反抗，乖乖地拿出书本，站在教室门口听课。

一个靠门坐的女同学见我一直站在门口，把自己的凳子一步步向我移动，我明白，她希望让我借势坐下。

我也一步步往里挪，当我的脚碰上凳子时，我顺势坐下。我们的一举一动，尚老师都看在眼里，但他没有制止。

那个女同学的大名叫什么，我不晓得。那时候，同学之间上学之前都很熟悉，叫的都是乳名，习惯之后，在学校叫的也是乳名。

她的乳名叫小从枝，临村人，长得很好看。多年以后，我回到村里，听说她嫁到了我们村，成了我的嫂子。我没有和她提起过这事，也许，她不会记住这种事。

在离村子三公里以外的纳雍河岸，有一所公办学校，叫"水寨小学"，从一年级到初三都有，那里有很高的教学楼、宽敞的操场。

每次路过水寨小学，我总会坐在高高的山坡上望着她，羡慕那些能在五层楼教室上课的学生，羡慕那些课后可以在操场上打篮球的少年。

幼小的心里开始抱怨，为什么父亲不把我送到这所学校？后来我才明白，父亲让我在村小上学，一来他的表弟在那里教书，倒不是希望表

水头寨里的"另一半中国"

弟能够对我格外关照,而是怕得罪表弟,对于依靠收学生学杂费作为报酬的民办学校老师来说,多一个学生,就多一份收入。另一个原因,就是到水寨小学读书,需要找人疏通关系。在父亲的意识里,认识"倒正"而已,没有必要兴师动众。

我还是没有抵抗住水寨小学五层教学楼的诱惑。在村小上完三年级后,我鼓起勇气向父亲提出:我要转学到水寨小学。

父亲的反应令我吃惊,他不但没有批评我,反而爽快地答应了。他也知道,在村小继续待下去,我估计也就仅仅认识"倒正"而已。

父亲的这一爽快举动,让我明白,他希望儿子能有更好的条件,学到更多的知识。有了这一次试探,我大胆的要求还在后面。

父亲通过熟人找到了水寨小学的老师,把转学的事办成了。就这样,四年级那年,我成了公办学校的一名学生。

我到水寨小学上学后,一次,村小的一个老师见到父亲,说了这样一句意味深长的话:"你们家孩子现在去水寨小学,以后去百兴、纳雍、毕节、贵阳、北京……"

百兴、纳雍、毕节、贵阳、北京,这是从村庄辐射,到镇里、县里、市里、省会、首都,逐层走高的意思。这个老师的话当然不是祝福和期望,而是一种半开玩笑似的讽刺。显然,我转学后,村小的老师是不高兴的。很长一段时间,当我遇到村小老师的时候,都是偷偷避开走。

巧合的是,我后来人生的轨迹,除了绕开了县城纳雍,都按照了这个老师当初的"祝福"走了下去。

在水寨小学的日子多是快乐而顺利的。每天,我正常上学、下学,似乎别无他求。

水寨小学办有初中,但她不是正规的九年一贯制学校,初中是附带的,课程由小学老师上,这种学校在当地叫"戴帽初中"。

小学毕业后,我顺利升入了水寨小学的初中。按照当时镇上的规定,水寨小学初中负责招收附近七八个村子的小学毕业生,类似于今天的

"划片招生"。要想去镇上的中学读书，小学必须在镇中心小学上。或者，能打通学校的"后门"。

当年，学校的初中毕业生大多没有读高中的概念，评价一个初中学校办学质量的好坏，就是看这所学校每年考取中等师范学校和中专学校的人数。遗憾的是，截至我上初一那一年，水寨小学的初中生已经近10年没有一个考上过中师或中专了。所有的学生，如果不转学，初三毕业都回家当农民去了。

在父亲的设想中，我能读到初中已经超出预期了。

1995年，姐姐和邻村一个姓曾的男孩谈恋爱了。按家乡习俗，春节，姐姐的对象要给我们家族中每一个单独列户的户主拜年。

家族中，有两家住在镇上，分别是我的三叔李发舒和堂叔李涛。他们都是村庄的佼佼者，一个在镇政府兽医站工作，一个在镇中心小学工作。

镇上的中心小学叫百兴小学，是全镇教学质量最好的学校。

李涛，在家排行老二，按照族人的传统，我叫他二叔，他是家族中唯一一位教师。

正月初三，我陪姐姐和姐夫去镇上，给三叔和二叔家拜年。在二叔家，我无意间翻阅二叔正在批改的学生期末考试试卷。我惊讶地发现，二叔那一年教六年级的语文。

那一刻，不知道哪来的勇气和灵感，我立刻向二叔提出："您能帮我转学到您教的班级读书吗？"

二叔问我："为什么想到镇上读书？"

我的回答简单直接："我到百兴小学读六年级下学期，然后参加考试就能顺利到百兴中学读书了。"

二叔当然知道水寨小学初中的现状，他的回答是："怕你爸不同意你到镇上读书吧？只要你爸同意，转学的事我可以解决。"

之前转学，我知道父亲的态度。我马上告诉二叔："我爸肯定会同意

水头寨里的"另一半中国"

的,就请您帮帮我。"

回到家,我立即把转学到镇上读书的事告诉了父亲,他欣然同意。为了引起二叔的重视,我请父亲亲自去镇上一趟,当面给二叔说,表明他的态度。

就这样,1996年的春季学期,我离开了水寨小学,从一个初中生,变成一个六年级的学生。

离开父母,挑战开始了,它不是来自学业,而是生活自理。

百兴小学离我家有八九公里,学校没有寝室可以住,一个六年级的学生,要开始租房一个人生活了。无论是我,还是父母,在商讨转学之际,都是没有考虑过的。

为了能留在镇上上学,我没有退缩。

一个懵懂的少年,脑子里全是梦想,哪里还装得下未知的困难。

当时,百兴小学的教室很紧张,六年级三个班级借用了百兴中学的教室上课。我就在离百兴中学不远的村子里租了一间民房,开启了所谓的"住校"生活。

住校生的日子是这样的:星期五下午放学,步行两个小时的山路回家,周末帮助父母干农活,星期天下午,背着一个星期的生活盘缠,步行回到住处。

背篓里背着的盘缠是什么?一般是土豆、蔬菜、玉米面。每个星期,母亲最多给我五块钱,这五块钱,可以在镇上买点豆腐之类的食物改善生活。

住校的日子要自己生火、做饭,我哪里会做什么菜。一个星期几乎每顿饭都吃辣椒炒土豆,外加一碗母亲做好的存储起来的酸菜。

吃肉是少有的事,一个月有一次就是惊喜。

镇上有一家小书店,我把母亲给我用于改善生活的钱几乎都用来买书了。当时,这种情况是不敢给父母说的。

用煤炭生火,要保持24小时不间断,不能熄灭。但事实上,由于没有经验，熄火是常有的事。没有火，自然吃不上饭，饥肠辘辘去上学是常态。我清楚地记得，小升初考试那天早晨，就因为火熄灭了而没有吃上早饭，我饿着肚子走进了考场。

如果说生活是最大的考验，那么，那些黑夜里的孤独是我至今都不敢给母亲诉说的。

在无数个黑暗的夜里，我常常害怕得捂着被子哭着睡了过去……

我清楚地记得，一天晚上，我们一帮住宿生聚集在一个同乡的房间里，大家七嘴八舌地讲鬼故事，有些口才好的人，把故事编得栩栩如生，就像真实的存在。

故事讲完，大家散去，各回各处。回到住处，上了床，那些张牙舞爪、魑魅魍魉的鬼怪似乎就在我的窗外，活灵活现。幼小的声音在心灵深处告诉自己："不能哭出声音，否则把鬼引进屋子里来怎么办？"我用被子裹着脑袋，但是，咿咿呀呀的"鬼"仍然在我的眼前、脑里，挥之不去。

我无数次掀开被子，希望一睁眼就能看到妈妈，但是又一次次失望。我不知道那一晚是怎么熬过来的，从此我告诉自己，绝对不听鬼故事。

那些惶惶不安的日子，随着小升初考试的结束而远去。

后来，我顺利考上了百兴中学，住在他乡的日子，绝大多数是美好的。

在百兴中学，我的成绩很好，考上中等师范应该问题不大。当时，考上中师，几乎是所有同学的梦想，也是我的梦想。我憧憬着考上中师，将来有一天回到家乡，成为一名小学老师。

临近初三毕业，我改变主意了，我要读高中。这个决定让班主任老师和父亲都措手不及。班主任苦口婆心劝我，甚至还找到我三叔，希望我改变主意。倒是父亲，看我决心已定，没有多劝。

我填报了县一中，中考结束，成绩还算理想。然而，天有不测风云，考试结束我才知道，同样是划片的理由，我只能去隔壁乡镇的一所中学

水头寨里的"另一半中国"

读高中。

当时那所中学的高中,景况相当于水寨小学的初中。我拒绝了,决定到县里再读一年初三。

1998年的暑假,带着失望,也怀揣希望,我只身一人来到县城,在县城租了房,确定复读一年。

当一切准备就绪,我回到家。父亲问我:"确定要复读?"我回答:"嗯。"

和父亲交流是在一个阳光火辣辣的下午,问过我话后,父亲一言不发,只是大口大口地吸着烟。

突然,我向父亲提议:"您能不能去县里找找人,让我读纳雍一中?"

冥冥之中,我总有一种感觉,我还有机会。

父亲问:"找谁?"

是啊,找谁?一个几乎没有走出过山门的农民,他能去县城找谁?县里谁认识他?

一口烟吞下去,父亲突然意识到县里还有一些熟人。那时,父亲是村里的兽医防疫员,县里一些干部到村里,大多落脚在我家。

当天,父亲就去县城了。

两天后的一个中午,父亲回来了。我不敢问他结果,他装着若无其事的样子。不过,从他的表情,我知道有戏。

父亲慢慢悠悠地从包里拿出一张录取通知书,是毕节地区民族中学(现毕节市民族中学)的。我大吃一惊,这可是我可望而不可即的学校啊,她的教学质量在全地区排名数一数二,村里有一个人就是在这所学校就读,后来考上了大学!

我的诉求是纳雍一中,结果怎么是毕节地区民族中学?

父亲点上一支烟,慢慢给我道来。原来,父亲到县城之后,四处找人。一个熟人告诉父亲,当年毕节地区民族中学招收高中预科班,也就是到学校还要学一年的初中课程，才能升高中。

当时，纳雍还有一个名额，我的分数没有问题。由于之前我告诉父亲，即便进不了纳雍一中，我也要去县城复读，来年再考高中。父亲一想，既然复读，那就去毕节读预科吧。于是，就有了那张通知书。说来也巧，1998年，那是毕节地区民族中学首次招收高中预科，也是唯一一次。

好消息接踵而至，到毕节地区民族中学报到后，学校通知，无论是正式录取的高一新生还是预科生，录取情况和中考成绩一律不算，全部需要参加学校组织的考试，学校按照分数从高到低，重新确定高一新生和预科学生。

我知道，我的机会来了。

考完试，成绩发布，我成为了高一新生。人的命运，就是这样的奇妙。

在毕节的三年是一生中最愉快而难忘的时光，身边的同学都是各县的佼佼者。每个月，学校都有奖学金，如果家庭贫困，还有助学金，两项加起来，一个月有70多元钱，对于花2元钱就能吃到一餐午饭的校园时代，这笔钱够了。

这个时候，我才是真正意义上的住校，学校有寝室，也有食堂。不过，一个学期只能回家一次。父亲开始意识到，我离土地越来越远了，就像长了翅膀的小鸟，离开了鸟窝，开始向天空飞翔。

后来，我又如父亲的愿望考上了大学。这个时候，父亲知道，我不会再回到村里，甚至是镇上抑或县里。他最大的希望，是我能在省城贵阳安家落户、结婚生子。

但是，他哪里知道，从第一次答应我转学，他已经一步一步送我走向了远方。我也像一只断了线的风筝，父亲再怎么收线也没有用了。

我们慢慢长大，是从告别故乡开始的。

2005年7月，大学毕业后，我来到了北京。这一次，是准备在北京

水头寨里的"另一半中国"

安营扎寨、生根发芽。

到北京工作之前,我回了趟家。知道我要去北京工作,父亲母亲一个劲地摇头:"太远了!太远了!"

父母知道,他们的这个儿子,从小就有主见和想法,挽留已经无济于事,就当是女儿远嫁他乡。

实际上,年少的我,和大多数农村青年一样,使出洪荒之力,只是为了逃离那片贫瘠的土地。只是后来,有些轨迹在路上发生了变化。

那时,全家人在土地里刨食,辛辛苦苦一年,只能解决基本的温饱。加上我们姐弟仨上学,父母成为全村最忙碌、最辛苦的人。

看着每天面朝黄土背朝天的父母,我常常陷入沉思:我的这一生将怎样度过?

父母虽然都是文盲,但是我发现,无论家中的事务怎么多,只要我拿起书本,家人都不会打搅我,也不会让我干活。

心疼父母的姐姐就不一样,见父母辛苦,她常常放下作业去帮忙。直到现在,姐姐还经常对我开玩笑说,我爱读书,是为了躲避干活。

我也明白,要走出大山,唯一的出路只有读书。所以,我把所有的精力都放在学习上。

如果说读书能走出大山,那我是幸运的。实际上,我童年的很多伙伴,他们都和我一样经历着那些曲折与苦难,都在拼尽全力逃离家乡,只不过,他们的付出有的最终没有收获,又回到了原点。

我常常想,一路走来,在那些于我而言十分重要的十字路口,任何一个意外都能改变我的人生轨迹和命运。

……

傍晚时分,车驶进了县城,我从回忆中跳了出来。那个我少年时千方百计要离开,而如今每时每刻都想回来的地方,越来越近了。

水头寨的春节图像

孩子的外婆家住在县城。车刚停稳,儿子跳下车,一溜烟儿跑了,他太想念那条金毛犬了。

这是一个人口上百万的西南山区县,这几年开发了新区,新区高楼林立、马路宽敞,夜晚霓虹灯闪烁,犹如一个现代化都市。老城区记录着这个县城的发展足迹,凌乱无序的房屋、狭窄的街道。不过说来奇怪,很多人更喜欢这样带着记忆的老城。前几年老丈人换房,大家劝他到新区去,他不同意,还是愿意待在留有记忆的老城区。

儿子试图说服我,他不想去农村爷爷家,他对我魂牵梦绕的农村老家没有感情,我的回答当然是"不行"。

弟弟一直忙到腊月二十九,年三十,他开车从六盘水到纳雍,接上我们一家,年三十的下午,我们终于到家了。

一、年的味道

准备除夕年夜饭,是年三十下午一家人重要的活。我帮不上忙,弟弟专门给我安排了一件"力所能及"的事:"带着你儿子,把春联贴了。"我欣然应允。

家里的老屋是典型的黔北民居,木结构、坡屋面。老屋的一旁,是前些年父亲母亲断断续续修建的三间砖混结构的楼房。我们准备的春联，就是要贴在老屋和三间楼房的门窗上。

儿子给我打下手，他最喜欢的是刷糨糊，我们先从老屋的大门开始。

突然，儿子问我："爸爸，为什么要贴春联？"我没有想到他会问我这个问题，于是趁机给他讲讲春联的故事：贴春联是过年的一个标志，在每年过年的时候，人们在自家门窗上贴上春联，以求喜气，寓意辞旧迎新，还可以增加节日喜庆的气氛。贴春联的习俗在我们国家历史很悠久，最晚起于宋代，在明代开始盛行。

儿子听后似懂非懂。他拿起一副内容为"处处春风花开富贵、家家笑语礼尚文明"的春联，问我贴在哪里。

曾经有一段时间，我们觉得贴春联意义不大，还徒增麻烦。这一次，不是为了给孩子营造一个喜庆的节日氛围，我大体也没有想到要买几副春联回家。儿子的问话提醒了我：我们为什么要贴春联？我们的文化如何传承？谁来传承？

后来我查阅资料得知，春联真正普及始于明代，与朱元璋的提倡有关。据清人陈尚古的《簪云楼杂说》中记载，有一年朱元璋准备过年时，下令每家门上都要贴一副春联，以示庆贺。原来春联题写在桃木板上，后来改写在纸上。桃木的颜色是红的，红色有吉祥、避邪的意思，因此春联大都用红纸书写。由于皇帝身体力行，再加上文人墨客的喜爱，广大群众的传播，春节贴春联便作为风俗流传下来。

对仗工整、语言简洁的春联，往往描述的是人们对美好生活的向往，人们借助春联表达对新的一年的期盼与期望。作为一种特有的文学形式，春联承载着很多优秀传统文化。

弟弟家刚刚会说话、走路的儿子，在院子里跌跌撞撞，爷爷耳朵不好，爷孙俩各自说着自己的话。这个大家庭，很少有这样热闹而又充满生活气息的画面。

我们姐弟仨，我居北京，姐姐住成都，离家最近的弟弟安家在六盘水。弟弟家有孩子之后，母亲到六盘水给弟弟家带孩子，不愿意离开老屋的父亲，成了留守老人，白天夜晚，大多时间都是一个人守着空荡荡的几间房。我曾经在网络上读到这样一句话："一个农村的底层家庭，辛苦劳动走出贫困，培养出两个大学生，是中国波澜壮阔的城镇化进程中的无数个故事之一，而如今，他们年轻的一代在城市中承担着压力，而老去的一代，则在乡村里忍受着孤独。"读后热泪盈眶，这也是我家的真实写照。

我偷偷地看了一眼父亲，看着忙忙碌碌的一大家子，还有两个孙子时不时喊出的一声声"爷爷"，他脸上堆满笑容。

不过，我却高兴不起来。这样的相处太短了，两天后，亲情又将分散得天各一方。有作家说："所谓父母子女一场，只不过意味着，你和他的缘分就是今生今世不断地目送他的背影渐行渐远。你站立在小路的这一端，看着他逐渐消失在小路转弯的地方，而且，他用背影默默告诉你，不必追。"父亲是否已经习惯了呢？

"开饭了！"弟弟在厨房里喊了一声。我知道，还有一道程序——供饭，也就是用饭菜祭祀先人，这是族人坚守的一个传统，逢年过节必不可少。

在我们家，操持供饭仪式一直是父亲的事，从小耳濡目染，我也知道其中的每一个环节。

"今天供饭交给我们爷俩。"我主动请缨，带着儿子去供饭。供饭，这是民间祭祖行孝的礼仪活动。

一个多月前，北京故宫博物院举办"贺岁迎祥——紫禁城里过大年"展览，我曾带着儿子去参观过。在紫禁城里，春节期间祭祖行孝是一个重要仪式。

"孝乃德之本，百善孝为先，行孝是中华民族的美德。祭祖是行孝的形式之一，是古人事死如事生观念的体现。在欢愉的春节期间，祭祖是最重要的传统礼仪活动。中国人讲究慎终追远，在岁末年初，人们通过祭祀活动，追思祖德，求福报功，弘扬孝道……"我把展览上的这段话一字一句读给儿子听。7岁的儿子迷惑不解，一脸迷茫。我当然知道他不理解这其中的含义，只是想在他心中播下"行孝是中华民族的美德"的种子。

一个月后，在距离北京故宫博物院3000多公里的水头寨，儿子有机会看到民间对这一礼仪活动的传承。

儿子在我的要求下盛饭、奠酒、烧纸……我不求他现在理解其中的含义，只希望他像我小时候一样，能耳濡目染。

年夜饭，父亲、弟弟和我每人斟满一杯酒，聊聊我们的工作，父母的身体，这是世间最温暖的聚会，最醇香而不会醉人的酒。

夜幕降临，窗外，烟花爆竹响起，孩子们争先恐后地跑出家门。桌上，只剩下父亲、弟弟和我——家里的三个成年男人。平时，我们都会相互劝告，"少喝酒"，只有这一天，我们才会相互劝酒，"再喝一点"。

这个场景，我们一家人期盼了300多天。

我突然明白，为什么我们要蹚过千山万水，风雨无阻赶回家过年，不就是为了在春节这个场域中感受亲情的温暖和力量、传承尊老爱幼和勤劳致富的传统美德吗？

以前过年，过的是物质；现在过年，过的是精神。人们借助春节这个传统，为精神充电。

二、温暖的乡情

正月初一，吃过早餐，我便和几个儿时的伙伴相约出去走走。

记忆中的春节，从正月初一开始，大家都会走出家门，聚集到一个叫回头湾的地方，孩子们嬉戏，年轻人们借助唱山歌谈情说爱。

山歌是故乡的人们在田野劳动或抒发情感时即兴演唱的一种民谣，它的内容广泛，大多为即兴发挥，见物唱物，见人唱人，结构如五言诗、七言诗等，曲调爽朗、情感质朴、节奏自由。至今，我还能哼出一两首，比如，"丢下活路把妹约，约到情妹把家和；只要妹家有情意，哥哥请人把媒说""对门白岩对白岩，金花银花滚下来；金花银花哥不爱，只爱妹的好人才"……

以前，唱山歌是年轻人谈情说爱的一个重要方式，很多人以对歌的方式找到了伴侣。如今，随着大量的年轻人外出务工，加上交往载体的多元化，山歌曾一度在山村里消失。

近年来，山村又听到一些山歌声，不过，它变成了老年人的娱乐。

回头湾已经在 2015 年黔中水利枢纽工程下闸蓄水时被淹没了，没有回头湾，依然要出去走走，这成了我们几个小伙伴过年的一种仪式。

春节期间，山村恢复了以前的热闹，一路上，我见人就打招呼，虽然离开了这么多年，长辈们大多还记得我的乳名，我也能够分辨清楚，叫谁二爷爷，叫谁三奶奶。看我带着儿子，大家都会开玩笑地对儿子说："这个小北京人，会说我们这里的话吗？"儿子明白他们的意思，但不回答，风驰电掣般跑开了。

这些年，村民们的获得感和幸福感明显增强，从取消农业税到种粮补贴，从医保到低保，从脱贫攻坚到乡村振兴，使得今天的水头寨发展处于千百年来最好的时期，农村正在缩短与城市的距离。

入村道路两侧，一栋栋气派的楼房拔地而起，卷闸门、高门楼……一家比一家阔气。如今，大部分在城里打工的村庄人，都在村里盖有新房。对于水头寨大多数人来说，外出务工拼尽全力也要在家乡修一栋房子，农村对于走出去的农民仍然具有重要的意义，即便外出务工，他们的生活和社会交往空间也只是部分转移到了城市。在他们看来，无论在城市待多久，也都是"客居"，迟早要归乡。

史学家许倬云说，精耕细作型的农耕文明讲究聚族而居、代代相传。水头寨是一个多民族聚居的村庄，以前，各民族大杂居、小聚居，以民族和姓氏宗族为主要分布格局，全寨基本单位分为大寨、小寨和青杠林，苗族主要居住在大寨和青杠林，汉族等其他民族主要居住在小寨，形成

水头寨里的"另一半中国"

了水头寨的生活场和交往圈。

近年来，随着社会的发展，水头寨的居住格局发生了改变，人们追求的是交通方便，有能力的沿路修房，聚族而居的生存模式正在改变。

这一村落文化的变化，作家梁鸿的"梁庄"也有。她认为："村落结构的变化，背后是中国传统文化结构的变化，农耕文化的结构在逐渐消亡，取而代之的是一种混杂的状态，农业文明与工业文明在中国乡村进行着博弈。"而对于水头寨而言，她的变化，还是各民族之间广泛交往、深入交流和深度交融的结果。

走着走着到了中午，我们相约找一家小店吃烙锅。烙锅是故乡一道名小吃，相传，平西王吴三桂调兵镇压水西彝族土司，到达水西后粮草不足，官兵们只好取来屋顶瓦片和腌窖食物的瓷器土坛片架在火上，把猎获的野味和采摘的野菜放到上面烙熟后充饥。正是当年的这一无奈之举，创出了今天这道美味。

是不是吴三桂造就了烙锅，这不得而知，今天来看，也不重要。烙锅作为一个纽带，所承载的感情沟通才是重要的。

在一个平底锅里倒上油，把土豆、豆腐干、肉片等放进去，一群人围坐在桌子前，边烙边吃，这就是吃烙锅了。

在南方，虽然是冬天，但只要有太阳，天气就很温暖。正月初一，阳光明媚，温暖如春。

我们选择的烙锅店，位于纳雍河岸边。纳雍河，原本只是乌江的一条支流，2009年，贵州首个大型跨地区、跨流域长距离调水工程——黔中水利枢纽工程开工建设，纳雍河正是黔中水利枢纽工程的主水源。纳雍河区域，则是这项大型水库工程的库区。

2015年，黔中水利枢纽工程下闸蓄水，沿线很多村庄被淹没之后，换来了堪比三峡一般的美景。纳雍河，像一条绿色腰带蜿蜒缠绕在美丽的大山腰间。纳雍河区域，两山夹一河，风景如画。

起初，我们吃烙锅的只有七八个人，10个，15个，20个……路过且熟悉的乡亲都留下，队伍越来越大。在水头寨，社会人际关系仍然像费孝通先生所描述的那样，维持着以亲缘、血缘和地缘为中心的差序格局，每个人都可通过亲属、血缘关系的扩展，在村内延伸出一个庞大的社会关系网络。

啤酒一箱接着一箱，在凉风习习的纳雍河畔，快乐的欢笑声杂着酒令声飘荡。在乡村长大，最难忘的便是这温暖的乡情。

接连几天，我再也难在家里吃上一顿饭。每天中午开始，就有朋友邀约，大家知道我难得回家一次，希望我去家里坐坐。吃多吃少，我总要去领个情。在熟人社会的乡村，人与人之间的关系是亲密的，有情有义是生活的准则，只有在生于斯、死于斯的人群里才能培养出这种亲密的关系。

乡村之所以能够成为"心灵的故乡"，不仅因为她有绿色的原野，还有淳朴的气息、浓厚的人情味、有滋有味的生活，这些由乡土、乡情凝聚的力量，是乡村的根与魂。

三、匮乏的精神文化生活

水头寨今年春节的一个大变化，就是赌博少了。

过去，水头寨是全镇闻名的文明村，鲜有偷盗、赌博等行为。有个村民喜欢赌博，被乡亲们冷眼相待。那时候，谁喜欢赌博，在村里人的心中，他就像染上了毒品一样，大家都会对他鄙夷不屑。如果未婚，连找媳妇都会成为问题。

2000年左右，赌博开始在村里流行。人们习惯的赌博方式一般有三种：打麻将、诈金花、推东风九。特别是推东风九盛行，一个庄家，三方下赌注，两张牌点数相加比大小定输赢，操作简单，老少皆可以参加，且没有人数限制。

2016年除夕上午，我在村口看到，一个村民不到两个小时就输掉了两万元。而这些钱，是他几年辛苦劳动的积蓄。更令人担忧的是，很多未成年的孩子参与其中，乐此不疲。

我不会打麻将，也不参与赌博，甚至成为一个笑柄。大家总拿我开玩笑："你不抽烟不打麻将，在北京赚那么多钱怎么花？"

是什么让村庄的传统文化在慢慢解构？为什么人们对乡村古朴的道德感越来越失去尊重？村里的老人认为，是年轻人在外面带回来的陋习挑战了村里的优良传统。

20世纪90年代，村里开始有人外出务工。2000年左右，年轻人外出务工达到了高峰，全村几乎所有没有上学的年轻人都外出务工了。

我曾经到浙江台州深入了解家乡务工者的生活状态，他们身在城市，却并没有融进城市，更无法享受到城市精神文化，而传统道德对他们的约束力却越来越弱。下班回家之后，为了打发时间，他们三三两两聚集在一起赌博。春节回到老家，他们又把这种不健康的娱乐方式带回了原本淳朴的乡村。

今年，整个春节我都没有见到一次推东风九。赌博现象为什么少了？

通过几天的观察我才发现，这并非是村民的自觉，而是"上面管得严"了。春节期间，我常看到警车来回穿梭，赌博成了公安部门春节期间重点打击的现象。在高压状态下，人们自然就收手了。

不赌博后的村民干什么呢？用堂哥的话："拿酒出气。"堂哥有5个孩子，家庭负担重，却爱赌博。今年，他和嫂子闹矛盾，嫂子一气之下到浙江打工去了。春节回家，他告诉我，嫂子离开的两个月，他输掉了两万块钱。

痛定思痛，他发誓不再赌博。整个春节期间，我发现他的确没有参与赌博。不过，每天我都听他抱怨："太无聊了！"

无聊的村民，只有喝酒打发时间。

正月初一下午，我带儿子在村里走走，想让儿子认识认识他父亲的村庄。在村委会办公楼旁，不知道什么时候修起了"水头上村民族文化广场",广场的正中央是一个简易的舞台,舞台的背景板上,一行用A4纸打印的字要凑近才能看得清楚——"水头上社区返乡人仕新春联谊会",主办者并没有意识到这里面有错别字。

经了解才得知,这是几个村民自发组织的活动,活动的内容是请人到广场上唱山歌,主办者希望大家捐款资助。可是村民有不同的意见,一些人认为,光是唱山歌太单调了,没有年轻人喜欢的内容,所以捐款者寥寥无几。

舞台上,几个小孩握着话筒,唱一些儿歌。广场的一侧,20多位村民围坐成一圈,在侬酒令喝酒。偶尔,一两个有酒意的人上去,学着在城市KTV的样子,手拿话筒东倒西歪,撕心裂肺地唱喊一曲。从早到晚,噪音不时响起,搅乱了山村的安宁。

农村赌博盛行、封建迷信抬头,正是源于农民精神文化生活匮乏。作为文化系统的毛细血管末梢,农村的文化建设常常被忽略。一如水头寨,过去几百年没有文化活动场所,如今有了场所,却没有内容。村民的娱乐方式,主要是看电视、聊天和喝酒。

我去过一些村庄,村委会挖掘和利用乡村文化资源,并加以创造性转化、创新性发展,办起了乡村春晚,不仅丰富了村民精神文化生活,而且使传统文化得到有效传承、发展。

作为一个多民族聚居的村庄,水头寨各民族都有多彩的文化。丰富精神文化生活,按理来说水头寨拥有足够多的资源和优势。缺少的,其实就是谁来组织。

农民是一个个分散的个体,他们的精神振作离不开个体自觉,更离不开整体化的组织。贺雪峰在《新乡土中国》里写道:"当前农村,真正糟糕的恰恰不是物质生活条件的不足,而是精神生活方面存在问题……今天,中国农民真正解决了温饱问题,真正获得了大量闲暇时间,如何让闲暇时间变得有意义成为巨大的问题。"

水头寨也一样。

水头寨里的"另一半中国"

四、乡村遇见"城市病"

大约从2016年开始,水头寨人发现,春节期间乡村公路成为"停车场",出行成了大问题。

春节期间,我走访了几个村庄,和水头寨一样,农村无处不堵车。特别是乡镇的街道上,车流如织、喇叭声震天,一堵几小时的情况屡见不鲜。

小时候最稀罕的事,就是见到汽车开进村庄。我记得,邻村有个人在县政府给领导开车,他时常会把车开回家,就停在我们村口。每当听见喇叭声,我们便知道他回来,于是放下手上的一切事务,疯跑过去看车。那是一辆老式吉普车,短小的车身,高高的轮胎,每次来,总会吸引大批孩子围绕着它转。

10年前,一些人开辆车回家,还要按按喇叭炫耀一下。而如今,乡村道路上,挂着天南地北车牌的各品牌小汽车随处可见。

我粗略统计了一下,穿梭在水头寨的小汽车,牌照主要是三个三分之一:三分之一挂浙江牌照,三分之一挂贵阳六盘水等地牌照,三分之一挂本地牌照。

为什么浙江牌照如此多?水头寨及周边村庄的人外出务工,80%以上选择去民营企业发达的浙江。一些年轻人赚到钱后,便在浙江买了车。春节回家,车票难买,有车一族就自驾回家了。

对于一些年轻人来说,千里迢迢驾车回家,还在于向亲人宣示——打工者也买得起汽车。

春节见到表弟,他开着一辆还没有上车牌的越野车。我问他这车多少钱,他说:"全部办下来12万。"我恭喜他加入有车一族,他却告诉我:"买车实属无奈之举。"

原来,这几年,他身边的亲戚朋友都买了车。每到春节,大家相约串门时,唯有他没有车,感觉脸上无光。去年,两口子在浙江打工,辛苦一年存了6万元，回家便按揭购买了这台车。

其实，并不是所有人都需要车。对于农村家庭来说，汽车还是一个奢侈品。不过，你买，我想方设法也得买，不甘于落后。

车辆的猛增，直接导致了农村堵车，这只是其一。农村道路规划的滞后和停车场的缺乏，也是主要原因。

拿水头寨来说，尽管通行政村的公路已经全部硬化，不过，这条道路宽只有约4米，全村没有一处停车场。车辆就这样横七竖八、见缝插针地停靠在路边。在村里驾车，我最怕的是会车，并不宽敞的公路，一侧是悬崖峭壁，稍不注意，就会车毁人亡。

从水头寨旁边穿过的国道更不容乐观，由于水头寨地处黔中水利枢纽工程库区，春节期间，大量外地人驾车到此进行野外活动。由于没有规划的停车位，这些私家车任意停放，毫无章法，有的甚至直接占路停放，造成本来就不宽的道路越发狭窄难行。

春节堵车，只是特殊时期的个案。但是，可以预见的是，随着经济快速发展，拥有私家车的农民将越来越多，加上农村正逐渐成为城市人旅游度假目的地，若不及时提升农村道路、配套建设停车场，交通拥堵这个城市的疑难杂症将会向农村转移，迟早会成为农村新的安全隐患。

五、村民还在彷徨吗

前文提到，2012年，我应约写了一篇题为《一个西部民族乡村的春节图像》的文章。这篇文章的最后一部分，写的是村民的彷徨。内容如下：

> 腊月二十八，在浙江打工的表弟来家玩。表弟今年过年回家，是因为在浙江找不到事干了。
>
> 表弟今年18岁，原本学习成绩不错，两年前，却突然辍学

水头寨里的"另一半中国"

出去打工了。在家乡,像他这样初中未毕业就选择打工的人很多。我一直很纳闷,为什么一些成绩优秀的学生,发生了这样巨大的转变?后来我发现,这一切都源于"榜样"的力量。

过去,村里人欣赏靠读书走出大山的年轻人,读书蔚然成风。然而,几年前,陆续有一些中专甚至大学毕业的学生找不到工作,"读书无用论"逐渐在村里蔓延开来。

而村里外出务工的年轻人则成了乡村的一道风景。每年春节,这些染着各色头发、穿着时髦的年轻人都能带回来大把的钞票。对于几乎没有走出大山的孩子们来说,这些不再伸手向父母要钱的伙伴们,是他们的榜样。

表弟就是在这些"榜样"的激励下,毅然选择辍学的。然而,到了城市,他才发现,外面的世界并不是他梦想中的那么美好,也没有那些"榜样"所说的那么精彩。由于没有一技之长,他在城市里干的都是苦力活。

令人遗憾的是,尽管表弟觉得城市不属于自己,但他也不可能像父母那样再去地里干活了。正月初八,表弟带着迷茫离开了家乡。他再次返回浙江,尽管还不知道能否找到工作。

和表弟一样,守在土地上的乡亲们也开始产生迷茫。以前,乡亲们视土地为生命,我的小姨嫁给姨父时,看中的就是他家的地多。不过,近年来,尽管国家取消了农业税,但是,坚守土地的人们还是发现,一年下来,种地很不划算了。在山头上,大片土地被撂荒。但是,如果不种地,又不能外出打工,他们靠什么活下去呢?

最迷茫的要数老人和孩子,如今,乡村的主力军是他们。养儿不防老,近年来,乡村出现了很多老人过世了,孩子还在赶回家路上的状况。连为父母送终都困难,赡养就更不用提了。而众多的留守孩子只能和爷爷奶奶住在一起,父母们外出奔波的理由是为了孩子的未来。然而，由于父母的缺位，这些孩子在成长过程中不仅少了亲情的关爱，而且缺少管教，很多传统道德观念在他们的意识里淡化。

无疑，乡村在进行着一场博弈，对抗的双方是农业文明和工业文明。目前看来，双方尚未分出胜负，只剩一片混沌。

六年过去了，村民们还在彷徨吗？

正月初五见到表弟，他开一辆福特轿车，多了一些沉稳，少了一些迷茫。外出打工的第二年，他便结婚了。如今，两个儿子已快到上学的年龄。

表弟依然在浙江打工。"谈不上喜欢城市，但是也不想回村种地。"他说，"先这样干着吧，走到哪步打哪步的算。"

2019年10月的一天晚上，我刚刚洗漱完毕准备上床睡觉，突然收到另一个表弟的电话。他在电话中告诉我，那个开福特轿车的表弟要离婚，让我劝劝。

我拨通了小姨的电话，想了解一下这个表弟要离婚的原因。小姨一直在等待我这个电话，对于孩子们的选择，她无能为力，几次想给我打电话，让我出面劝说，又觉得不好意思，自己孩子的事，该说些什么？

表弟和弟妹在杭州，小姨带着他们的两个儿子在台州，她不知道孩子们要离婚的理由，只知道近来两个孩子经常吵架。

其实，我早就隐约感觉到，社会这个大染缸，早晚会让他们的感情出现破裂。

表弟是货车司机，早起贪黑。弟妹在浙江一家小超市里当收银员，也不常回家。我是通过他们的微信觉察到变化的。表弟的微信里，几乎每天都有"酒"，即便一个人吃饭，桌上也少不了一瓶"江小白"。弟妹的微信里，光临各种KTV的场景每个月都会出现几次。

外面的世界，有人感觉到累，有人感觉到新鲜。

第二天，我打通了表弟的电话。对于夫妻之间的事，他不愿意向我多说，我也就没有追问。我只是告诉他，既然当了父亲，就要尽责，还是把孩子接到自己的身边。另外，如果觉得外面的世界太复杂把控不住，还是回老家吧。祖祖辈辈都能在老家生活，还差你一个？

表弟说，他也想回家，但是不想再种地了，回家吃什么、花什么？表弟陷入了深深的彷徨。

我不敢给表弟拿主意，毕竟，日子要靠他自己去过。

在农村，种地的人越来越少，被撂荒的土地越来越多，留守老人和儿童依然看不到亲情团聚的希望。我将在下文中具体写写他们的生存镜像，这里先暂时不多说。

正月初七一过，年轻人们背着行李，义无反顾奔赴远方，乡村又恢复了往日的宁静。

故乡，只能安放乡愁，却难以承载躁动的梦想。

乡村还在进行着博弈，农业文明与工业文明的对抗，依然没有分出胜负。

第二章 一个家族的变迁

当我一次次回到水头寨，随着调查采访逐渐深入，我发现，这个地方，虽然偏安一隅，也与中国的历史进程息息相关。

水头寨是由现在居住在村庄里的李氏家族先辈率先开辟的，李氏族人辗转迁徙来到水头寨，与吴三桂平水西、清朝改土归流等历史事件有着直接的关系。

水头寨的背后站着一个时代，它的诞生是中国历史的一个切面！

历史的回响

写作之初,我没有计划要专门写写水头寨的历史。就像我在序言里说的那样,水头寨太平凡了。

然而,当我一次次回到水头寨,随着调查采访逐渐深入,我发现,这个地方,虽然偏安一隅,也与中国的历史进程息息相关。

水头寨是由现在居住在村庄里的李氏家族先辈率先开辟的,李氏族人辗转迁徙来到水头寨,与吴三桂平水西、清朝改土归流等历史事件有着直接的关系。

水头寨的背后站着一个时代,它的诞生是中国历史的一个切面!本章就讲讲李氏家族的故事。

据水头寨李氏家族家谱记载,他们的入黔始祖叫李代龙,目前在水头寨已经繁衍到第24代。

李氏家族1994年版的家谱记载了李代龙后裔在贵州的发展情况:

> 大明洪武年间,朝廷为了社会安定,发展生产,改善人民生活,增加财政收入,采取措施,"修举屯田""鼓励开荒",发展农业生产。明太祖下令,农民开垦的荒地,归开垦者所有,免除三年徭役和赋税,各地驻军就地屯田,以减轻人民负担。

因此，从闽粤赣，往云贵川，由东向西的移民流动，持续二十多年。

我祖代龙公于永乐十年（1412年），由江西省吉安府卢陵县大桥头李家村迁入黔地，住贵阳北门马蓬街，娶妻马氏生李千一、李千二，报丁承册兼营生理。永乐十七年（1419年），三寨虎场猫头不服王化，代龙公助军征剿，全面平息，凯歌还省。李代龙为国出力，平叛功高，院宪定李大人表奏朝廷，永乐帝敕封为平寇大将军，受禄田土粮租一十九石。代龙公由贵阳马蓬街迁徙贵筑县三寨虎场定居，娶桶氏为侧室生李千三。代龙公生历七朝，享年人间六十四岁，殁于景泰七年丙子岁（1458年五月五日寅时），与祖母马氏合葬于三寨虎场大坟山。

李千一为皇钦应将文林郎，娶祖妣刘氏生李君美，住贵筑县谷池里前四甲小工固，告终后葬于小工固磨盘山。李君美为皇钦应赠登士郎，娶祖妣郭氏生李齐、李朝、李惠。其后裔繁衍布居李五寨、李家冲、白朗坝、大翁林、毛草坪、平坝大河、架布小屯等地。

李千二娶祖妣周氏生李明远、李芳远、李惠远，住贵筑县谷池里后四甲打鼓寨。告终后葬于打鼓寨。其后裔繁衍布居打鼓寨、流长、犁倭、沙鹅、阳雀、撮箕冲、纳雍等地。

……

代龙公官封平寇大将军，享禄一十九石粮租，折合征银13792两。

李千一为皇钦应将文林郎，李千二、李千三祖营人丁兴旺，孙李君美为皇钦应赠登士郎，孙李远达、李远宁管理募奕、顶奕两司。李氏祖孙三代，既是朝廷栋梁，又是抚院要员，既富且贵，荣显一时，政治社会地位凸显，经济文化发展，子孙繁衍遍及黔地。

自李代龙入黔到现在，其后裔在贵州生活已有600余年。根据李代龙后裔现在在贵州的分布来看，其子李千一子孙主要居住在经济相对发达的清镇、平坝等离省会贵阳较近的地区；李千二子孙主要居住在织金、纳雍两县；李千三子孙主要居住镇宁、紫云一代，大多发展演变为布依族。

水头寨李氏家族即为李千二后裔，他们自称穿青人。穿青人是我国未定族称人们共同体，主要分布在贵州毕节、安顺、六盘水、黔西南、黔南等地区，而其中毕节市所属织金县、纳雍县分布最多。

关于穿青人的族群来源，学界、穿青人还没有一个相对统一而又被广为接纳的意见，本书不打算探究此问题。

穿青人是不是从江西而来？为何入黔？目前除了家谱记载、族人口口相传之外，查阅地方志和史志，没有任何记载他们肯定来自江西。

家谱记载可不可信？这就得用辩证法的观点去看待了。

穿青人的修谱时间，主要集中在清朝乾隆、嘉庆年间，大多是为了适应当时的科举制度而编修的，多有附会的弊病，不能全信。不过，也不能全部否定，应结合当时的历史背景、史志记载去取舍。这一段历史，权当李氏家族的自我认同。

具体到水头寨李氏家族，虽然李代龙从何处来、为何入黔没有铁证，但是，李代龙这个人的真实存在却是不争的事实。李代龙安葬在今贵州省清镇市，前几年，其后裔重修了他的坟墓。每年清明节，还有人前往悼念。

李代龙入黔后的后裔发展历史，大多有回忆和现实依据辅助理解，主要的历史脉络也是清楚的，应该是真实的。比如，从李氏家族家谱中，24代人，可以清晰地梳理出承续关系。

李代龙入黔后居住在贵阳，其子孙为何迁徙到水头寨等纳雍较为偏

水头寨里的"另一半中国"

僻的山区呢？如上所述，这与一些历史事件有关。

纳雍原属水西地区，归水西彝族土司统治。水西，是一个地域名称，是宋末元初以来，对贵州省毕节市以大方县为中心区域的毕节东部地区的大方县、黔西县、织金县、金沙县和七星关区、纳雍县，六盘水市水城县、六枝特区部分地域的称呼。"水西"与"水东"相对称呼，两者的划分以位于贵州中部的乌江干流之一段——鸭池河为界，鸭池河以东为水东，鸭池河以西为水西。

要了解水西彝族土司，先得说说土司制度。"土流并治"是中国封建政治制度的一大特征，从秦汉到明清都如此。中央王朝将边境纳入版图，但内地与边境的社会经济存在很大差异，在治理上不可能整齐划一，就采取了分别治理，于是有了"土""流"之分。在内地，由中央王朝直接派官治理，因官随时升迁调遣，称之为"流官"，而边境则以"土官治土民"，称之为"土官"。在统一的国家之内，内地实行流官统治，边境少数民族地区则允许土官"因俗而治"，两者结合为"土流并治"。土司制度是元、明、清王朝在少数民族地区设立的地方政权组织形式和制度。"土司"又称"土官"，是由封建王朝中央任命和分封的地方官，"世官、世土、世民"是其重要特点，即世袭的政治统治权，辖区土地的世袭所有权及对附着在土地上的农民的世袭统治权。

土司在维护国家统一的前提下，允许"因俗而治"，其原则是"修其教，不易其俗；齐其政，不易其宜"。在其统治区域内，一切事务由土司决断，但必须维护国家统一，纳入官制。元代确立了土司制度，到明代土司制度日趋严密。

贵州原为边疆民族地区，秦汉时为"西南夷"。贵州历史上的土司延续时间很长，明洪武五年（1372年）所建的贵州宣慰司，即是贵州四大土司之一。宣慰使由水西安氏担任，宣慰同知由水东宋氏担任，遇事共同商量。水西的统治者是彝族阿哲家，即明代以后的安氏家族，纳雍归属其统治。

第二章 一个家族的变迁

明代将贵州的思州、思南、播州三地宣慰司先后革除，唯贵州宣慰司尚存。清顺治十六年（1659年）清军进入贵州，贵州宣慰使安坤因助清军有功，册封为水西宣慰司宣慰使。

1660年，发生了一件至今在纳雍广为流传的历史事件——吴三桂平水西。

吴三桂，就是诗人吴伟业笔下的"恸哭六军俱缟素，冲冠一怒为红颜"的那个为爱而起的吴三桂。其实，回望历史，镇守辽东的吴三桂献关降清，大败了李自成，才使清军顺利入关，历史也才有了现在这个样。

后来，清政府又命吴三桂率兵南下，镇守云贵。史载，1660年，平西王吴三桂为了割据云贵，借口"水西土司安坤久蓄异谋"，奏请以"先发制人之策，乘其未动，早为剿平"。康熙三年（1664年），吴三桂大军压境，迫使安坤联合马乃土司龙吉兆、乌撒土司安重圣起兵反抗。吴三桂亲统云南十镇兵由毕节七星关入，又令总兵刘之福、贵州提督李本深率黔军进攻大方，相持一年才将水西平定。

纳雍是吴三桂进军水西的古战场之一，战争的烽火遍及纳雍全境。至今，在离水头寨约10公里的猴儿关，还保存着那场战争的遗址，猴儿关据说是吴三桂与水西宣慰使安坤激战的地方。

战争的结果是安坤集团战败。1665年，吴三桂奏请将水西改土归流，废除水西宣慰司，将其分设大定（今大方）、平远（今织金）和黔西（今黔西、金沙）三府，改乌撒土府为威宁府，从此改设流官，这就是贵州历史上改土归流中的一个事件。改土归流，指的是清王朝废除少数民族地区的土司制度，而任命流官统治的一项政治措施。

当然，改土归流并非像秋风扫落叶似的一气呵成，而是依次渐进的过程。在水西，安坤集团的战败，并不意味着土司制度在当地谢幕。康熙二十二年（1683年）平定"三藩之乱"后，一度恢复水西宣慰司。康熙三十七年（1698年），安坤之子安胜祖病故，由于安胜祖乏嗣袭职，清

水头寨里的"另一半中国"

政府趁机再次改土归流。这一次改土归流比较彻底，直接终结了水西土司在黔西北的统治。从雍正四年（1726年）到雍正九年（1731年），清王朝在云南、贵州、广西及四川、湖南边地，进行了一次大规模的改土归流，史称"西南夷改流"。贵州省文史馆研究员史继忠认为，这次改土归流的目的，在于强化中央王朝在西南少数民族地区的统治，削弱土司势力，消除梗阻，有效治理"边夷"。

李氏家族就是在吴三桂平水西后，清朝政府改土归流初期迁徙到水西地区，并逐渐寻找地方安家落户的。

已经退休在家颐养天年的贵州省织金县委宣传部原副部长张成坤，对于包括李氏家族在内的穿青人在贵州的迁徙历史有过深入的考察和研究。据张成坤讲述：

> 穿青人进入贵州以后，居住的贵阳清镇一代，是水西土司和明朝政权的边缘地带。穿青人在这两者之间的空隙中生活了几乎整个明代。明初，水西土司归附了明朝，但朱元璋并不放心，并暗中谕示驻军将领不可亲信安氏土司，要做好准备，视机攻灭。这个时候，水西土司就不得不采取允许外人进入耕地谋生，且资助耕牛和种子，自种自食，不纳粮赋的招安政策，吸引外人充实自己来防卫。特别是迁居清镇后，由于明朝不断在这一地方屯军监视、防范水西，好田好土被屯军占有，这些人被迫西迁进入水西腹地的织金、纳雍等地。

我就此问题请教过纳雍籍的西南民族大学研究生院副研究员郝彧，他认为，改土归流实施了一系列土地新政：一是土地所有权的调整，土司的大部分土地，包括山地、林地、草地和荒地等土地资源被没收，但是原来属于土目的土地不予变更，部分复垦、新垦的土地所有权归开发人所有；二是土地资源的开发利用，一部分在明朝以来处于荒芜状态的屯地、科粮地、开中地、其他官田以及未开荒的土地由重新被招募而来的移民或流民垦殖；三是土地税收管理政策的调整，实现土地的自由交易，减免土地税赋。这一系列土地新政成为吸引外来移民的重要因素。

改土归流后，除了战争导致的人口减少，彝族人口奔走他乡的也很多。郝彧研究发现，对彝族人来说，水西宗法制度下的家支（家族支系）散了，他们需要投靠有较近亲缘关系的家支生存，于是大量的彝族人口辗转迁徙到四川凉山等地。水西地区出现人口亏空，朝廷便从湖广、江西、四川、山东、山西等地调集军事移民和经济移民来回填人口流失造成的空隙。

这时，在黔中一代被明朝屯军挤压的李氏家族，在生存需求与朝廷需要的双重力量驱使下，离开了家园，向纳雍等地迁徙，水头寨便成了他们落脚的家园。

安家落户水头寨

辗转水西,最后安家落户水头寨的,是李代龙的第12代子孙李建恒和李建云兄弟俩,他们也成为水头寨第一批开荒者。

2015年清明节扫墓期间,我在李建恒儿子李杜的墓碑上看到了一段碑文,记录了立碑的时间为1840年。以此推测,李杜可能死于1840年左右(按当地习俗,不一定当年逝世当年安葬,一般安葬时间在逝世后的三年以内)。由此可以推出,李建恒和李建云兄弟俩来到水头寨的时间,约在清乾隆年间,距今300年左右。也就是说,水头寨的历史,只有约300年的时间。

每个村庄总有一些人,熟记着她的历史,并口口相传。小时候,我常听一些老人讲述村庄的历史。可是,当时我没有记住这些历史故事。

当我重新回到村庄,寻觅她的历史时,那些曾经给我讲故事的老人,已经离开了人世。很多村庄的历史,也跟随他们埋进了泥土。

幸好,还有一些有心人,传承着部分历史,我大伯就是其中一位。

李发明,78岁,我的大伯。虽然读书不多,却熟悉村里每个家族的历史。大伯是个细心之人,他把家族中每一个人出生的时间、死亡时间、安葬地点一一做了详细记录,他是李氏家族和村庄的活字典。

大伯身体健朗,他是一个特别自律的人,以前嗜酒,后来医生建议

第二章 一个家族的变迁

他不喝酒后,就滴酒不沾。前些年查出糖尿病,这几年他严格控制饮食,身体反而比以前更好了。

我去看望他的时候,已经是晚上八点钟,他和伯娘围绕着一个小火炉,正在烤土豆,孙女在一旁看电视,屋里暖洋洋的。这是一幅农家夜里的日常画面,温馨而安详。

这几年,大伯很乐意和我聊聊家族的历史、村庄的历史,他思维敏捷,思路清晰:

> 以前,我们这里是深山老林。现在的纳雍河,当时河上布满了各种藤蔓,只听得见哗哗作响的河水声,看不见河。
>
> 我们家祖上原先住在清镇,清朝改土归流后,老人们开始迁徙过来,来到纳雍的是李建恒、李建云兄弟俩。起先,他们住在小滚桥那边,离这里大约有5公里。他们喂了一条狗,经常带着狗到山上去打猎。有一天,这条狗跑到我们现在居住的这里来,狗回去的时候,身上粘满了粘条子(即鬼针草,也叫粘连子,一种中药材,它的果实容易粘到衣物上。——作者注)。老人们凭经验判断,有粘条子的地方,土地一般比较肥沃。于是,就一路查看。
>
> 当他们来到我们这里时,一看,这里地势虽然不平坦,但也不陡峭,而且周边还有水源,就确定搬到这里来住,把这里取名叫发窝寨。大约在清朝末年,因为寨子周边有两股水,大家把发窝寨更名为水头寨,这个名字延续到今天。
>
> 现在,清明节期间我们挂纸(扫墓的一种方式——作者注),挂到李成龙老祖,他安葬在补洞,离寨子有5公里左右。大家都说李成龙是李氏家族水头寨的始祖,我听老人们说,其实,李成龙老祖并没有来过水头寨,他死在清镇阳雀小岩,也是安葬在那里。他的儿子李建恒和李建云安家落户在水头寨以

水头寨里的"另一半中国"

后,才回去把他的尸骨搬到补洞来安葬的。

现在,李建恒和李建云的子孙在我们这里已经繁衍了11代人,我们家是李建恒的子孙。从李建恒、李建云开始,每一家的历史都是清楚的,他们的坟墓也全都保存完好。拿我们家来说,从李建恒开始,是这样一个承续关系:李建恒——李杜——李怀学——李作仁——李宗应——李德顺——李崇满——李隆贵。李隆贵你就知道了,我的父亲,你爷爷。

从宗字辈起,我们家每一辈人都定有字辈,字辈谱是:宗德崇隆发裕长,庆云恒灿秀春堂;芝兰荣茂增光彩,道学清纯受福祥;安守仲合兴胜泽,克全仁智兆连芳;名伦尚友家声顺,金殿英华继永昌。这个字辈谱,像一首诗一样,顺口好记。老人们想得很长远,对家族的兴旺也寄予了很高的希望,几百年后的字辈已经确定了。

在我们寨上,刚刚传承到庆字辈,还有得传呢。不过,现在很多年轻人的名字里,中间都没有字辈这个"字"了,以后大家还能不能记住和延用这个字辈,就不晓得了。

来到水头寨后,我们家曾经辉煌过一段时间,李怀学据说是个员外。周边这些土地,全是我们家开垦出来的,那个年代,土地就是最大的财富。

从现在保存的坟墓来看,李杜、李怀学的坟墓都修得比较大,也有墓碑,而且有碑记。这表明,当时他们的家底比较殷实。宗、德、崇、隆这几辈人,过的都是苦日子,我们现在赶上好时代,日子好过了,以前过的日子,比老人们还艰难。

大伯所说的字辈谱,是一种派序,用来表明同宗亲家族世系血缘秩序的命名字辈序列。在农业社会,这一套姓名系统有效地维护着血缘秩序，一辈一字，世次分明地传承下去。于我而言，虽然取名时没有延用字辈，但在宗族字辈中，我知道自己是"裕"字辈，应该履行这个字辈被确认的权利和义务。

土豆烧熟了，大伯劝我吃。在上高中之前，土豆一直充当着我的主食。特别是炭火中慢慢烤熟的土豆，蘸上贵州特有的辣椒粉，别有一番滋味。可惜，当晚我吃得太饱了，只能品尝一个。大伯催促正在看电视的孙女："佳红，赶快睡觉去了。"佳红回答："我再看一会儿，等我爸爸妈妈回来我再回去。"吃完一个土豆，大伯继续给我讲述家族的历史。

我们家人丁兴旺，是从德字辈开始的。李德顺，就是我的老祖爷（曾祖父），他住的地方，就是现在李发远家住的这里。李德顺老祖生了我们的8个爷爷，1个姑奶。大儿子叫李崇满，就是我的爷爷。那个姑奶，就是你外公的妈妈。

我的爷爷李崇满死的时候还很年轻，只有25岁。当时，他的两个女儿，一个8岁，一个6岁，两个儿子，你爷爷4岁，二爷李龙堂只有2岁。

我的爷爷死了以后，我奶奶一个人辛辛苦苦把四个孩子抚养长大，一直没有改嫁，20多岁起守寡到终老。她是腊月初七得病，腊月十五就死了，才70多岁。

我奶奶很不容易，虽然辛苦，还供李龙堂二爷读书。你二爷李龙堂装有一肚子知识，我见过他写的毛笔书法，就像现在印刷的一样，工工整整。他一开始是在三岔河教书，后来调到县里，当大兔场教育局秘书长，当时纳雍叫大兔场。

那是在民国时候，我们这里土匪横行。谢家看到李龙堂当了大兔场教育局秘书长后，认为李家发了，为了阻止李家进一步发展，于是，放药毒死了李龙堂。同时中毒的，还有李再

水头寨里的"另一半中国"

清,他是李龙堂的堂弟,他们爹与爹是亲弟兄,家族中唯有的两个读书人。李龙堂当时被毒死,李再清被毒傻。

我记得当时李龙堂的尸体从大兔场抬回来的时候,全身呈绿色,很悲惨。李龙堂和李再清都没有生儿子,没有留下后人。

李龙堂是我们家从清镇搬到水头寨,一直到改革开放,最有知识的人,也是唯一当过官的人。可惜他被毒死了,要不然,他会教育很多人成才。

李龙堂被毒死几年后,新中国就成立了。

看时间不早,为了不影响大伯休息,我没有让大伯再继续讲述。

是谁先来到水头寨?在村里还有一种观点。比如,李氏家族另一位老人李隆杰听到的是另一个版本:李成龙从清镇搬迁到纳雍后,先是住在离水头寨只有2公里的三家寨(2015年被黔中水利枢纽工程淹没),后来也是因为喂养的狗跑到水头寨带回粘连子而发现水头寨宜居。李成龙落户水头寨后,生下了李建恒与李建云,然后回到清镇去处理其田产,死在了清镇再也没有回来,今其在补洞的坟墓里,没有尸骨,只是后人一种纪念性安葬。

父与子是谁来的,今天已经不重要了。从时间上来说,决定水头寨历史的,前后也不过一二十年,远去的历史深究已经没有太大的意义。

至少从李建恒、李建云开始,水头寨这个深山密林中,有了袅袅炊烟。300年来,族人的主要力量都没有离开过这里,他们通过滴滴汗水,建设了今天这个赖以生存的家园。

离开大伯家,已近夜里10点,山村恢复了平静,农人们大多已进入梦乡。

我上到自家的楼顶,仔细观察这个安静的小村庄。水头寨,顾名思义,被水围绕的寨子,先辈们在水源边上定居,后来干脆把这个地方定为与水有关的名字。水，对人类文明发展至关重要。

几条清澈的山泉水，滋养着水头寨人繁衍生息。先辈把居住的地方改为水头寨，或许正是对水的感恩、礼敬。

大伯曾告诉我，先辈们来到水头寨，落脚安家的地方，大体就是我家老屋的周边区域。如今，村庄已经发展到拥有2000多人，600多户人家，中心也向公路沿线转移。然而，这个曾经的落脚点，依然具有温暖的人气，还是这个村庄最有灵魂的地方。300年前人们的选择，在历史的进程中，依然散发着智慧光芒。

文化变迁与坚守

　　有学者认为，自明清以来到抗日战争、三线建设，数次大规模的移民潮使贵州犹如一个"移民省"，因此，可以将贵州文化作为"通道文化"去审视。在这条通道上，从古至今，各方文化都是来去匆匆，有遗落，有沉淀，五方杂陈，四色交融。

　　就李氏家族来说，无论他们是否来自江西，至少在贵州省内的辗转迁徙却是不争的事实。他们被迫迁居到自然环境相对恶劣的黔西北山区，交通不便大山阻隔。这样的环境产生的影响往往是双重的，一方面经济发展受阻，另一方面，自身的文化习俗可以得到相对完好的保存。

　　在风俗文化上，李氏家族至今得到有效传承的是丧葬及祭祀文化。其具有独特身份象征的婚俗，在近20年来逐渐模糊。

　　借助村里老人们的介绍以及我的观察记忆，本文试着记录李氏族人的婚俗。

　　起先，作为移民，出于自我保护的需要，李氏族人在陌生的环境里面只能进行小范围的婚姻选择，因此有"娘舅家说姑妈家，姑妈家说娘舅家"的现象，即姑表联姻。

　　对居处地环境适应后，他们逐渐放下了警惕，尝试与外界发生联系，婚姻选择范围越来越宽。特别是新中国成立以来，随着《婚姻法》的实施以及人们对近亲结婚危害的认识,"侄女赶姑妈"这样的婚配现象越来越少。

李氏族人的青年要缔结一段婚姻,程序复杂,礼俗繁多,所经历主要的环节有说亲、吃欢喜饭、烧香、接亲、迎亲、回门等,每个环节均有独特的文化烙印——

说亲。当男女青年相互认识并且有意结合,或者是男方看上了女方,要请媒人去女方家说亲。媒人通常是由男女双方都熟识且口才相对较好的人担任,男女均可。撮合成一段婚姻,媒人需要往返姑娘家几次。媒人第一次到女方家,一般不需要带礼物,就像平时串门一样拉家常,伺机套问女方家的口气。得到女方家不反对的意见之后,媒人会把这个情况告知男方家。在此期间,女方家要打听男方的家庭及其本人的情况,以决定是否开这门亲。下一次,男方家准备好礼物,一般为酒之类的。媒人再次到女方家,一般都会摊开来说。比如会说,某家某某看上了你家姑娘某某,托我来说媒。这时候,媒人一般会把男方家的家庭和小伙子夸赞一番。而女方的家长,会谦虚地找各种理由来"搪塞",比如会说,我家的姑娘还小,还想留她在家里多住几年。整个过程,女青年是回避的,一些情况下,男青年可以在场。离别时,媒人会把带来的礼物留在女方家,如果女方家收下礼物,一般表示同意,如果硬要媒人把礼物带走,即为拒绝。

吃欢喜饭。当男女双方都同意缔结良缘后,两家就会商量好一个良辰吉日,由女方家请媒人及家族长辈共同吃一顿饭,这顿饭叫欢喜饭,也就是同意孩子们交往的意思。吃欢喜饭这一天,男方家要为女方健在的爷爷奶奶及父母准备一些礼物和少量的钱,称为"奶母布""奶母钱"。吃欢喜饭,其实就是对外宣布,两人已成为情侣,其他人不要有非分之想。从这一天开始,男方可以正大光明地到女方家走访。

烧香。吃完欢喜饭,不等于这桩婚事就确定了,从吃欢喜饭到烧香期间,是双方进一步了解的时间,大约需要半年。如果发现性格、脾气等不适合，任何一方都可以反悔，现实生活中，反悔的人不在少数。如果双方过了磨合期，确定走进婚姻殿堂，就要烧香了。烧香，就是订婚，这一环节的重要性仅次于结婚。烧香这一天，男方家要请上媒人、正客（主持婚礼中各种祭拜仪式的人）及其父亲、兄弟、好友等六人或八人，带上香、纸、蜡、鞭炮、公鸡、酒等以及商定的彩礼去女方家，女方家则要通知家族及亲戚参加，并准备好酒席招待大家。当晚，会准备一系列仪式，并宣布结婚的大喜日子。烧香过后，一般双方都不得反悔。烧香到结婚这段时间，大概要留出半年，以便女方家有足够的时间准备陪嫁物品。

哭嫁。在李氏族人这个习俗中，女子出嫁是一件伤心的事情，离开父母，远嫁他乡，感恩、离别、忧虑组合成一个复杂的情绪。哭嫁通常从婚礼前半个月开始，在闺房里，准新娘在熟人来访时哭泣，内容多是回忆母女情，诉说分别苦。有时是针对特定的人哭，比如闺密、亲戚等。

我记得，20世纪90年代姐姐出嫁时，临近婚礼的那段时间，每天我都从姐姐的房间里听到悲痛欲绝的哭声，对每一个走进房间去陪她的人，她都要哭一番。后来，我甚至不希望有人再访我家。

接亲。婚礼一般包括三天，第一天为女方家置办酒席招待客人，第二天为男方家置办酒席招待客人，第三天为男方家"打发"送亲客。在女方家置办酒席的当天傍晚，男方家要请几十个人去接亲。实际上，这些接亲队伍中，只有两个正客最重要。这一次，新郎及其父亲一般不去了，其他人主要是去帮忙搬运陪嫁物品。去女方家之前，男方家要准备好去接亲的"礼"，包括蜡烛、香烟、酒、五谷以及给新娘买的衣物等，一般用托盘装好。晚上，待女方家招待完客人，就到点礼的时间了。点礼仪式安排在女方家正大门的堂屋中间，正客将带来的"礼"放在桌子上，开始行"见礼"仪式。正客面向女方家"五显菩萨"作第一个揖说："一见亲家高堂，祖德先王。入及宅邸，举手拜上。"女方家的人答："敬在神上。"正客作第二个揖说:"二见亲家门中,祖德宗功。入及宅邸,举手拜上。"女方家的人又答:"敬在神上。"正客作第三个揖说:"三见亲家亲戚,伯爷叔戚。不择不弃,举手拜上。"女方家的人同样答:"敬在神上。""见礼"仪式结束后,正客把带来的"礼"悉数打开,摆在桌上,然后请女方家人收礼。女方家出面收礼的,一般为新娘的姑姑、婶子、姨妈之类的。接着,女方家的收礼人开始点礼。点礼时,一般男方家接亲队伍要遭到女方家收礼人的"为难",她们总是说"少这样少那样"之类的话,并提一些让男方为难的要求。正客会找各种理由,然后说婚后补上。此时,女方家德高望重者要出来打圆场说:"算了!算了!不要争了!争不争都已经是他家的人了。"此为"闹亲",取"不闹不亲"之意。"闹亲"虽然是一种取笑,但也有闹大的。我曾亲眼见到,为了一个小礼物,有闹得不可开交、差点连婚都结不成的。第二天,根据之前确定好的时辰发亲,一般为天未亮之前。发完亲,浩浩荡荡的队伍,就把新娘接走了。

小时候,我最喜欢参与接亲。新娘一般会准备一些糖果、香烟等,以便到新郎家分给闹新房的人。我们几个接亲的小伙伴,一路想方设法打开新娘的箱子,把糖分出一部分,在路上吃掉。

迎亲。迎亲活动一般由一名阴阳先生来主持,时间约10分钟。新娘到来之前,男方家要做好迎亲的准备,在院子里摆一张桌子,桌上放着阴阳先生需要的各种东西。新娘到来之后,站在院子里。阴阳先生开始主持仪式,他口中念念有词,新郎抱着一只公鸡,随着阴阳先生一起鞠躬作揖。仪式结束,才把新郎新娘引入洞房。新郎新娘进入新房后,阴阳先生要念一些吉祥言辞,新郎新娘抢坐新床,称为"坐床"。"坐床"仪式结束后,看热闹者以及新郎都被"赶出"新房,新娘家的女性送亲客给新郎新娘挂蚊帐、铺床等。收拾妥当后,接下来,就是闹新房的时间。

回门。婚礼的第二天,送亲客要返回女方家。男方家会准备一些礼

水头寨里的"另一半中国"

品相送,新郎这时要向送亲客下跪表示感谢。不过,有经验的送亲客,当看到新郎有下跪的动作后,会马上把他扶起来,然后给一个红包表示祝福。三天后,新娘的哥哥或弟弟来接其回家,是为"回门"。前几年,新郎不和新娘一起回去,现在则多一起回去,当天就返回了。

至此,整个婚姻缔结过程结束。这套婚俗文化,凝聚着李氏族人数百年来的文化心理积淀,成为文化传承的重要载体,具有独特的魅力。

余秋雨说,中国的文化是一条奔流不息的大江,而不是江边的枯藤、老树、昏鸦。穿青人的婚俗,只是中华文化大江之中的一朵小小的浪花。当我钻进历史的记忆中去探寻先辈们从哪里来、又要往哪里去这个宏大的问题时,常常因他们颠沛流离还传承着自己的文化而肃然起敬。即便是不再奔波迁徙的近300年间,一个人口较少的外来族群,要保护自身的文化是多么的不容易。

这让我想起了中华文化绵延5000多年的传承。我们都知道,在人类数千年文明的历史长河中,产生了四大文明古国:古巴比伦、古埃及、古印度和中国,四大文明古国对应着世界四大文明发源地。然而,历史走到今天,其他文明都灭亡了,文化失传、文字失传、民族变更……唯有中华文明流传至今,从未中断,至今依旧焕发着勃勃生机。

中华文明绵延不息的原因有很多,当我站在家乡的大山上远望,我终于明白,地大物博的中国,为各民族的文化保护和传承提供了无与伦比的地理条件。就穿青人而言,他们无论是因为战乱还是饥荒被迫进行的迁徙,广袤的中国大地都给予了他们及他们的文化回旋的余地,特别是他们落脚大山深处的水头寨,得天独厚的地理环境让他们的文化得到了喘息与重生的机会。

穿青文化这样,中华文化也基本如此。美国中国问题研究专家费正清在其《中国的传统与变迁》一书中在对比中亚文明与其他几大文明所处的自然环境时认为,作为古代东亚文明摇篮的中国北方地区几乎完全与世隔绝:东边是一望无际的太平洋;西边是一万多英尺(约3048米)

第二章 一个家族的变迁

高的喜马拉雅山脉、青藏高原，以及从这世界屋脊延伸出的崇山峻岭；北部是大片的中亚大漠荒原，气候寒冷恶劣，在驯化马和骆驼之前人迹难至；而南部是更加不利于交通的山脉丛林。这种地理和气候环境，客观上对中华文化的保护和传承起了极其重要的作用。

中华文化也并非死水一潭，它也在变化。随着社会的发展，穿青人的文化也发生了相应的变化。以这套婚俗为例，就形式上来说，现在年轻人结婚，基本上取消了吃欢喜饭、哭嫁等环节，说亲、烧香一般成为一个形式上的流程，接亲、迎亲已没有那么多烦琐的程序。

时代在变，环境在变，传统婚俗不可能一成不变，但有些东西却不应该改变。

在古代，婚礼原被记作"昏礼"，人们把婚礼看作整个礼制的基础。《礼记·昏义》论婚礼的意义时说："礼之大体，而所以成男女之别，而立夫妇之义也。男女有别而后夫妇有义；夫妇有义而后父子有亲；父子有亲而后君臣有正。故曰，昏礼者，礼之本也。"

仪式感，是现在很多年轻人在恋爱的时候经常提到的一个词。实际上，我们的先辈极其浪漫，他们早就为婚姻创造了专属的仪式，整个过程，双方都是走心的。从产生意愿到走进婚姻殿堂，各个环节热烈的、庄严的、神圣的仪式感，提醒他们婚后要感恩、珍惜和坚持。

现在很多年轻人的恋爱及婚姻，充满着贵重的戒指、华丽的誓词，但是却少了一些责任。老一辈人中，鲜有离婚现象，也许，就是这些看似烦琐的婚姻缔结过程，让他们的选择不盲目，对爱及婚姻家庭保持着敬畏。

曾读过一句话："我们可以忽略物质，不可以忽略婚姻的仪式感。"婚姻，需要两个人相濡以沫，我们是否可以从传统文化中找寻到一些力量？

中国青年报社社会调查中心联合问卷网曾对 2002 名 18～35 岁的青年进行问卷调查（受访青年中，58.0% 为女性，42.0% 为男性），结果显示 70.3% 的受访青年认为婚姻中的仪式感重要。婚戒 (59.6%)、婚礼 (56.1%) 和婚纱礼服 (50.5%) 被认为是结婚时必不可少的。57.0% 的受访青年表示能够从婚姻的仪式感中感受到爱和力量。如果这个仪式感除了婚戒、婚纱之外,多一些对传统婚俗传承、敬畏,也许我们的婚姻与家庭会多一份最初的感动和爱。

清明节挂纸与家族观念

在水头寨,最能体现一个家族观念存在的仪式,是清明节挂纸。

清明节挂纸,源于春秋战国时期的寒食节祭祖。演变到今天,穿青人将扫墓祭祖称为"挂纸","挂纸"的日子一般选择在清明节期间。

2015年到2017年,我曾连续三年在清明节期间返乡,参与了族人挂纸扫墓,有机会近距离记录和观察这一活动。

挂纸是家族的集体事务,李氏家族人多,因此,每年挂纸,由两个男性轮流承办。有意思的是,这两个男性并非要求成年,只要一出生,他们就会排队等候。如果轮到他们时还未成年,相关事务则由其父母代办。

承办人的职责,实际上是发挥组织作用。按照家族的规定,每年挂纸活动,家族中每个男性缴纳10元份子钱,这些钱的用途主要是购买白纸、酒等祭品。此外,挂纸当天,为所有参与挂纸的人提供一顿饭。

这些年,这顿饭越来越讲究,各种准备工作不亚于操办一台红白喜事。其中,购买一只羊成为标配。

清明节到了,不用招呼也不需动员,绝大多数离家不远的男性,都会在这一天放下工作赶回家中。据我观察,族人中除了在沿海一带打工及在省外工作的人员,在省内工作的人,几乎没有缺席过。

水头寨里的"另一半中国"

清明节前，承办家庭会提前垫资购买好祭品及那一顿集体饭菜所需要的所有材料。挂纸的前一天晚上，成年男性会自觉来到承办的人家，按照家中男性的人数缴纳份子钱及帮忙承担一些事务。当然，有些人的份子钱也会提前给。

在村里，所有需要集资的公共事务费用，唯有这一项是大家高高兴兴地缴纳，而且缴纳得越多越自豪。我观察过，一些缴费多的家庭，在缴费的时候，主人会当着大家的面说："我家交这么多啊？"你千万别以为这是抱怨，而是故弄玄虚的炫耀。缴费越多，证明他家的男性子孙越多。在传宗接代思想依然顽固的乡村，这当然是值得骄傲的事。

忙完，族长召集大家开会，开始分工，明天谁到哪一个山头，都要相对固定下来。

李氏家族已逝先辈安葬在各个山头，即便某个山头只有一座坟头，也要分一小队人去。

中国人讲究敬天法祖，但是在很多地方，对五代以上的祖坟，基本任其荒芜。费孝通先生在《江村经济》一书中，谈到江南人口密集的地方，流行地上厝。不过，五代以后，任由坍塌，无人理会，那地上厝的一块土地，也恢复了本来的功用。

然而，这种情况在水头寨李氏家族这里是个例外，每个祖先的坟墓，都不能轻易撼动。李氏家族挂纸，300年来不落下任何一个"认识"的祖先。

李氏家族在纳雍能够追溯的最早的先人坟墓，位于村子约5公里外的补洞。前文提到过，就是李代龙墓。他在水头寨留下了12代人，约300年过去了，子孙们依然每年都去给他的坟头挂纸。

清明节当天，当母亲的会给自己的孩子准备一碗饭，再加一个鸡蛋和几片猪肉，一来作为祭品，二来作为孩子们的午饭；成年人则会带上白酒，作祭品，也犒劳自己。

早晨八九点钟，各路小分队陆续出发。年长一点的带着孩子们在村庄的附近，成年人一般都被安排到稍远的各个山头。挂纸是集体行为，不分亲疏。比如，某人的父亲安葬在这个山头，但他可能被分配到另外一个山头，这都是很正常的事。当然，在分工时，族长一般会考虑这种情况，尽量把人分配到直系三代的坟头去；自己也可以申请，这都是可以选择和商量的事。

很多上了百年的坟头，零零散散分布在连绵起伏的大山里，有些还裹在森林深处。每一次参与，我都为此感叹：是什么样的力量，让族人永远记住了他们？是什么样的力量，让族人披荆斩棘也要找到他们？

到了坟头，开始挂纸。首先，大家把事先准备好的饭、肉、水果、酒等祭品放到祖先坟前，祭拜先人。接着，在坟头挂起一束束用白纸剪成的纸串表示悼念。最后，焚香燃纸，跪拜叩头，一个坟头的挂纸扫墓就算完毕了。

在村里，流传着这样一句话："有儿坟上挂白纸，无儿坟上屙狗屎。"清明节期间，一座坟头是否飘着白纸，成了一个家族是否后继有人、兴旺发达、父慈子孝的标志。

清明节期间，气温升高，万物吐故纳新。年轻人一边挂纸，一边也算是踏青。走累了，在一些坟头，大家坐下来，划拳（一种酒令）喝酒。平时，族中长幼有别，比如划拳这种事，长辈是不和晚辈伸手的。清明节这一天，族人在一起，大家相互开玩笑，小辈的找长辈的划拳，或者是几辈人联合起来对付某一辈人数比较多的人，划拳声、欢笑声回荡在山谷里。

一般划拳，都是输家喝酒。这时候，由于酒少，大家发明一种方式，赢家喝。据说，这是我三叔在一次挂纸时酒不够而发明的，此后被大家广泛采用。一些好酒之人，一路都是晕晕乎乎的。

跑完一条路线，基本就是一天了。下午四五点，大家回到承办人家，开始喝酒、吃饭。听老人们说，以前挂纸结束后，族长还要当众处理族中的公共事务和救济事宜等，如有违犯族规的人，也要在这时处罚。

这些年，族长会说一些事关家族集体事务的事，但处罚违规者已经不复存在了。在族长威望极速下降、族人自我意识增强、法治逐渐被人们接受的今天，族规的作用渐渐减弱。

家族的挂纸，女性是没有义务的，无论是女儿还是外来的媳妇，既不用承办，也不需缴纳份子钱，而且，到各个坟头挂纸时，也不要求女性参加。

这些年，一些小学女生开始随父亲或者兄长一起参加挂纸，族人们是欢迎的。但对于她们来说，也许踏青的意义更重要一些，成年之后，几乎都不约而同地选择靠边站了。

族人中，只有两家人没有儿子，这就是我在前文提到的我三叔李发舒和二叔李涛，他们都是吃"皇粮"的人，由于执行计划生育政策，两家分别只有一个女儿。原本，在承办的序列里面，没有这两个妹妹。前几年，两个叔叔一商量，让两个妹妹"插队"承办了一届挂纸。这创了家族的纪录，也成为了一段佳话。

很长一段时间，我认为挂纸是族人的一个迷信活动，但后来发现，其实这是对祖先的追忆和思念。每年选择一个时间，族人聚集到一起去祭扫祖宗坟墓，这是寄托追思，告慰先人，也是抚远后世子孙。

在中国人的心中，一切都可以变，但不变的是我们对祖先的缅怀之情。

水头寨的李氏家族，按照父子相承的继嗣原则上溯下延。族人们有很强的家族观念，挂纸，不仅是家族观念的一次集中展示，也是一次强化。它提醒所有的子孙，曾经，族人在几百年的迁徙过程中，一个人或一个小家庭靠自身的力量很难生存，靠血缘连接起来的宗族的抱团取暖，族人才战胜一个又一个困难。今天，不再迁徙了，但在发展的道路上，孝悌和团结永远不能丢下。

每年清明节，当我看到很多人无论离家多远，都会赶回家中，参加那一场具有庄严仪式感的活动时，我常常想：清明节在历史的长河中演变了 2000 多年，为什么还能够如此根深蒂固地保留在传统节日之列？而且，2006 年，清明节还被列入第一批国家级非物质文化遗产名录。

其实答案并不复杂。家族观念，它是中国人的文化精神依托，"中国文化，全部从家族观念筑起"（钱穆语）。北京师范大学何兹全教授在《中国文化六讲》一书中认为，农耕生活和家庭是中国文化的两个根。中国文化的特点和素质都和这两个根有关。在他看来，家族在中国文化、中国历史、中国社会中的地位是很突出的。它对中国文化历史的道路、方向、内涵种种特性，都有深刻影响。今天，维系社会所需的道德伦理，无一不是来自家族观念。

家族观念实质上是一种凝聚家庭成员的精神，在钱穆先生看来，家族观念并不是把中国人的心胸狭隘了、闭塞了，而是把中国人的心胸开放了。所以，我们看到，今天，传统社会正在加速转型，而家族观念并没有随之消失。

家族内部会分化吗

李隆英把李发松杀死了。这是 2003 年 5 月的一天,发生在水头寨的一个恶性案件,它震惊了水头寨人。

李隆英与李发松,同为水头寨李氏家族的成员,李隆英是李发松的堂叔。17 年了,这件事悬而未决,死者李发松还没有入土为安,李隆英不知道下落。家族中由此产生了各种矛盾、纠纷,家族的团结也因此受到了前所未有的挑战。

17 年前的那一天究竟发生了什么?李隆英的弟弟李隆杰向我讲述了当天的一些细节。

2003 年,那时我是村党支部书记,我们家住的是一间烤烟房改造的房子。

我记得,那天是农历四月初八,一个传统节日。我嫂子刚过世不久,哥哥一个人生活无聊,下午的时候,他来我家坐。

当时,我家里有一瓶已经喝过一些的酒,是平坝大曲。那时候,平坝大曲算是好酒了,都是当礼品送人的。我准备了一些菜,留我哥在家里过节,给他倒了点酒喝。

我哥大约喝了二两的时候,李发松进门了。那时,我和

第二章　一个家族的变迁

李发松的关系很好，我是支部书记，他来找我咨询土地退耕还林的事。一进门，他就问我："五叔，我家大营上那个地，说要退耕还林，我们才去把它平整了，我们平整好后，听说又不退了？"土地退耕还林，可以得到几年的经济补偿。我回答他："镇里一开始说的是要退的，后来不知道怎么回事又不退了。平整好了总有用处，不会荒废的，退耕还林的事以后再说。"

我给他说既然来了，就喝点酒吧。他坐下来，和我哥一起喝酒。他差不多喝了二两，我哥这时喝了三两左右了。我问他们："还要不要喝点？"两人都说："不喝了。"后来，我们就坐下来说说话，气氛一直很好，现场没有起任何冲突，也没有争论什么。

天黑以后，两人就起身离开我家走了。外面天黑，我说拿电筒给他们，李发松说，下去就是马路，不用了。我哥说，我这里有火柴，实在看不见的时候可以划火柴，那时用火机的人还少。

此后发生的事大家就不知道了。据推测，两人一路上可能为某事发生了争执，然后各自回家了。

那时候，我哥是一个人生活，脾气也犟。回到家里，还在气头上，又没有人疏解，可能越想越生气，就拿起家里的菜刀，去找李发松。

大家后来猜测的是，我哥去踢李发松家的门，遭到李发松的还击，我哥一刀刺过去，正好刺中了要害处。李发松当场死亡，我哥当时就逃走了。

第二天，派出所来人调查，但是始终没有找到我哥。他究竟是逃到哪里，是死是活，到今天我都没有见过。

李发松死后，由于没有找到我哥，这个案子没有结，就一

水头寨里的"另一半中国"

直没有安葬。

大约在七八年前,李发松的妻子来找我,她说:"五叔,事情已经过去这么多年,当时确实很生气,但是,人已经死了,有什么办法,让他家准备一万两千块钱,如果不够,我再贴点,把他安葬了。"我说:"这可以的,我马上就去找他家儿子商量。"

我和我四哥去找李发俊(李隆英长子)商量,一开始,他有些犹豫,最后还是同意了。但是,李发俊说,现在家里没有钱,要外出打工挣钱,挣到钱后才能给。

我们把这个意见反馈给李发松的妻子,她提出如果暂时没有钱,可以变卖土地和树。后来,土地和树没有人买,李发俊外出打工生病死了,给一万两千块钱的事就没有办成。

后来,李发松的妻子占了李隆英一块一亩多的土地。2016年,这块土地被国家征用,赔偿的3万多元都归属于她。

她一开始只要1万多块钱,现在赔偿了3万多元。但是,事总要解决。经过大家商量,李隆英二儿子李富愿意再出6000元,作为李发松安葬的费用,让他入土为安。

我们再去找李发松妻子的时候,她说要征得儿子们的同意,两个儿子不同意这个方案,此事又一次陷入僵局。

这些年,李发松的两个儿子在外面打工,很少很少回家。这件事,就一直悬而未决。

一个家族出现这样的问题,总是要解决的,不然的话,它会破坏家族的团结和稳定,还会成为家族矛盾的定时炸弹。

李隆杰,这个曾经当过22年村干部的长者,在复杂的家族关系中,却束手无策。在各种挑战的面前,家族组织内部逐渐出现分裂。

家族是中华文化传承的基石。在乡村社会内部结构中,家族组织举足轻重，它依靠伦理意识、血亲观念维系着稳定传承，家族观念深刻影响着人们的价值取向和行为方式。在水头寨，它甚至是维系乡村社会秩序的一支重要力量。

李氏家族，曾经是水头寨最团结的家族。如今，它稳固的关系在逐渐被解构，凝聚力在逐渐变弱。

当然，家族内在的分化并不仅是以杀人结仇这样激烈的方式推动的。大规模的社会流动、快节奏的生活将家庭分割成尽量小的单元格，家族失去了稳定传承，也是重要原因。

许倬云在《中西文明的对照》中写道："家族观念能够存在，必须有稳定的传承。也因为东方安定的环境，一个家系的长期传承才成为可能。有了祖先崇拜，显然，也会有对于传统的尊重，凭借宗族和婚姻关系延伸出的网络，也成为联结、合作的系统。于是，家族伦理和尊重传统这两个观念，数千年来建构为影响中国人行为的价值尺度。"在社会现代化、工业化和城市化发展的背景下，人员流动增多，或经商、或从政、或治学……他们迁徙到别处，另起炉灶，独立寻求发展，原本具有血缘联系的家庭成员"天各一方"，与原家族失去了紧密联系。聚族而居、累世同堂的传统社会结构难以形成，以家庭为单位的社会组织逐渐被解构，稳定的传承逐渐被打破，家族内在的分化已不可避免。

在我国历史进程中，大家族、大宗族的家庭结构绵延了千年，今天，家庭规模逐渐缩小，家庭结构悄然转型——从"大家族"变为"小家庭"。

传统家族深扎于农耕文明的土壤中，300多年前，李氏家族辗转、迁徙，向水头寨会聚，累世同村形成一个紧密的、具有强大凝聚力的以血缘为纽带的命运共同体——家族，家族成员"九世同居、五代同堂"。

今天，从水头寨出发，家族成员又向毕节、水城、贵阳、北京等地扩散，组建新的小家庭。这些家庭大多子女较少，通常是三口之家，难以体会什么是"甥舅姑表，叔侄中堂"，家族观念日趋淡化，取而代之的是现代家庭观念。

家族内部的分化,正是中国社会转型的一部分。从传统宗族观念到现代家庭观念的过渡,是中国社会从传统走向现代的一个缩影。

第三章 共同体逻辑

文化上共存共荣，这是一个由多民族组成的命运共同体各成员之间在交往中必须遵循的价值观念和行为准则，也是水头寨保持强大凝聚力和向心力的精神力量。水头寨人明白，如果谁违背和践踏这套价值体系，必将遭到共同体内其他成员的唾弃和鄙视。正是这套看来无形的价值体系，维系着村庄的稳定和团结。

清末苗民起义与水头寨

2011年，多家媒体报道了这样一条新闻：2011年6月至7月，因黔中水利枢纽工程建设，贵州省文物考古研究所在纳雍县百兴镇杨家寨村清理了一批石板墓，取得重要收获。

杨家寨村与水头寨比邻，发现墓葬的地方距杨家寨村村委会仅500米，原为荒坡。20世纪60年代初，这片荒坡被改造成土地分配给杨家寨村村民李发先等人。受长期耕作影响，所有墓葬封土均被破坏，部分埋葬较浅的石板墓所使用的石板也被挖出。

贵州省文物考古研究所进行黔中水利枢纽工程库区文物考古调查时发现该墓群，为保护文物，在水库蓄水前对其进行抢救性发掘。

报道说，本次发掘共清理墓葬49座，出土随葬遗物81件（片），主要为装饰品，银、铜质地，以银饰品为主，约占出土文物的95%，有头饰、耳饰、衣服上缀的银片（银皮包铜）、挂饰等种类，其上多有几何图案等较复杂的纹饰，纹饰内容同贵州苗族银器和衣服上所使用的纹饰近似。经专家推测，这批墓葬应为清朝的苗族墓葬。

当然，从全局来看，这个考古发现及其出土的文物并没有多大价值。不过，它却印证了一件曾经波及整个贵州的历史事件。

先来说说苗族。澳大利亚民族史学家格迪斯说过一段名言："世界上

水头寨里的"另一半中国"

有两个灾难深重而又顽强不屈服的民族,他们就是中国的苗族和分散在世界各地的犹太族。"苗族有着荡气回肠的迁徙史,历史上,至少有五次大迁徙。"苗族先民初始生活于黄河中下游。涿鹿之战后,渡河南移住居江淮平原。复遭驱赶而被迫西迁。于东汉及其以后,陆续或西进、或南下、或北上,分别自今湖南、四川、广西迁入贵州之黔东北、黔西北、黔东南得以相对地定居。"贵州省民族研究院研究员翁家烈在《贵州苗族迁徙史之特点及其意义》一文中,详细记述了苗族在不同时期、不同方向入住贵州的历史。

今天的贵州,少数民族众多,其中以苗族人口数量最大、分布面最广,几乎全省都有。

水西是彝族统治之地,什么时候出现苗族的活动足迹呢?

据有关历史记载和传说,居住在纳雍的苗族,其先民为古时陕甘一带迁徙南下进入今川、滇、黔"三苗"中的一部分。《水西全传》载:"南北朝时梁、陈年间(公元522—555年),彝族辖区就有黑苗九万人过境,有的定居在'布诺''阿哲'主辖地总溪河畔。"黑苗是苗族的一个支系,总溪河则是流经纳雍北部维新、厍东关、董地等境内的一条河流。这些定居在总溪河畔的苗族,繁衍成为今天纳雍苗族的一部分。

水头寨位于纳雍县南部,所处的纳雍河区域与苗族的关系,则与中国历史上浩浩荡荡的清末苗民起义有关。

大清王朝走到咸丰、同治年间,烽烟不息。据历史记载,从咸丰元年(1851年)至同治三年(1864年),经历了太平天国的兴起到陨落的14年,乃至同治末年,华夏大地反抗清王朝封建统治的农民起义风起云涌,如火如荼。

清朝咸同年间,在贵州这片大地上,先后出现了几十支起义队伍,他们遍及贵州各地各民族,被称为"咸同农民起义"。《贵州百科全书》这样叙述这段历史:"这是贵州有史以来规模最大的一次起义,烽火遍及全省各地,各族人民广泛参加。参加起义的有50多支队伍,每支都以某一民族为主而联合其他民族。起义军中，著名的有刘义顺领导的'白号军'，何得胜领导的'黄号军'，张秀眉、陶新春、岩大五、潘名杰等领导的各路苗军，还有布依族杨元保、侗族姜映芳、水族潘新简领导的起义军及张凌翔、马河图领导的'白旗军'等等。"

在黔西北地区，起义队伍人数最多的要数陶新春领导的以苗族为主体的各族农民起义军，水城苗仙姑、祝万春、何玉堂、何五斤为首领的各族起义军，黔西王三鲊巴为首的"缘人"起义军，水城黄金印领导的苗民起义军。

与水头寨历史相连的，是何玉堂参与领导的苗民起义。《纳雍县志》记载了何玉堂本人及他领导的起义过程：

> 何玉堂（？—1871），生年不详，苗族，阳长镇过路沟村人。幼年因家贫不曾入学，喜聚众儿童戏斗。长大为人直爽、仗义，苗胞有事乐于相助，深得当地苗民拥戴。清咸丰八年（1758），水城何氏苗女称仙姑，设坛兴教。大定、威宁、毕节所属苗民皆受影响，旋聚众数万，蜜谋举事反清。教内分为三堂，苗民为大堂，何仙姑为堂主，竹万春、何玉堂为堂官。举事于水城白腻、米落、比德等地。
>
> 同治元年（1862）四月，苗民义军由比德攻克白泥屯，六月移住大兔场（今雍熙镇），八月，与勺窝田坝团首杨登圻战于杨家营。清廷闻讯震惊，饬贵州提督会同贵西道长官沈西序，率都司祥福、团练胡大观统领团绅周宗廉、彭树春、李育荣、何定功等部三千人马征剿，屡战不下。十一月再调水城通判刘正朝会剿。苗民义军见官兵势大，避其锋芒，巧妙周旋，先后占据白布河，攻克狗场营，杀死团绅颜先茂。同治三年（1864）正月，升任大定知府刘正朝率兵再度进剿。大营驻公鸡山，先锋营驻官寨，祥福营驻义中，胡大观营驻旮旯河。

水头寨里的"另一半中国"

地方团首杨登圻、张维祥、刘岩大、何定功等也率部助剿。历时半年，苗民义军终因寡不敌众，粮草无援，于七月突围退据水城。

同治五年（1866）正月，猪拱箐陶兴春部复袭大定城。七月，竹万春、何玉堂部与之呼应，复据白泥屯。九月，大定协副将苏魁奉命征剿，屡战失利，败回大定城。义军连年遭官兵征剿，伤亡过重，得不到休养补充。十二月，大定知府马应镗前往大兔场招抚，三千多苗民军被解除武装，分置境内白泥屯、海座等地。同治九年（1870），竹万春被暗杀于水城，何玉堂闻讯，重擎义旗。七月，苗民义军内讧，清廷总兵毛际会乘机率部进剿，何玉堂率余部退据纳雍河。后与永宁岩大五部会合，共据水城。同治十年（1871）正月，苗民军出郎岱赴永宁途中，遭清将邓有德、黄宗耀两部包围。何玉堂幸免于难，辗转潜回家乡，不久也被杀害于过路沟家中。

文中所述"白泥屯"，就是今天的百兴镇，"纳雍河"即为水头寨所处区域，原属大定府辖地。作为一条河流，纳雍河是乌江支流，有一种说法认为，纳雍县就是因县内有这条河而得名。纳雍河成为区域名称，始于人民公社时期，当时，纳雍河公社统管周边十几个大队。至今，当地人仍习惯用纳雍河作为区域地名，泛指包括水头寨等河两岸的一片区域。

被解除武装后安置在百兴、阳长、海座的3000多苗民军，逐渐远离了战场，开始休养生息。后来，他们中的一部分，陆续迁居到水头寨。如今，何玉堂的一部分子孙就生活在水头寨。

今天，生活在水头寨的苗族有5个以上的家族，1000多人，大多是在清末明初由织金、六枝、阳长、海座等地陆续搬迁而来，每一家都有一段曲折的历史。

这些经历过战争与迁徙伤痛的苗族同胞选择来到水头寨时，已经在水头寨生活了上百年的其他各族人民，并没有排斥他们，而是以博大的胸怀接纳了这个"灾难深重而又顽强不屈服的民族"。

在水头寨，其他民族人民让出了部分土地给后来的苗族同胞耕种，而苗族同胞对水头寨的贡献直接促成了这个村庄的发展壮大。

全村孩子的启蒙学校——水寨小学就是苗族村民杨斌科创办的。杨斌科早年在重庆读大学，毕业时正是国民党政权在中国大陆摇摇欲坠的时候，他没有在外就业，而是回到了村里，借用一间民房，创办了民办学校——水寨小学，也是今天水寨小学的前身。如今，几乎所有依靠知识走出村庄以及村里掌握一定文化知识的人，都在水寨小学就读过。水寨小学，不仅是整个村庄的精神领地，更是村庄的人才摇篮。

水头寨的另一个苗族青年何凤朝，在土匪横行的年代，挺身而出带领一群年轻人，维护了村里人的生命和财产安全。何凤朝是何玉堂的后代，1950年纳雍县在剿匪斗争中组建纳雍河苗族清剿队，他担任队长。何凤朝在1946年参加了中共地下党领导的滇、桂、黔游击队罗盘支队活动，曾经在贵州的黄平参加攻打国民党贵州省谷正伦部。纳雍县政协组织编撰的一本内部刊物里，记叙了清剿队的活动：纳雍河苗族清剿队组建以后，以解放军为后盾，在纳雍的百兴、张维、阳长等地发动群众与恶霸地主和土匪武装进行了顽强的斗争，并配合驻纳雍的解放军，对叛变的国民党保安团残部进行了有力围剿。

我曾见过晚年的何凤朝，深居简出，与人和善。小时候的我，哪知道这个老人的戎马经历。后来，逐渐听村里人说起了他的英雄故事。至今，村里老一辈人对他的标志性印象是"背上随时背着一杆枪"。

除了民族与民族之间，在水头寨，汉族中还有龙家、尚家、陈家、彭家等多个姓氏的宗族。各民族在不同时期、从不同地方，为了生存而会聚在一起，因生产、安全、情感等需要相互依赖、守望相助。

可以说，水头寨300年的历史，是一部各民族团结凝聚、共同奋进的历史，村庄的各民族在交往中加深了解，在交流中取长补短，在交融中相互认同，形成了你中有我、我中有你，谁也离不开谁的命运共同体。这种"共同体"的凝聚力和向心力是强大的，它以一种特殊的力量，维系着村庄的发展，推动着村庄的历史进程。

文化共存共荣

今天,贵州用"多彩"的名片向世界展示自身的魅力。历史上,由于部落的纷争与战乱,各个民族在不同时期逐步往贵州迁徙并定居下来。迁徙贵州的移民们从四面八方带来了不同的民族、区域文化,在与贵州土著文化长期大融合中,造就了今天的"多彩贵州"。

多彩的贵州,文化共存共荣。在水头寨,也有更深层次的文化兼收并蓄现象。何玉堂的第6代孙何北海一家就是个例子,在其家族的宗教活动中,苗族和汉族的仪式均有。

据何北海介绍,其先祖何丙是汉族,清兵未入关前,曾辅佐吴三桂镇守山海关。吴三桂平水西,何丙在湖南宝庆召集400多名青壮年从军,并马不停蹄地奔赴水西战场,此后留在了贵州。

何北海讲述道:

> 吴三桂平水西是双重灾难,何氏家族也付出了惨痛的代价。400余名青壮年中,只有不到十分之一活下来,众多的族人壮士战死沙场,剩下的就在乌蒙山这片贫瘠而荒凉的土地上繁衍生息。

吴三桂平水西之后,何丙又跟随吴三桂进剿云南边疆各

水头寨里的"另一半中国"

地，此时的吴三桂，拥兵自重，妄想把湘、鄂、川、滇、黔等地据为己有。何丙觉察到吴三桂企图割据的阴谋野心，担心受到牵连，装扮成流浪乞丐，康熙二十年（1681）2月从云南乞讨到贵州。

逃到贵州平远州（今织金县）黑豆八角苗寨时，苗寨人民敞开博大的胸怀，收留了这位不速之客。何丙和寨临感情融洽，相处和睦，三年间，学会说一口流利的苗语。苗民们最后把他留在了苗寨，并让他和苗族姑娘玛咒结婚。

何丙与苗寨姑娘玛咒相伴了一生，生下来四子。二老年老时，立下遗嘱：二老归世，按苗族丧祭打嘎（打嘎，杀牛祭祀，是苗族丧葬习俗中的一种仪式。——作者注），清明扫墓烧纸钱挂坟纸和七月半烧包用汉族风俗祭祀。我们是何丙三子何呗的后裔，从何呗开始，何氏家族成为苗族。实际上，我们的身体里流淌着苗族和汉族的血。

何北海是水寨小学的老师，2012年8月退休后，他开始研究家族历史，撰写何氏家谱。5年的时间里，他在贵州省图书馆里翻遍了有关的历史文献，还到湖南宝庆等地寻找先辈的迁徙路线。

我是在一天傍晚联系何北海欲采访他的，尽管天已经快黑了，他还在地里干活。这个退休老教师，始终离不开土地。他退休后的日子，除了整理家谱就是干农活，很少串门儿。

何北海个儿高，讲话轻言细语，也许是当过教师原因，讲起话来语速特别快，说起自己家族的历史更是滔滔不绝。

在水头寨，各民族相互学习的一个重要内容就是语言。比如，全村所有苗族，无论男女老少，均会说汉语，大部分汉族人也听得懂苗语，有的甚至能熟练掌握。以前，各民族之间几乎不通婚，这几年，这个界限逐渐被打破。苗族姑娘嫁给汉族小伙，汉族姑娘嫁给苗族小伙，均已在水头寨出现。

族际间的通婚促进了民族交流、沟通了民族心理、增强了民族团结。2014年我在内蒙古采访时，当地一个民委主任对族际间通婚对民族关系的影响，有这样一个形象的说法："两个民族的男女青年，都睡到一张床上了，还有什么不能沟通的？再有矛盾，那就是夫妻间的矛盾了。"他认为，通婚家庭是民族交融的重要场所。

关于苗族与其他民族交往交流交融，纳雍县民宗局原局长陈庆认为，这是苗族在迁徙过程中，生存与发展的需要。

陈庆不仅是苗族，还是水头寨苗族村民杨世贤家的女婿，他熟悉纳雍苗族的历史文化，也了解水头寨的一些历史。陈庆告诉我：

> 纳雍苗族主要有四个支系：小花、箐苗、白苗和歪梳。从分布区域来看，纳雍主要以小花为主，10个苗族乡，4个大多是小花支系，小花和彝族的联系比较多。
>
> 从经济社会发展的程度来说，歪梳的发展要比其他支系好一些，这其中是有原因的。苗族迁徙到贵州，来得比较晚，这时的贵州是土司统治。我曾经过考证，推测歪梳这个支系来到贵州之后，到达播州地区，就是今天的遵义。
>
> 当时的播州，是杨氏土司统治。播州杨氏土司是汉族，位居"贵州四大土司"之首，对播州的世袭统治达725年。苗族迁徙到此后，为了生存，就向杨氏土司讨土地耕种，成了土司的佃户。
>
> 土司与佃户之间，必须有交往交流，交流机会的增多，语言文化上就会相互受到影响。因此，歪梳的文化当中，吸收了很多汉族优秀文化，这对于他们经济社会发展起到较大的促进作用。
>
> 就跟现在的水头寨是一样的，由于各民族大杂居，大家在

水头寨里的"另一半中国"

平时的生产生活中,就要相互交流、学习,在文化上共存共荣、兼容并包、取长补短。

后来,歪梳支系又从遵义向黔西、织金方向迁徙。清朝改土归流后,其中一部分迁居纳雍。据我了解,纳雍大部分歪梳都是从织金过来的,水头寨的苗族都是歪梳支系。

现在水头寨为什么会有那么多苗族?实际上他们来自不同的地方。比如,我们两家是亲戚,如果你在那边生活实在太艰难,我就会对你说,不行你就来我这里混吧,你觉得可行,然后就来了。有些也不是因为战争或者在原住地与其他人发生矛盾,而是原住地条件实在太艰苦,看到哪里有好的地方,就搬到哪里。

大家都知道,苗族从中原战败后开始大迁徙,在迁徙的过程中,需要相互抱团。所以,苗族有个相互依靠的心理,历史上,在农村很少见到一户苗族人家和其他民族住在一起,至少是两家。大家在一起,在生产生活上,或者是遇到战争及外族入侵时,有个相互照应,这个心理是历史造成的。

纳雍是一个各民族大杂居、小聚居的地方,这样的居住格局,有利于各民族文化间的交流互鉴。各民族相互学习的例子随处可见,摩挲寨有一个汉族管事,寨子上苗族的婚礼、丧葬仪式全部由他来主持,苗族管事反而搞不懂。民族团结的最高层次,就是各民族形成一个命运共同体。

对于水头寨而言,因为各民族拥有不同的文化风俗、宗族信仰,要维护这个"共同体"的稳定性更加复杂。

文化上共存共荣,这是一个由多民族组成的命运共同体各成员之间在交往中必须遵循的价值观念和行为准则,也是水头寨保持强大凝聚力和向心力的精神力量。水头寨人明白,如果谁违背和践踏这套价值体系,必将遭到共同体内其他成员的唾弃和鄙视。正是这套看来无形的价值体系，维系着村庄的稳定和团结。

水头寨如此，贵州也是如此。今天的贵州，随处都能看到一幅幅多元文化和谐共生的画卷。也就是这样的胸怀，使贵州各民族之间形成了"各美其美，美人之美，美美与共"的民族文化景象。刘斌在《良渚与中华五千年文明》一文中认为："人类的迁徙、交往，从旧石器时代开始从未间断。不同规模、不同程度、不同形式的人口流动，造成了文化与文化间的碰撞、交流与融合。"

文化上的交流融会，带来了情感上的亲近融洽。多元文化和谐共生，促使贵州各民族群众心灵深处产生了高度的认同。

历史经验告诉我们，一个多民族聚居的地方，多元文化共存共荣，这是生存与发展的基础。任何民族要与其他民族和睦相处，构筑共有精神家园，就要相互尊重、相互包容、相互欣赏；任何民族要发展自己的文化，就要不断学习、借鉴其他民族的优秀文化成果。

是什么问题就按什么问题处理

农民在历史的进程中积累的生存经验和处事法则,往往成为中国最朴实的智慧,从水头寨各民族处理民族关系的准则就可见一斑。

水头寨生活着苗族、彝族、回族、汉族等民族,各民族在百年相处过程中,没有发生过一起因民族问题而引发的群体性事件。

工作15年来,我的主要任务就是讲好民族团结故事。然而,我从来没有去审视过家乡的民族关系,因为在我所接触的水头寨人中,没有人拿民族问题说事。

在水头寨这样一个人口数量众多的村庄里,各民族之间的摩擦主要集中在山林土地权属、邻里矛盾等方面。

在农民视土地为命根子的年代,由土地引发的矛盾纠纷最多,主要是承包地边界的争议。而今天,邻里之间因建房、污水排放、农业用水、采光通行等原因造成的矛盾纠纷,成为主角。

我在采访中发现,面对这些摩擦,无论是村民之间私下解决,还是请村里的权威长者调解或村干部出面处理,大家都是就事论事,不因为矛盾纠纷涉及少数民族,而把问题视为民族问题。是什么问题就按什么问题处理,这是水头寨人在百年历史的相处中,践行的解决问题之道。

当然，在各民族相处过程中，水头寨人知道什么话该说不该说，什么事该做不该做。比如，我从小就知道，村里的哪一个民族，什么样的称呼对他们来说是带侮辱性的，是不能说的。因此，在村庄里，那些蓄意挑拨民族关系、破坏民族团结的言行，极少出现。

前面已经说过了，水头寨在李氏家族开垦后，在此后的200多年间，各个民族相继迁入。面对恶劣的自然环境和一度动乱的外部局势，各民族只有友好相处才能将各自切身利益凝聚在一起，生死与共。倘若对立，就会形成敌对的环境，导致内忧外患，这是难以安身立命的。

语言学家许嘉璐在《中华文化的根在农耕社会》一文中认为："农耕社会特别是原始农耕社会，一个人是种不了地的，需要多人合作，甚至需要整个部落一起上，这就培育了以'和'处理人际关系的伦理。"在水头寨这种多民族居住的农耕社会里，"和"升华到"团结"层面。我曾经就贵州的民族问题与原贵州省民委主任吴军有过探讨，在他看来，贵州生存环境相对恶劣，人烟稀少。各民族为了生存，必须寻求他人的支持和帮助，由此形成了与人为善、团结共事的处事风格。

一个团队也好，一个村庄也罢，要团结共事，并非任何矛盾都不能发生，而是出现矛盾纠纷之后怎么处理。是什么事就说什么事，该依什么法就依什么法，如果眉毛胡子一把抓，统统往民族问题上靠，就会把简单问题复杂化。

其实，不光是水头寨，任何一个多民族聚居的地方，能否正确认识和处理好民族问题，直接关系着社会的和谐稳定。

2011年，我到云南采访，很多人推荐我去"黑树林地区"看看，他们称这个地区是从矛盾冲突到共同发展的样本。

黑树林地区，位于距云南省会昆明市400多公里的滇南群山深处，是普洱市与红河哈尼族彝族自治州交界的地区，是云南省最为贫困的地区之一，居住着哈尼族、彝族等少数民族。

黑树林曾是云南闻名的民族问题"难点"地区。黑树林地区的民

水头寨里的"另一半中国"

族矛盾和民族冲突可以追溯到1751年即清乾隆十六年,围绕着水资源、土地资源、森林资源的权属问题,黑树林地区的群众经常发生矛盾冲突。普洱市墨江哈尼族自治县龙坝乡竜宾村黑树林村民胡培清告诉我,以前,临近的几个村经常发生械斗,参与群众少则几百人,多则上千人。

据云南省民族工作队的统计,从1952年到1992年,黑树林地区的墨江、红河两县约53公里交界处的18个地段上共发生械斗36起,1980年至1992年是高发期,共发生群体性械斗18起。械斗频率之高、涉及面之广、规模之大、破坏之严重,为全国罕见。

1988年,云南省委省政府恢复组建云南民族工作队,工作队带着解决黑树林地区"难点"问题的使命进驻黑树林地区。民族工作队在调查后发现,黑树林地区问题的实质是为争夺生存资源和生存空间而产生的矛盾和冲突。这一调研结果为解决黑树林地区的问题提供了重要的依据。

解决水资源共享,这是云南解决黑树林地区问题的关键一招。为此,云南投资了400多万元建成了娘埔水库,彻底解决了红河县三村乡和墨江县龙坝乡的水资源短缺和水资源争夺问题,实现了双方对水资源的合作管理与共享,消除了最早引发黑树林地区矛盾冲突的导火索。自1993年后,黑树林地区基本没有发生过成规模的群体性纠纷,实现了化百年干戈为玉帛。

云南省民委原主任马立三曾这样形象地说:"这么多民族生活在一起,感情再好也会有点矛盾,这就像在家庭内部,就算是同胞兄弟姊妹也会吵、会打,关键是我们用什么眼光去看待问题,用什么态度去解决纠纷,用什么方法去化解矛盾。通过各种协调机制,充分发挥各方面的力量,像协调家庭关系一样协调民族关系,解决矛盾冲突变成解决困难问题,一切就好办。"

处理涉及民族因素的矛盾与纠纷,必须依靠法律,把民族团结的砝码放在法律的天平上。

改革开放特别是进入 21 世纪以来,在民族工作"进城""下海""入世""上网"的背景下,各民族之间的联系比以往更加紧密。曾经集中在农村牧区的问题,逐渐向城市转移。

涉及亿万人的交往交流交融过程,没有一点磕磕碰碰是不可能的。一段时间以来,一些地方在遇到涉及民族因素的矛盾纠纷时,不会处理,甚至出现"花钱买平安"的现象,让一些小纠纷埋下大隐患。

2014 年,中央民族工作在北京召开,作为工作人员,我有幸现场学习了会议精神。中央的精神很明确,只有树立对法律的信仰,各族群众自觉按法律办事,民族团结才有保障,民族关系才会牢固。

民族团结犹如空气和阳光,受益而不觉,失之则难存。对于一个统一的多民族国家来说,空气和阳光一日都不可缺少。

一位老县长的回忆

口述：李顺臣（苗族，曾任纳雍县人民政府县长、县人大常委会主任）

纳雍是一个多民族聚居县，除了汉族外，还有苗、彝、布依、白、仡佬、回等少数民族。各民族共同居住在一个地区，生活中难免发生一些碰撞，如果处理不当，就会形成民族纠纷或矛盾。因此，做好民族工作，正确调处民族纠纷和矛盾，对稳定一个地区的秩序，促进其经济发展是十分重要的。

20世纪五六十年代，我就亲自处理过一些涉及民族因素的纠纷或矛盾，其中的几件使我记忆犹新。

一

那是在我被任命为纳雍县副县长刚半年时，1953年2月，我参加西南少数民族参观团到全国一些地方参观回来不几天，时任纳雍县委书记袁良骥找到我，叫我带一个工作组到乃扒乡去搞土改。袁书记介绍说，土改开始时，曾派了一个工作组去那里，在划阶级成分时，工作组与那里的群众发生了矛盾，尤其是苗族群众的意见最大，工作组实在不能开展工作,只好撤出来。接着县委又另派一个工作组去,还是未能解决问题,仍与那里的少数民族产生了矛盾。袁书记说:"你回来了,因考虑你是苗族干部,去那里好做工作,县委决定派你带一个工作组去,一是完成土改,二是建立乡村政权,希望你能把那里的问题解决好。"

我接受任务后,就带领一个由五个人组成的工作组到乃扒,我任组长,县民委主任杨习良任副组长,成员有杨登辉、杨德俊、艾德青,小组成员既有汉族也有少数民族。

乃扒,原属维新区(今属董地乡),距维新区公所有三十多里路,距县城近百里,居住着汉、苗、彝等民族,全乡1600多人,苗族有1000人左右,彝族300多人。

工作组到了乃扒,我没想到问题严重到连吃饭住宿的地方都找不到,群众对工作组持怀疑态度,乡政府的人根本不敢出门工作,工作难度很大。

为了打开局面,我决定先从人口最多的苗族群众着手做工作。经过多次坦诚地找苗族头人杨兴邦、在村里具有较高威望的杨罗德(当时已去世)的儿子等主要人物交谈,他们终于向工作组说出了一些担忧。然后我们又分别找彝族、汉族等民族具有一定影响力的村民交谈,总算弄清了几个民族反对工作组的原因。

原来,乃扒土改未完成,乡村政权建不起来,原因不是群众反对土改,主要是工作组不结合实际,不按照党的政策办事,脱离群众,严重官僚主义造成的。

我们了解到,工作组初期只注重开会斗争,不依靠群众开展工作,划阶级成分时又严重脱离党的政策,因此首先导致苗族群众的不满,随后彝族、汉族等群众也起来反对工作组。第二批工作组来后,没有找到问题的症结,仍犯了与第一批工作组同样的错误,致使乃扒土改失败,县委不得不第三次派工作组。

针对所了解的情况,我设计了"三步走"的方案:第一步,做群众

水头寨里的"另一半中国"

思想工作，统一各民族思想认识；第二步，建立乡村政权，为土改做好准备；第三步，重新丈量土地，重新划定阶级成分。这个思路在工作组会议上得到大家的同意，我们随即按此方案开展工作。

按照以上工作方案，在进一步走访后，我决定召开座谈会。座谈会上，我向大家讲了民族政策、土改政策、全县土改工作情况。问大家乃扒的土改要搞不搞？参加座谈会的代表纷纷表示，他们是拥护党的政策的，乃扒的土改是要搞的，如果以前的工作组认真按政策办事，乃扒的土改和其他地方一样，早就完成了。只要工作组按照政策办，大家就没有意见。

我接着说，既然大家都要求把土改搞好，我们也有信心，但是我们工作组目前没有办公的地方，吃住都无着落，需要大家支持，帮助解决。杨罗德的儿子和杨兴邦提出把工作组安排在汉族易德成家最合适，理由是易德成家条件比较好，他一向平等对待各种民族，办事也公正。参加开会的人都同意这个意见，易德成也同意。于是，我们便住进了易德成家，随即开展工作。

在座谈会取得成功后，我们首先建立乡村政权，我认为乡政权必须是各民族都有代表参加为宜，应由各民族推选出代表来，选举产生乡政府组成人员。各项工作准备好后，经请示县委同意，我们于四月召开代表大会，选举产生了乡政府。通过选举，易德成当选为乡长，还有两人当选为副乡长，一人当选为文书。

乡政府建起来后，我及时安排抓村政权的建立。我把工作组和乡里的干部分成5个组，我一人为一个组负责大寨、乃扒两个村，其他每组两人，即工作组和乡干部各一人，每个组负责一个村。经过大家努力，各组都按要求圆满地完成了任务，建立了6个村的政权。

前两步工作完成比较顺利，群众无意见。对下一步划分阶级成分，我们信心更足。但是，我们也认识到这是最关键的一步，成败在此一举，前两批工作组的失败就在这一环节。为搞好成分划定工作，我先召开工作组、乡干部会议，后又开村干部、积极分子大会，首先做到思想统一，认识统一。会上我强调，工作中，一是各村丈量土地人员必须有各民族代表参加；二是丈量土地一定要实事求是；三是必须严格按照党的土改政策划好成分，并要广泛征求群众意见。

各族群众对前两次工作组的工作有意见，最主要是在划成分时没有认真对照政策，不征求群众意见，把不该定成地主、富农的人定成地主、富农，特别是杨罗德的儿子被定成地主，直接导致苗族群众起来反对工作组。前工作组划成分时，苗族有地主两户，富农两户；彝族有富农两户；汉族有地主两户，富农两户。经过重新丈量土地，对照政策，我们认为前工作组对上述地、富成分划定除一户外，均有偏差，应予以纠正。经过讨论，征求群众意见，对原划定的十户地、富成分重新进行明确：两户汉族地主，一户经核查仍为地主，一户改定为富农；两户汉族富农，改为富裕中农；两户苗族地主，经核实对照政策，重新定为富裕中农；两户苗族富农和彝族富农改定为中农。这样划定后群众无意见，被划定人也无意见。

公布成分后，群众无意见，乃扒的土改工作宣告圆满结束。在我们离开乃扒的那天，各族群众自发欢送我们，场面让人感动得热泪盈眶。

动身时，群众要放鞭炮、吹唢呐欢送我们，我不准，下命令也不行，最后我反复做工作，群众才不吹唢呐，不放鞭炮，但还是送了我们一程。

二

1953年4月，维新发生一起因汉族砍了彝族的"神树"，彝族把死人抬进汉族当事人家中的事件。当时我带领县土改工作组正在乃扒乡搞土改，由于维新区委一时处理不了这件事，事情又特别严重，就派人就近请我去帮助处理。这是我当副县长期间碰到的第二桩涉及民族矛盾的纠纷，我接到维新区的报告后，安排好乃扒的工作，就急忙赶到维新区公所。

水头寨里的"另一半中国"

我到了区公所，区委书记袁敬密向我汇报了事情的经过：纳雍临县赫章县有人到维新区熊家寨买树，熊家寨一户熊姓人家就把当年在这里居住，后来迁徙到咪布的彝族群众的"神树"砍了，做成了八合棺材。在此期间，恰好从熊家寨迁到咪布居住的彝族有人病逝，彝族群众认为，死人的原因是"神树"被砍才引起的，就把尸体抬到熊家寨砍树的人家中，要求把人治活，治不活就要负责一切损失。

袁敬密告诉我，现在熊家人全都跑出去躲避去了，区委多次做工作，彝族群众就是不听，没办法只好请我帮助解决。

听了汇报后，我一个人到熊家寨，找到彝族的头领和死者亲属，问了一些情况，如"神树"、搬迁问题等。我接着问人是怎样死的？彝族有人答道：是因为"神树"被砍才死的。我又问，你们怎么知道人去世是因为"神树"被砍导致的？他们说是请迷拉（即巫师）算出来的。我问为什么要请迷拉看？他们就说这个人生病后，怎么医都医不好，后来就死了，家里请迷拉看，迷拉说是"神树"被砍了人才死的，于是请人到熊家寨查看，"神树"真的被砍了。我又问，"神树"被砍前咪布死过人没有？找迷拉看过没有？他们说死过人，有的也找迷拉看过。我问，以前死人，迷拉说与"神树"有关没有？他们说没有。我说，如果说死人是因为"神树"被砍，那么，为什么只死一个病人，而不死一个没生病的人？为什么不死全族人，而偏偏死个病重的人？说死人是因为"神树"被砍这是迷拉骗人的鬼话，是不能相信的。

接着，我从反对封建迷信的角度做了解释说服，最后我指出，熊家砍了你们的树是不对的，但是你们听信迷拉的话，把尸体抬到熊家，这种做法也是错误的，这是新社会所不允许的。熊家砍了你们的树，相信政府会给予妥善处理。

我给大家说，我看这样，你们先把尸体抬回去安葬，晚上到熊家寨听我处理，如果你们不同意我的意见，我叫公安局派人来调查处理，依据法律办事。参加交涉的彝族群众商量后，同意了我的意见，他们就把尸体抬回了咪布。

彝族群众走后，我叫人把熊家当事人和熊家寨主要人员找来开会。借找人之际，我走访了当地一些群众，听取他们对处理此事的意见。

在会上，我告诉大家，既然彝族群众认定那是"神树"，你们就要尊重他们的风俗，树不能乱砍。你们为了两个钱，擅自将树砍了，引起了两个民族的矛盾，说严重一点就是破坏了民族团结，这是你们的错误。我告诉大家，彝族群众的做法虽然不对，但矛盾是由于你们的过失所引起的。现在他们已经把尸体抬回去了，我希望双方都要认识到自己的错误，听从政府处理。如果不愿听政府的处理，现在请你们拿出好办法来，晚上我好向人家交代，大家没有说话。

晚上，彝族代表来了。会上，我提出处理意见：一、原来的树已经砍了，已不能复原，旁边现还有四根小杉树，今后就作为彝族的"神树"，任何人只能保护而不准破坏；二、已砍了的树做了八合棺材，双方各分四合，由彝族群众先挑选。我解释说，为什么要分给熊家四合？因熊家砍树、打棺材出了钱，不能叫人家亏本，从民族团结的角度出发，我认为应分四合棺材给熊家；三、彝族把去世的人抬进别人家，这是不对的，按风俗是要给人家"打扫"，我同意熊家寨人的意见，就不由彝族"打扫"了，由熊家自己"打扫"。这三条意见，双方代表听后表示同意，于是我叫人写了协议书，双方签字后，由彝族代表先选了四合棺材，剩余四合归熊家所有。至此，这场彝族汉族群众的矛盾纠纷终于平息了。

三

1958年的冬天，当时乐治区公所一位少数民族干部在到所属的蚕箐公社蚕箐大队督催群众交公粮时，由于在工作中不注意倾听群众的意见，与群众发生矛盾，工作中发生打骂群众的事，导致整个大队不交公粮，还波及邻队。

水头寨里的"另一半中国"

　　区委多次做工作，仍不见效果。不得已，区委书记韩明礼向我汇报，请求县里派人协助处理。当时我任县长，我认为这不是一件简单的事，就决定亲自去处理。

　　蚕箐大队，坐落在海拔1900多米的蚕箐梁子上，这里气候恶劣，群众生活条件差。人口虽不多，却杂居着苗、仡佬等多个民族。

　　那一年，纳雍的雨水多，群众把粮食收回家后，天一直是阴雨绵绵，群众无法运煤烘干粮食，粮食不干是不能入仓的。

　　区公所的那位干部在督催交公粮时，群众提出缓几天，待天气好后把粮食烘干就交。这名干部只注重完成任务，听不进群众的意见。一着急，就出现打骂群众的行为。

　　我到了乐治，马上参加区党政联合办公会。会上，区委向我做了汇报，犯错误的这位同志也在会上做了检查，听了汇报，我认为这名干部之所以打骂群众，是工作方法不当，性情急躁所导致的，出发点是为了做好工作。我对他进行了批评，要求他今后一定要注意工作方法。

　　第二天，我没有要区公所的领导陪同，只身到了蚕箐，我先找大队干部座谈，然后再找生产队干部、党员座谈，广泛听取他们的意见。他们说不是不交粮，确实是天气不好，运不了煤烘干粮食，要求缓几天，但是那位干部不同意。受到打骂的群众、队干要求，如果不处理打骂群众的干部，就不交公粮。对此，我代表县委、县人委对出现打骂群众的事表示歉意，也向群众说明打骂群众是党的纪律所不允许的，对打骂群众的干部已经给予批评，他本人也做了检查。为了帮助他、教育他，使他改正错误，请大家原谅他。通过座谈，大家最后表示原谅这名干部，并表示要克服困难，想尽一切办法，把粮食尽快烘干，争取按规定时间完成公粮入仓任务。

　　之后，蚕箐大队群众克服了困难，在规定的时间内完成了公粮入仓任务，周边等待、观望的生产队也纷纷完成了公粮入仓任务。

四

1961年11月，董地乡卜德龙姓群众响应上级的号召开荒，开荒时错挖了化作乡倮都一户苗族人家的祖坟。

苗族头领陈银发知道后，认为这是欺负侮辱少数民族，组织了倮都苗族到卜德找龙家评理，并要求按照苗族风俗安葬。龙姓群众认为他们开荒是响应上级号召，加上区、乡主要领导人都是姓龙，会支持他们的，因此对倮都苗族提出的要求毫不理会，于是双方争执起来，大有打斗之势。

县委、县政府得知后及时派人处理，但由于工作不细，主观片面，导致苗族群众认为处理结果偏袒龙家，处理不公，于是陈银发便派人分别到大方、毕节、赫章、水城等县及本县姑开、维新、龙场等地联络苗族人前来支持，一时间在倮都、乃扒等地聚集了3000多苗族群众。

事态扩大后，省、地民委的领导带工作组来做工作，由于未找到解决问题的路子，七八天过去了，问题仍未能解决，一场规模较大的群体性事件一触即发，情况十分紧急。

当时我担任县长，在省委党校学习，不知董地发生的事。一天，县委书记杨来奎来到党校，我以为他是到贵阳开会顺便来看我。见面后，杨书记急忙说，老李，不行了，非你去不可。接着他简单向我介绍了情况。

听后，我随即向学校请了七天假，和杨书记急忙往董地赶。到了董地，我下了车，杨书记因县里有事回县城去了。我到乡政府听介绍后，感觉省、地、县工作组在处理这件事的过程中，忽略了一个问题，那就是民族心理、民族风俗和民族感情，这就是苗族群众之所以不服气的关键所在。鉴于省、地民委领导在场，我没有说什么，决定自己一个人先去了解一下情况。

我知道，如果我一去就集中双方进行处理，那是处理不好的。我先

水头寨里的"另一半中国"

去卜德找在龙姓群众中有威望的村民龙从武了解情况，龙从武向我介绍情况说，开荒是响应上级号召，如果上级没有号召，我们就不会去开荒，也就不会与苗族发生矛盾。再说，那座坟的时间久远，识别不出来。一句话，挖坟的人不是故意的。

在听了介绍后，我请龙从武带我到坟山查看。查看后，我认为龙从武对我没有说假话，我对如何解决好这件事心里也有了底。回到龙从武家，我请他通知卜德有关人员到生产队公房开会。

会议开始，我先请大家谈谈各自的看法，多数人都说了自己的意见。归为一点，他们认为开荒没有错，倮都苗族是无理取闹。在听了群众意见后，我说，你们响应上级号召开荒是对的，但你们想过没有，如果有人开荒挖了你们的祖坟，你们会怎样办呢？说到这里，我便停了下来听大家怎么说。就有人说开荒是对的，但坟不应该挖。有人又说，要是我家祖坟被挖，我就找他拼命。有些理解我意图的人就说，李县长，我们知道你的意思，你看着办就行了。于是我就说，既然大家知道挖祖坟这事做错了，我想这样办好不好？坟已经挖了，由你们负责买一副棺材，按苗族的风俗重新安葬。如果大家没有意见，我就到倮都去做工作，假如不行，大家看怎么办，我们共同商量办法。到会人员均表示照我的意见办。

做通龙姓工作后，我又马不停蹄地去倮都，找到陈银发，陈银发向我诉苦，说祖坟被挖，是欺负我们苗族没有能人。政府家来处理，也不实事求是，有的干部还是苗族，都不为苗家说话，还说龙家开荒是对的，光批评我们是闹事。祖坟被挖，谁不伤心，不闹就不闹，要闹就闹个样子给政府家看。

我对陈作了安慰，要他冷静下来，相信政府一定会处理好这件事。接着我从民族团结的角度出发，和陈银发就如何处理好这件事交换了意见。在陈同意我的意见后，我叫他通知各地带队来的苗族头领来开会。

人来齐后，我首先从民族政策、民族团结的重要性和苗族今天的地位讲起，接着我话锋就转向挖坟事件。我说，董地龙姓上山开荒是响应上级的号召，是没有错的，但是挖了坟这就不对了。经我调查了解和亲自到坟山上看，龙家挖坟虽错，但不是故意的，由于坟埋的年份太久，不注意就认不出来了。因此，龙家开荒时无意中就把坟挖了。我在找龙家交谈时他们也认识到自己的错，他们表示愿意买合棺材重新安葬亡灵。我对他们的错误做法已予以批评，从民族团结的角度出发，我也同意龙家的意见，现在看你们的意见如何？如果同意，我就通知龙家过来共同办理，假如不同意，请大家提出处理的办法，我们再作协商。

我告诉大家，所提办法，一定要是能解决问题的方法，你们想一想，这样下去，问题得不到解决，一是耽误生产，二是时间长了吃住都不方便。大家不搞生产，今后吃什么？三是我们每个人都有事，这样下去，时间长了，对大家都不利。各头领互相商量后，陈银发首先表示按我的处理意见办，其他头领也表态同意。

见大家没有意见，我及时通知龙姓群众派代表来协商处理。龙姓代表来后，我主持了调解，龙家向苗族道歉，苗族也表示原谅，双方在协议书上签了字。之后，龙家买了棺木，按苗族的风俗进行了安葬，一起影响面较大的风波总算平息了。

通过亲自对几起涉及民族因素的矛盾纠纷实地调处，我认为，要使民族矛盾得到圆满解决，一是要熟悉并正确运用党的民族政策；二要认真调查研究，找到问题的根由和解决方法，是什么问题就按什么问题处理；三是解决问题前要认真做好思想工作，注意民族风俗、心理、感情；四是要大公无私、秉公办事；五是不能受大汉族主义或狭隘民族主义左右。

管　事

　　红白喜事几乎是每一家人都会面对的事情。在城市，这些事情可以全部交给第三方去策划、组织甚至操办，主人只需要掏钱，不用劳心费神。而在像水头寨这样的村庄，红白喜事的任何一个环节、任何一件事，还是自己操办，管事人就不可或缺。

　　水头寨人把管事人简称为管事。所谓管事，就是帮人料理红白喜事、不拿报酬、无官无职的人。

　　在村庄命运共同体中，按照互助原则，一户人家的红白喜事，需要全村大部分人分工协作、齐心协力来完成。而主人办事期间由于忙于待客、无暇顾及，也不便直接向前来帮忙的人发号施令，就需要一个组织协调能力强，又不怕得罪人的人站出来安排布置事情，这个人就是管事。管事，不仅要头脑精干，能说会道，公道正派，而且对于红白喜事中的各种细节、礼仪都要了如指掌，安排得当。

　　管事群体的出现，是村庄共同体文化滋润生长出来的，村庄共同体文化正是管事产生的土壤和环境。什么是村庄共同体文化？水头寨人为了生活，从四面八方聚集而成，人们属于不同的民族，文化也各异。当他们在水头寨稳定下来，人们会逐渐处理自己与天地的关系，与其他民族的关系，与他人的关系，这就出现了一定的生活方式和精神价值，久而久之，形成了村庄共同体文化。

水头寨什么时候开始出现管事，村民们说不清楚，在大家的记忆中，管事一直存在。这种沿袭久远的互助体系，体现了乡土的本色。

我的父亲就是村里的管事之一。管事的职责分为事前、事中、事后三个阶段，据父亲给我讲，一户人家要操办一台红白喜事，在事前一个月，就要开筹备会，类似于企业的策划会。参加这个会议的，是主人邀请的管事、主厨和家族中一些德高望重的老人等。在这个会上，主人要预计自己会有多少客人、计划出资多少钱来操办这台事。接下来的安排就交给管事了，比如，准备几个菜、买多少肉和米等等。管事和主厨策划商量好之后，要出具一份详细的清单交给主人，主人按照清单准备食材。有经验的管事，预算非常精准，既不会让主人因买多了浪费，也不会买少了尴尬。在曾经交通不便的农村，如果预算的食材与客人数量严重不符合，会出现客人等米下锅的情况。

事中的管事，就是一个指挥、协调的角色。在水头寨，红喜事操办的时间为三天，分别是第一天准备，第二天正式办事，第三天收场；白喜事少则五天，多则八九天。这期间，管事在其中起着非常重要的作用。

农村有一句老话，"过事三天不由主"。办事期间，无论是主人还是前来帮忙的人，都要对管事言听计从，从每一个环节的分工、落实，到招呼客人吃饭，各种事情都要由管事人来协调处理。

每次我见父亲给村里人当管事，都是忙得一刻也停不下来，既要扯开嗓子喊人坐席，又要指挥小伙子端盘子、妇女们洗碗。红喜事，要指挥什么时候发亲、什么时候迎亲，白事要落实好祭祀的每一件琐事。

农村办事是搞流水席，从早上一直到晚上都在招待客人吃饭。村里只要有一家人办酒席，其他人家全天就不用开火。

以前在家乡，我常看到这样一幕：中午时分，是客人最多的时候。然而，村里的孩子们哪管这些，往往刚刚吃完一会，看到其他小伙伴上桌，也要争先恐后去占个位置。这时，为了先让客人及时吃上饭，当管事的父亲往往让那些刚吃过饭不久的孩子下桌,因此得罪了不少人。一些家长不理解,抱怨我父亲。忙碌中的父亲很爽快,也不做解释,摔下一句话又忙去了:"我现在懒得给你解释,哪天再给你说。"

我曾经问过父亲,你这样得罪人何必呢?父亲说:"我不是不让孩子们吃饭,我当然知道谁刚刚吃过。有一些孩子,他根本不饿,只是为了好玩,一天要上桌七八次,吃也吃不了多少。人不多的时候我懒得管他们,客人多的时候就要先让客人吃,这是规矩。我要是连这点事都不敢做,我还当什么管事?当管事,就要有担当。这和你们搞工作是一样的,有些事,哪怕有不同意见,只要是对的,该做的就必须做,只要你公平、公正、无私就无畏,不怕得罪人。你看我得罪人了吗?那些当时抱怨我的人,他家有事,不也请我当管事吗?证明他也认为我的做法是对的,只是当时还没有理解。"

事后的事,就简单得多。管事的任务,就是安排帮忙的人,协助主人收拾残局,比如打扫卫生、把借来的东西各归原主等。

红喜事相对简单,复杂的是白喜事。白喜不仅时间长,而且丧葬的仪式各民族各家不尽相同,管事要熟知每一个民族的风俗习惯,熟知每一个时间点做什么,熟知每一个环节需要什么,以便做好周全的安排。

在多民族聚居的水头寨,形成了一个默契的约定,每一家人办事,各请一个不同民族的管事,这是共同体生存法则的延伸。

2017年,村里两个老人接续去世,父亲连续当了15天的管事,每天只能睡两三个小时。半个月下来,他脸色蜡黄、食欲下降,身体每况愈下。

2013年,村里一个外出打工的人死在外面,家人把他的尸体运回家安葬时,由于死者的父母体弱多病,我父亲几乎承担了这场丧事的主要事务。劳累7天后,他当场晕倒,差点送了性命。

这些年,我不断向父亲提出,不要再干管事了。在身体的警告和我的劝说下,在一次家族会议上,父亲主动提出来,他不干管事了,推荐家族中一位年轻人接棒。然而，这个提议当场就被部分族人否决了。族人们认为，父亲推荐的人还很年轻，胜任不了这项工作。当然，也是侧面让父亲留任。只是大家碍于父亲的身体，不好直接劝说。

传统农村社会的治理，是由国家政权和村庄道德权威两者结合所组成的。即便在社会全面转型的水头寨，管事这种传统的乡村精英和道德权威的影响力依然很大。作为乡村治理一个辅助力量，其作用不可小觑。

管事在村里没什么官职，也不需要推选，他是村庄成员基于共同的生活经验而做出的信任选择，因此深受人们尊重。

没有人强行让父亲必须干下去，不过父亲曾推心置腹地对我说过他的考虑："你和你弟弟都生活在外面，村里哪家有点事，你们帮不上忙。我和你妈也老了，重活帮不了人家，当管事虽然累点，但是我还能干，人家也需要我，这叫换气。要不然，哪天我们家有什么事，谁来帮你？"

父亲所说的"换气"，其实就是林耀华先生在《金翼》所说的"换工"，"以工换工，这是互惠合作的基础"。父亲在水头寨生活了60多年，知道这是乡村的生存法则。

在父亲的生存经验里，生老病死是所有人都无法避免的，当我们面对这些重大变故时，依靠个人的能力完全无法应对，以工换工、互助合作，这个准则应该得到不断传习。

其实，父亲还有另一层意思没有表达。村里人常说："前30年看父敬子，后30年看子敬父。"父亲的前30年，他认为自己在村里是有一些影响力的人物，后30年，孩子们的"成功"对于村里人来说，是一个帮不上忙、摸不着边，只是飘荡在耳边的"幻想曲"。

我知道，留守在家的父亲，是失落的。因此，他也需要在当管事的过程中获得认同与尊重。父亲的这想法，与贺雪峰在《新乡土中国》一书中对村民小组长的观察大体是一致的。"之所以还有人愿在无酬的情况下当村民小组长乃至村民代表，不是因为他们可以得到多少经济上的

水头寨里的"另一半中国"

好处,而是他们在主持红白喜事中与事主深厚的情感与人情的交换,这种交换带来了村民小组长的威信、尊严和体面,他们获得了文化上的优势。"贺雪峰进一步指出,正是这些为乡镇甚至村干部所忽视的无痕的民间交换,构造了中国传统社会的基础,也构成了当前一些村庄秩序的基础。

近年来,一些年轻的乡村精英加入到了管事队伍,在族长这类传统道德权威的影响力日渐削弱的今天,不拿报酬、无官无职的管事却得到了较好的传承。这表明,乡村不会衰败下去,它具有强大的自我修复功能。

互惠互助还能延续吗

也许是回家的时间在年底居多的原因,每个腊月间回到家,我总能想起小时候背煤这件事。

家乡煤炭资源储量丰富,有"江南煤都"之称。长期以来,水头寨人生火做饭、冬天取暖等主要依靠煤炭。在距离水头寨大约3公里的纳雍河沿岸,小煤窑曾经星罗棋布。

水头寨人储备煤炭有个习惯,一年当中,选择腊月的某一天,一次性备好一年需要的量。一般由30户左右人家组成一组,先集体帮一家运煤,由这家人提供三餐,然后依次帮忙。由于交通运输条件滞后,运煤靠的是人工背驮,水头寨人把这事叫"背煤"。

这种互惠互助,类似于《农书》里记述的北方民间农民互助组织——锄社。在这个锄社里,一般是10家为一组,先帮一家锄田,由其提供饮食,然后依次锄田。《农书》云:"其北方村落之间,多结为锄社。以十家为率,先锄一家之田,本家供其饮食,其余次之,旬日之间,各家田皆锄治。自相率领,乐事趋功,无有偷惰。间有病患之家,共力助之,故苗无荒秽,岁皆丰熟。秋成之后,豚蹄盂酒,递相犒劳,名为锄社,甚可效也。"

小时候在村里,一进入腊月,各家就开始轮流背煤。我大约从10岁

水头寨里的"另一半中国"

开始,就加入这个队伍,开始帮助其他人家。当然,家里并不是让我去换个成年工,我们是同年龄交换。

一般情况下,一天要背12个来回,每个人背煤的重量,根据你的能力。没有人会偷奸耍滑,因为大家都在盯着你。如果你爱惜自己的身体,本来能背50公斤而只接受40公斤,到你家的那一天,大家也会依葫芦画瓢,以其人之道还治其人之身。这种损人不利己的事,大家一般都不会去做。

一天下来,是很累的。那时,父亲经常告诉我,孩子的力气天天有,今天累,睡一觉明天就好了。

的确如此,整个腊月间,我有一半的时间都在帮人背煤。所有这一切的付出,都是为了换取大家帮我家的那一天人工。到我家储备煤的那一天,全村几十个人帮忙,热热闹闹,算是一场喜事。

今天想起来,回忆中没有"累"这个词,更多是快乐。在一天12个来回的路程中,和一帮小伙伴,一路欢声笑语,能不留下快乐吗?

2004年前后,纳雍河两岸的小煤窑被陆续关闭,水头寨人腊月里背煤的这道风景才逐渐消失。

背煤其实是水头寨这个村落共同体形成的互助体系的一个表现,共同体生活的纽带就是群体间的互助合作精神。水头寨人知道,个体是无法在复杂的环境中生存下来的,为了减少单个个体的生存难度,互助合作是生存道路上必须做出的选择,这与邓英淘所说的"互惠机制"是一个道理。邓英淘认为,互惠机制是乡村维系社会和谐稳固的一种古老机制。他在《为了多数人的现代化》中说:"互惠机制为什么最初叫克兰呢?部落内部,从小一块长大,知根知底,谁也跑不了,立功授奖,犯错挨罚,人人心里有本账,一记忆多少年,甚至好几代人,实质上包含了某种连坐,很严重哟。你小子想耍滑,不仅一块狩猎的男人不待见你,甚至你老婆串门没人搭理,孩子出来没人跟你玩。爸爸干过坏事,孩子都抬不起头来。反之亦然,后生奋勇立功,爸爸妈妈、爷爷奶奶脸上争光。互惠制组织不仅有激励,又有制衡,而且激励和制衡,在纵(时间)横(连坐)两个方向上最大化。所以黄金法则,从原理上说,可以达到团体效率的最大化。"

出入相友,守望相助,疾病相扶助,这是中国传统乡村的道德风尚。记述我国古代史实、传闻的著作《韩诗外传》有这样的形容,村社的基层由八家人组成,这八家人是一个不分彼此的共同体:"八家相保,出入更守,疾病相忧,患难相救,有无相贷,饮食相招,嫁娶相谋,渔猎分得,仁恩施行,足以其民和亲而相好。"也就是说,八家相互保护,出入轮流看守,疾病相互照顾,患难相互救助,青黄不接时互通有无,宴会相互招呼,婚姻共同商量,捕获的猎物共同享受,大家都得仁爱恩惠,因此民众之间和睦、亲爱、友好。

今天,水头寨人在很多方面还传承着这样的传统——互帮、互贺、互助,无论是盖房、婚丧嫁娶,还是耕作、水利疏浚,村民遵循的是互惠机制,大家对村庄具有很强的依赖性和归属感。

水头寨在约300年的历史进程中,正是依靠这种互助友爱的道德规范,实现了共同发展。

不过,这种关系是在"鸡犬之声相闻"的相对单一和封闭环境中才得以延续的。改革开放以来,一方面,农村在1980年代以后的时间里,发生了巨大的社会性人口流动,乡村从封闭走向了开放。很多人挣脱了土地和乡村的束缚,开始与村庄之外的更广阔的世界建立联系,乡村劳动力出现大规模的转移和流动,社会结构从"乡土"向"离土"转变。另一方面,市场经济"下乡",利益原则迅速渗入乡村社会,村民执着于个体经济利益的追逐,维持乡村社会的根基发生了变化。村庄共同体受到前所未有的挑战,村庄开启了个体化的历史。

水头寨也不例外,随着村民跨区域的流动增强,从集体中脱嵌出来的村民日趋个体化和原子化,村庄共同体也面临着解体的危险。

对此,南京师范大学教授王露璐在其作为首席专家主持的国家社科

水头寨里的"另一半中国"

基金重大项目"中国乡村伦理研究"中,有如下分析:市场经济的发展在推进了乡村社会全面进步的同时,也在一定程度上使乡村社会出现了人际信任度下降、村庄共同体凝聚力不足、道德评价和道德权威力量弱化等问题,这也是社会转型期中国伦理文化的"现代性"问题在乡村中的缩影。其一,在传统的村庄伦理共同体中,道德评价始终保持着自身的独立性和优先性。然而,在农村市场化进程中,经济行为的"求利"动机日渐获得正当性辩护并被赋予正面意义,经济成就及相应的评价指标逐渐获得了个人和社会评价中的价值优先性。其二,传统村庄的稳定性和"熟人社会"特征,使村庄成员能够产生基于共同道德生活经验和道德传承的熟悉、信任和认同,并由此形成良好的村庄共同体凝聚力和道德权威影响力。然而,在城市化、工业化的快速发展中,农民流动性不断加强,大量的农民转变成为职业工人并在新的职业劳动中逐渐接受和认同相应的规则、规范与纪律约束。由此,村民之间的关系趋向松散,人际信任度和村庄凝聚力有所下降,传统道德权威的影响力日渐被削弱。

从"乡土中国"到"离土中国",乡村社会出现重大变局。上文中提到我父亲年迈体衰还要坚持给别人当管事,最主要的原因就是我和弟弟离开村庄了,我们可以不受村庄共同体道德规范的约束,也可以不再践行共同体互惠互助的行为规范,但他需要,因此他必须"换气"。

和很多地方一样,今天的水头寨,人际之间的互惠关系向趋利性转变。比如,村民修房,原先是互帮互助,不谈报酬。今天则不一样,一个工多少钱,都有明码标价。

当然,对于促进乡村社会的发展来说,这并非坏事。这是市场经济进入乡村的体现,打破乡村社会封闭的局面,这是历史发展的必然。

今天的乡村社会还有没有互惠互助?互惠互助还能延续吗?其实,尽管村庄共同体的弱化趋势难以避免,但是它的作用不可能完全消失。在水头寨,伦理本位依然是村庄坚守的共同价值观。随着社会的发展特别是现代化的推进,村庄共同体需要逐步转型发展,在不同的历史时期,共同体的内容和形式会不断发生变化。培育村民的"自立、互助、合作"精神,是当前村庄共同体转型发展的题中应有之义。

第四章 水头寨人的守土与离土

回溯中国的历史，曲曲折折的进程，都与土地问题相关。在农业社会中，依附于土地生存的农民，为了土地，甚至愿意献出自己宝贵的生命。

　　时至今日，农民与土地的关系，始终是中国农村社会变迁的历史主线。农民对土地，凝结着复杂的情感。

　　英国古典经济学家威廉·配第有句名言："劳动是财富之父，土地是财富之母。"中国农民，向来有着解不开的土地情结。尽管土地制度发生深刻变革，但处理好农民与土地的关系仍然是时代命题。

农民对土地复杂的情感

"至少我还有田——我还有地。"

美国作家赛珍珠在其诺贝尔奖获奖著作——长篇小说《大地》中，描述主人公王龙离家南下逃荒时，望着田野上慢慢远去的人影，一遍又一遍地对自己说出以上这句话。

小说叙述的是旧中国农民王龙从一无所有到成为一个富户的故事。小说中，当王龙慢慢地老去，唯一的心愿就是守住家业。他告诫儿子们千万不能卖地，土才是人类最宝贵的财富，是孕育一切生命的基础。在王龙的意识里，一切都与土地有关。"房子是用从自家的地里挖出来的一大块一大块的泥土烧成的土砖砌成的，屋顶是用地里长出的麦秆和土地里的泥土盖成的，厨房是土砖砌成的。灶台也是祖父年轻时用自家田里的泥土垒成的。"在小说里，王龙的吃、住以及宗教信仰，无一不是来自土地。

在中国，农业是立国之本，也是人的生存之本，农民与土地有着最直接联系。从王龙身上，我们看到是很多中国农民对土地敬重的影子。

回溯中国的历史，曲曲折折的进程，都与土地问题相关。在农业社会中，依附于土地生存的农民，为了土地，甚至愿意献出自己宝贵的生命。

水头寨里的"另一半中国"

时至今日，农民与土地的关系，始终是中国农村社会变迁的历史主线。农民对土地，凝结着复杂的情感。

300年来，人们从四面八方会聚到水头寨，为的就是寻找土地生存。他们在此开疆辟土，从此，土地成为安身立命之基，成为水头寨人的根和归宿，也积淀着水头寨人的伦理感情。

我在水头寨生活的那十多年，见到的村民之间的矛盾，绝大多数与土地边界之争有关，每一户人家，都牢牢守护着自己的土地，不能丢失一分一毫。农民把土地当成生命一样去守护。本书第二章中提到，我二爷李龙堂被毒死，其中一个原因，就是当地大地主谢家认为我二爷走上"仕途"后，可能会威胁到他家的土地。

农民们对土地，有着宗教信徒般的情感。他们的想法，就像费孝通先生描述的那样："地是活的家产，钱是会用光的，可地是用不完的。"

尽管水头寨人把土地视为"命根子"，但对于农民来说，不同历史时期的土地制度，才是决定他们命运的关键要素。

借助《纳雍县志》的记载，在此梳理纳雍土地制度的变迁，从中也能管窥水头寨人与土地之间分分合合的缠结。

之前说过，在封建社会时期，纳雍早期为水西腹地，土地大都为官家、土目、头人所有。耕种土地的主要是广大农奴，官家对农奴实行"劳役地租"，由官家拨给农奴少量土地耕种以维持最低生活水平，农奴必须为官家服劳役，无偿耕种"官田"；有的农奴还得耕种专项劳役田，即"兵田"。在土司制度下的农奴极少有机会获得自己的土地，存在着严重的人身依附关系。

清朝改土归流后，水西土司制度逐渐瓦解。由于历次战乱，田土荒芜，清政府允许垦种，部分农民逐渐拥有自己的土地。第二章中交代了，李氏家庭的先祖正是在这个时候来到纳雍的，他们在水头寨开垦了土地，赖以生存。

清末民初，地方官员、乡镇保长和部分商人大量置买土地，中小地主逐渐出现。原来的官家、土目逐渐改变经营方式，将土地租佃给农民耕种，逐步向地主经济转化。

农民租佃地主土地，每年按租佃契约交纳租金。租佃方式有活租(根据地主意愿，随时变动租额)、定租(租佃期限不定，每年不分丰歉，都要交足一定数额租子)，农民因自然灾害交不齐租子，就用为地主服劳役或其他方式抵租。在荒歉年份，有的农民为了交租，四处借钱，甚至倾家荡产、卖儿鬻女、四处逃生。

新中国成立后，围绕土地，我国的土地制度经历了一次次改革与实践。纳雍土地制度的变迁，是这场改革与实践中一朵小小的浪花。

1950年6月30日，中央人民政府根据新中国成立后的新情况，颁布了《中华人民共和国土地改革法》，规定废除地主阶级封建剥削的土地所有制，实行农民的土地所有制。同年起，没收地主的土地，分给无地或少地的农民耕种，同时也分给地主应得的一份，让他们自己耕种，自食其力。

依照《中华人民共和国土地改革法》，纳雍县于1952年进行土地改革，没收地主土地、征收富农多余土地分给无地少地农民，使占全县总人口92%以上的农民分到土地。

1953年春，纳雍部分乡出现以换工为特点的临时农业生产互助组，随后逐步发展成为季节性或常年性互助组。农业生产互助组一般由几户或十几户农民组成，组员在土地及其他生产资料私有以及个体独立经营的基础上，在劳动力、畜力、农具等方面开展换工互助。

农业生产互助组，是我国农业生产合作组织的萌芽形式。

1954年春，纳雍出现初级农业生产合作社。初级农业生产合作社实际上就是土地合作社，简称"初级社"，其典型特点是在保留生产资料个体私有的条件下，土地入股，统一经营，除国家税收、集体提留(主要是种子、饲料、公积金、公益金)外，按劳动工分和土地比例分红。纳雍土地股最初占五至七成，随后逐步减少到三至五成。

水头寨里的"另一半中国"

1956年春,纳雍县有的乡开始组织取消土地分红,实行按劳动工分分配为主的高级农业生产合作社。高级社区别于初级社的一个显著特征是土地等主要生产资料集体公有,社员的土地被无偿转为集体所有。

《纳雍县志》记载:"1956年底,全县参加高级农业生产合作社的农户29355户,参加初级农业生产合作社的28698户;高级社发展到87个,初级社551个,参加高、初级农业生产合作社农户占全县总户数的91.5%。1958年春,居仁区开始组织人民公社,以原居仁高级农业生产合作社为主,联合王家寨、家猫、老窑共4个高级社和部分初级社组成纳雍第一个人民公社,后来因规模过大,生产和分配仍以原高级社进行。9月底,全县共组织77个公社(基本一乡一社),399个生产大队,3387个生产小队,除少数居住分散农户外,基本都参加了人民公社,全县实现公社化。"人民公社的生产以大队和生产队为主安排,分配除少数以公社为单位外,多数以大队为单位进行分配。分配中扣除国家税收、生产费(包括种子、饲料)、公积金、公益金后,全部按劳动工分分配。

这时全国的情况是怎样的呢?蒋云龙在《20世纪50年代我国农业生产合作组织发展回顾与评析》一文中,引用了相关数据:"1955年底,全国共有初级社190万个,高级社13.8万个,入社农户共7400万,62.7%以上的农户加入了合作社。1956年底,入社农户近12000万,占总农户数的97%,其中,高级社54.4万个,入社农户占总农户数的88.4%。1957年底,高级社高达75.3万个,入社农户占总农户数的95.6%。至此,仅仅不到两年的时间,就基本实现了全国范围内的高级社化,而中国的农业也从合作化转变为集体化。"(见《财贸研究》2008年第3期)蒋云龙认为,高级社的建立是我国农业合作化与集体化的重要时间分界。

紧接着开展的轰轰烈烈的"大跃进",更是将高级社转变为公有化程度更高的人民公社。后来,经过多次调整,实行"三级所有,队为基础",农业生产合作社成为人民公社的生产队。

只用了几乎10年的时间,我国的农业生产合作组织,从最初的农业生产互助组，最终变成了高度集体化性质的人民公社。人民公社实行政社合一，一般为一乡一社，内部实行高度集中的统一管理，贫富拉平，平均分配，无代价上调下属生产队以至社员的个人财产，导致"共产风"严重泛滥。过分集中与平均主义，使农民的积极性和农村生产力受到极大的束缚。

个体农业向合作化方向发展，是土地改革中新获得土地而缺少其他生产资料的农民追求发展的需要，但由于工作过粗，转变过快，形成了以"一大二公"为特点的人民公社。蒋云龙在分析农业生产合作组织时，认为其在发展过程中存在以下几个主要问题：盲目追求发展速度及规模，脱离生产力发展水平；过分强调集体化和公有化程度，忽视农户的独立产权和经营自主权；不尽合理的分配制度影响农民劳动积极性；违背了自愿原则，强制现象普遍存在；政治因素过多，导致了合作社的政治化，忽视了合作社还是一个经济组织。

《纳雍县志》记载："由于公社化以后各项运动接连不断，各级干部、特别是农村基层干部积极性受到很大挫伤，部分干部强迫命令，脱离实际、脱离群众，又加上后来在'农业学大寨'活动中强调政治工分，不论出工多少和好坏，都是一律10分，造成吃大锅饭现象，群众意见很大。"

当历史的车轮转到1978年，在距离水头寨1000多公里的安徽省凤阳县小岗村，迫于生存的18位农民签下"生死状"，将村内土地分开承包。

实际上，在纳雍，1976年至1977年，部分社队开始自行包产到户，分田单干，除粮食集体生产基本维持外，其他林木、畜牧、工副业等生产大部分散为个体经营。

在人民公社体制还没有撤销的背景下，"包产到户"这个举动"惊天动地"。

后来的历史就广为人知了，小岗村开创的家庭联产承包责任制一年

水头寨里的"另一半中国"

后见到实效,实行"大包干"后的一年,小岗村粮食大丰收,粮食总产量相当于前五年的总和。

小岗村的做法得到中央的肯定。1980年9月,中央发出《关于进一步加强完善农村生产责任制的通知》,允许边远山区和落后地区的"三靠队"(种地靠贷款、吃粮靠返销、生活靠救济)实行包产到户。在1982年中国共产党第一个关于农村工作的中央一号文件中,明确指出包产到户、包干到户都是社会主义集体经济的生产责任制。

1982年1月1日,中共中央批转1981年12月的《全国农村工作会议纪要》,这也是通常所说的改革开放后第一个中央一号文件,其主要内容就是肯定多种形式的责任制,特别是包干到户、包产到户。这份文件提出,包产到户、到组,包干到户、到组,都是社会主义集体经济的生产责任制,明确"它不同于合作化以前的小私有的个体经济,而是社会主义农业经济的组成部分",并第一次以中央的名义取消了包产到户的禁区,且宣布长期不变。家庭联产承包责任制从此正式登上我国农村土地经营制度的舞台。

全国农村普遍实行家庭联产承包责任制后,原有的人民公社体制的弊端已经充分暴露,其政社合一的体制已不能适应生产力发展的需要,它严重压抑、窒息了农民的生产积极性,丧失了发展活力。

尽管很多人心里都清楚,人民公社已病入膏肓,但却无法开出"药方"。"人民公社"写进了宪法,谁也不敢轻举妄动。

1980年6月,在贵州邻省四川,广汉县向阳公社冒险"撤社换乡",撤掉"向阳公社"的牌子,取而代之的是"向阳乡人民政府"。谁也没想到,这看似平常的"一摘一换",在中国农村掀起了一场排山倒海的改革浪潮。

广汉县的做法得到中央的肯定。1982年12月,经全国人民代表大会讨论通过,修改后的《宪法》第一章中规定人民公社是农村"合作经济"的一种形式,正式结束了人民公社"政社合一"的体制。

1983年10月12日,中共中央、国务院发出《关于实行政社分开,建立乡政府的通知》(以下简称《通知》)。《通知》指出:当前农村改变政社合一体制的首要任务是把政社分开,建立乡政府;同时按乡建立乡党委,并根据生产的需要和群众的意愿逐步建立经济组织。《通知》规定乡的规模一般以原有公社的管辖范围为基础,要求各地有领导、有步骤地搞好农村政社分开的改革,争取在1984年底前大体上完成建立乡政府的工作,改变党不管党、政不管政和政企不分的状况。

至1984年底,全国绝大多数地方的农村人民公社完成了政社分开工作,建立了乡(镇)政府和村民委员会。

纳雍县于1984年4月将公社改为乡(镇),普遍推行家庭联产承包责任制,水头寨所在的百兴镇水头上村也在1984年成立,水头寨人按照人口的数量,拥有土地承包经营权,农民第一次拿到《土地联产承包责任制合同使用证》,真正实现"耕者有其田"的愿望。

自实行家庭联产承包经营以来,党中央、国务院一直坚持稳定农村土地承包关系的方针政策,先后两次延长承包期限,不断健全相关制度体系,依法维护农民承包土地的各项权利。

从20世纪90年代到今天,一个个事关农民与土地的法律法规相继出台,从法律层面确认了家庭联产承包责任制,确认了土地承包经营权长期保持不变:

1991年11月,中共十三届八中全会通过了《中共中央关于进一步加强农业和农村工作的决定》,提出把以家庭联产承包为主的责任制、统分结合的双层经营体制作为我国乡村集体经济组织的一项基本制度长期稳定下来,并不断充实完善。

1998年修订的《土地管理法》以及党的十五届三中全会通过的《关于农业和农村工作若干重大问题的决定》,确定了土地承包期再延长30年的政策。

2003年,《中华人民共和国农村土地承包法》颁布实施。第一章第一条就规定"赋予农民长期而有保障的土地使用权,维护农村土地承包当事人的合法权益,促进农业、农村经济发展和农村社会稳定"。

2017年中央一号文件提出,农村土地实行集体所有权、承包权、经营权三权分置。

2017年党的十九大报告中提出,农村第二轮土地承包到期后,将再延长30年。

2018年,十三届全国人大常委会第七次会议审议通过了关于修改《中华人民共和国农村土地承包法》的决定,明确了国家依法保护农村土地承包关系稳定并保持长久不变。为了给予农民稳定的土地承包经营预期,修正案规定,耕地承包期届满后再延长30年。

……

农民与土地的关系,随着形势的变化愈加多元。特别是随着农民收入来源的多元化,农民与土地的关系似乎不那么紧密了。拿水头寨来说,当初一些人把土地视为"命根子",而如今大量的土地却被撂荒,很多人不再依赖土地生存。

不过,如果就此得出农民对土地失去了感情,那就错了。人多地少是我国的基本国情,土地问题依然是农民问题中最敏感的问题,是解决"三农"问题必须面对和解决的课题,只不过不断出台的法律保障,给了农民长期稳定的预期,一旦动了土地这个"奶酪",就会牵动农民的神经。

保持农村土地(指承包耕地)承包关系稳定并长久不变,不仅意义重大,而且影响深远。承包关系稳定,可以增强农民发展生产的信心、保障农村长治久安。可以说,实行"长久不变",顺应了农民愿望,有利于巩固和完善农村基本经营制度、促进中国特色现代农业发展、推动实施乡村振兴战略、保持农村社会和谐稳定。

英国古典经济学家威廉·配第有句名言:"劳动是财富之父,土地是财富之母。"中国农民,向来有着解不开的土地情结。尽管土地制度发生深刻变革,但处理好农民与土地的关系仍然是时代命题。

开荒开到天，种地种到边

在生存威胁的面前，人的毅力是无限的。

水头寨属于典型的喀斯特地貌区，位于海拔近2000米的轿子山脚下，四面环山。开门见山，回家依山，游玩在山，吃饭靠山，使我从小对水头寨周边的大山有别样的感情。在水头寨人的心中，每一座山都有一个神秘的故事。

比如轿子山，它因在一片连绵起伏的群山中，一座形似圆锥的山高耸入云，一左一右两座稍矮的山犹如两个挑夫挑着圆锥形的轿子而得名。轿子山的对面，是一座和它同等高度的山峰，当地人取名为"大尖岩"。

老人们是这样给孩子们讲述这两座山的故事的：传说，当地有一个漂亮女子，被父母许配给了一户人家。直到结婚那天，她也没有见过被许配的男子。结婚当天，当轿夫抬着轿子在一座山脚下休息时，这名女子才从众人口中得知，她即将要见面的丈夫，是一个驼背，而且长得很丑。听后，女子不同意，缠着众人不走了。就在这时，山塌陷了，把女子及其接亲队伍掩埋了。经过许许多多年，这里长成了轿子山。而河对岸的男子，一生未娶，默默守候埋在大山里的女子，后来变成了大尖岩。两个没有见过面的男女，从此隔河相望。

水头寨里的"另一半中国"

小时候,我相信这是一个真实的故事。长大后逐渐明白,整天与山为伴的乡亲们,赋予每座山活的灵魂。他们靠山吃山,对待山峰有着像土地一样的敬重。

在山里生存,需要付出的艰辛和努力,是平原地区无法想象的。水头寨及其周边村庄人,生存环境是这样的:家安在山脚或者山腰,土地从山脚遍及山顶,人干活时,就像蜘蛛走网一样,匍匐在土地上劳作。

在水头寨,人均只有一亩贫瘠的土地。人们辛苦劳作,换来的却是"种上一坡,只收一箩"的尴尬。

这样的生产环境,再加上那个年代实行的城市与农村之间的"剪刀差"政策,使我父母这一代水头寨人生活陷入了贫穷。2018年12月7日,《农民日报》出版了庆祝改革开放40年特刊,一篇题为《四十年后再出发——致敬中国农民和农村改革》文章这样提到:"有人测算,通过统购统销的'剪刀差',1979年到1994年,国家从农业提取了15000亿元收入,平均每年937.5亿元。"

在一方水土已经快养育不了一方人的生存威胁面前,在人粮矛盾突出年月,垦荒成了无奈之举。水头寨人曾经一度把能开垦的地方,都开垦成为耕地,土地种进了荒山,大量的森林、植被被损坏。开荒开到天,种地种到边,荒山草坡差不多被斧头、镰刀、锄头铲了个遍,山头一片枯黄。

这种叠加式的索取,换来了山洪等各种自然灾害。在我的记忆中,水头寨人最怕的是雨季,每一次暴雨过后,每一座山都被冲刷得像脱了一层皮。

贫穷,开荒;开荒,水土流失,贫穷……水头寨一度陷入"越贫越垦,越垦越贫"的恶性循环。人们用一句顺口溜形容日子的艰难:"高山大梁子,洋芋苦荞过日子,想吃一顿白米饭,要等婆娘坐月子。"

不过,水头寨的贫穷没有得到大自然的同情,由于无节制的破坏,大自然还是发怒了。

第四章 水头寨人的守土与离土

村民李隆杰回忆起了一件他亲身经历的大自然发怒事件：

那是1983年的一个夏天，我和我二哥、李连超三个人去打各冲修树条子来盖房。

大约下午三点来钟，天一下阴了下来，天空中卷起大黑云，紧接着开始打雷。

这说明马上要下大雨了，我们赶快往家赶。我们来到打各冲丫口，看雨马上就要下来了，就想在那里的岩脚下躲雨了。看那里危险，就勉强把树扛到吊水岩的寨子里，我们三个人在吊水岩尚青林家躲雨。

雨一开始下，就特别大，简直就是瓢泼大雨。这时，李玉科家妈从腾脚跑来，差点过不来。

那个年代，山上都是光秃秃的，连一些灌木丛都被砍了。雨水裹着山坡上的泥沙还有大家锄在地里的树枝、秸秆、杂草等，从山上往山下滚。

到山脚下的水沟时，水沟就像一个火车轨道，大水裹着各种杂物往前跑，波涛汹涌，就像一列火车驶过来一样。

那天，三家寨（水头寨邻村）罗少先家第二个儿媳背着一个孩子，带着她的妹妹，也在打各冲种地，她们可能也是看到要下雨了，也是往家里跑。刚到高家地旁边，大水一来，一下子就把三个人冲走了。

后来雨停了，我们绕道大斜厂，过马鞍桥回家了。这时，我一看对面，整个山全被雨水冲光了。我们刚到家，罗家就来问我们，看到他家那三个人没有。

第二天洪水停了之后，在塔山脚河边找到了背孩子的背扇，三个人却不见踪影。

水头寨里的"另一半中国"

不光是水头寨,当时整个纳雍,都面临生态环境破坏的压力。《纳雍50年》记载,1982年5月12日21时50分至22时10分,前后不到半小时,呼啸的狂风夹带着倾盆的暴雨,从纳雍县雍熙镇木井村的三面高山上席卷而下,顷刻之间使34户农户遭灾,死亡37人,重伤3人,轻伤10人,冲走耕牛3头,马2匹,家禽300只……

记入《纳雍50年》档案的,还有这样一些数据:据不完全统计,1951年到1957年6年间,全县每年平均遭遇旱涝灾害的耕地只有1993公顷;同样是6年时间,从1973年到1978年,全县每年平均遭遇旱涝灾害的耕地陡然上升到3600公顷,是前6年的1.88倍,而损失的粮食则为此前的3倍。

……

从1959年到1980年的21年间,有据可考的气象资料显示纳雍倒春寒出现一次的年份有11年,两次的有7年,三次的有4年,有16年出现夏秋低温天气,造成水稻减产,个别高海拔区域甚至绝收;冰雹次数共计出现83次,平均每年差不多达到4次。20世纪50年代,全县石山区仅为2391公顷,"四五"期间则上升为7566.7公顷,1980年,石山区已达13005.5公顷,因水土流失,致使全县河床淤高3—7米,河面刷宽5—25米,很多河溪变成了季节河。

从1950年到1980的30年间,全县森林面积从1244805亩直线跌落,降到244703亩的低谷,森林面积净减量为1000102亩,解放初期蓄存的995.8万立方米活立林木几乎荡然无存。

纳雍所在的毕节各县市,都出现了生态恶劣现象。2012年,我在毕节采访时,当地林业部门给我提供了一组数据:1988年,毕节发生水土流失面积占全省土地总面积的62.69%,年水土流失量达到9165.3万吨——相当于年流失30万亩耕地的活土层。

当时的毕节,人多地少,林粮争地矛盾突出,一些地方垦殖指数(垦殖指数:一国或一地区已开垦的耕地面积占其土地总面积的比例,用百分数表示,是衡量一个地区土地资源开发利用程度的指标,垦殖指数高,说明该地区的耕地开发利用程度较高,但如在不适宜发展种植业的林、牧业地区,过多的开发会破坏土地资源)达到极限,森林植被遭严重破坏,陷入"人口膨胀——粮食短缺——生态恶化"的恶性循环。

1988年6月,"毕节开发扶贫、生态建设试验区"经国务院批准设立,把贫困地区的贫困、生态、人口问题统筹考虑,制定完整的治理方案并在大范围实施。毕节从人与自然的"对抗",逐步走向"共赢"。

对水头寨生态环境影响最大的,是一个代号为"3356"的项目。"中国3356"项目,是联合国粮食计划署向中国贵州省纳雍、织金两县提供的以粮食援助形式,帮助恢复生态的项目。其目的是通过造林、种草和其他农建措施,缓止日趋加重的水土流失,使项目区日益恶化的生态环境逐步向良性循环的方向转变和发展。

1988年12月,"3356项目"在纳雍启动,计划沟、坡、洼、冲一次治理,田、林、路、草一次到位,农、林、牧、副一次成型。一度脆弱的生态,日渐恢复了元气。

《纳雍50年》记载:"'中国3356'项目在纳雍长达六年的实施期间,共投入援粮变价款和国内配套资金3032万元,建立苗圃7054亩,培育营养袋树苗1000000株,造林339238亩,砌筑农耕梯土12564亩,新建乡村公路25条154.8公里,修缮乡村公路9条68.5公里,收到了良好的经济、生态、社会效益。"

在距离水头寨5公里左右的一片荒坡,小时候,曾经是我和小伙伴们的乐园,我们管这里叫"大坡"。夏秋之际,每天早晨,我和小伙伴们都会把牛赶到这里,然后在这山坡上玩上一整天,傍晚时分,赶着牛儿回家。

突然有一天,我们被告知,大坡不能放牛了,要栽树。在大坡栽树,是由国家提供树苗,附近的村民投工投劳。

我清楚地记得那一天,全村人悉数出动,每家按人口数量分配任务,大家共同植树。我也跟着父母，在被挖得坑坑洼洼的大坡上，疯玩了一天。

幼小的我，哪里知道那是与"游乐场"的告别。从此之后，大坡就不准再放牛了，我们失去了乐园。

此后，我再也没有机会去大坡。每年回家，从远处眼看大坡上的树逐年长高，我心心念念想去看看。可惜，那些曾经的小伙伴对此不感兴趣，没有人陪我，我不敢斗胆进入连绵起伏的树林。

2018年4月，在我的"威逼利诱"之下，一个堂哥和弟弟终于答应，陪我去大坡，找寻我的童年。

当年因"3356项目"种下的树，30年后，都成了合抱之木，高耸入云。穿梭在莽莽苍苍的大坡，30年过去了，我依然能够寻着山势，找到儿时活动的据点。人，一辈子最难忘的，是童年无忧无虑的欢笑和那些留下笑声的地方。

从大坡回家，我看到家乡树木葱茏，万木争春，这得益于人们对生态的保护和对土地逐渐失去依赖后生态的恢复。

古木参天、草深林茂是水头寨原有的面貌，然而，在人类生存的面前，它改头换面了。像水头寨这样的地方，本应该把山坡留给山林，让荒山变绿海。但问题是，如果大量人口转移不出去，农村依然是农民生存的主要根据地，没有土地，农民靠什么养活？今天走出去的农民，如果某一天再回到村里生存，他们会重蹈父辈的旧辙吗？

困守在土地上

新中国成立初期，农业人口的自由流动在很长一段时间里受到了限制。从1950年到1978年，水头寨自然流动的人口几乎没有，人们被困守在土地上。城市与农村之间隔着一堵厚厚的无形的"墙"，处于一种"隔离"状态之下。此间，全国情况大体一致。

城市与农村之间的这堵"墙"，"修建"的时间大体是从"统购统销"政策推出开始的。

新中国成立以后，随着国民经济的恢复和大规模的工业建设的展开，导致城市人口激增，城市出现粮食供应严重不足的情况。

为了解决尖锐的粮食供需矛盾，保证工业化顺利进行，1953年10月16日，中共中央发出了《关于实行粮食的计划收购与计划供应的决议》，计划收购被称为"统购"，计划供应被称为"统销"。《决议》规定，粮食的"所有收购量和供应量，收购标准和供应标准，收购价格和供应价格等，都必须由中央统一规定或经中央批准"。

"统购统销"后来发展到不仅征收农民的余粮，还收购农民的口粮、种子和饲料。虽然供应保证后，将这些"过头粮"返销给了农村，但返销回来的粮食，总体要比从农民那里收购走的"过头粮"要少。

特别是在对粮食实行统购统销以后，国家还对生猪、鸡蛋、糖料等

水头寨里的"另一半中国"

100多种农产品实行派购。这些产品农民都不能自由买卖,价格也由国家统一规定。

"统购统销"的农产品流通制度,直到1992年底才正式退出历史舞台,在我国实施了39年。它虽然是特殊时期一个制度安排,但在各种叠加因素的助推下,其弊端也日益显露出来,制约了农村经济的发展。

"统购统销"衍生的凭票供应制度,使手里没有票证的农民,如果离开土地,是无法生存的。有人形容,"农民没有粮票,离开了自己生养的土地,甚至无法买到一碗粥、一个馒头……农民进城,只能准备充足的干粮",这客观上将农民死死地捆绑在土地上。

这种捆绑到1958年,被以法律法规的形式确立。1958年1月,全国人大常委会通过《中华人民共和国户口登记条例》,规定"公民由农村迁往城镇必须持有劳动部门录用证明、学校的录取证明,或者城镇户口登记机关的准予迁入的证明",并第一次明确将城乡居民区分为"农业户口"和"非农业户口"两种不同户籍,农民成为一种身份。《条例》实施后,"未经相关部门批准"的"盲流"被视为非法流动人口,农民入城仅剩余招工、上学、当兵三条极其狭窄的通道。

这里多说一句,这个《条例》的诞生,奠定了我国现行户籍管理制度的基本格局,从此形成了几乎延续至今的人口迁移和劳动力流动的制度框架。

1964年8月,《公安部关于处理户口迁移的规定(草案)》出台,基本精神是两个"严加限制",即:对从农村迁往城市、集镇的要严加限制;对从集镇迁往城市的要严加限制。中国城乡二元结构、"农"与"非农"二元格局便于此时正式形成。

1975年,第四届全国人大第一次会议通过的《中华人民共和国宪法》,删除了1954年中国颁发实施的第一部宪法的"居民有居住和迁徙的自由"条款。1977年,国务院批转公安部第2个《关于户口迁移的规定》,首次明确"商品粮人口"和"农转非"概念,进一步强化了城乡人口的界限和城乡分离的二元社会结构。

统购统销政策和户籍制度限制了农村人口自然流入城市，大量农村人口被束缚在单一的农业生产之中，不能自由流动，不能自由择业，农村失去了活力。

1959年至1961年，我国发生了全国性粮食和副食品短缺危机，这就是"三年困难时期"。

《中国共产党历史》第二卷在叙述到"三年困难时期"群众生活状况和人口变动情况时说："粮、油和蔬菜、副食品等的极度缺乏，严重危害了人民群众的健康和生命。许多地方城乡居民出现了浮肿病，患肝炎和妇女病的人数也在增加。由于出生率大幅度大面积降低，死亡率显著增高。"

《纳雍县志》在《大事记》一章中，记载了"三年困难时期"纳雍遭遇的自然灾害：

1959年6月，普遍发生旱灾，县委发出开展以抗旱为中心的田间管理指示。

1960年4月，部分社队出现缺粮，出现农民浮肿、干瘦，以致不正常死亡现象。

1960年，发生多起火灾，受灾104户478人，死亡5人，伤4人，烧毁房屋119间，损失粮食3.5万余公斤，各种物资折款8.2万余元。

1961年5月，连续遭受冰雹、大风和洪涝灾害，55个管理区220个大队受灾，损毁小季48646亩，大季12939亩，蔬菜12939亩，毁坏民房904间，畜圈204间，死亡2人，猪5头。

1961年7月16日，居仁区蒲家营水塘被山洪冲垮，毁田100余亩，死亡3人。24日，姑开区遭受冰雹大风，41个大队，204个生产队，14458亩田土受灾，毁民房421间，畜圈56间。

《纳雍县志》记载："1960年至1961年三年经济困难时期，出生人口减少，非正常死亡人口增加，出现负增长。"

在水头寨，人们习惯把"三年困难时期"叫"饿饭那年"，饥饿是很

水头寨里的"另一半中国"

多人对这一时期刻骨铭心的记忆。

曾经,水头寨农民和几亿农民一样,早出晚归、长年辛劳,"面朝黄土背朝天"是他们一生的剪影。

在那样的年代,农民的子女一出生,其"农民"命运就基本确定。要冲破政策的藩篱,改变自己命运,除了招工、上学、当兵,几乎没有其他道路可走,而这"三条路"又是何等的狭窄。

农村的贫穷,使我这一代农民子女一门心思想脱离农村,十几年寒窗苦读,使出浑身解数,目的就是"丢掉泥饭碗、端上铁饭碗",用父亲的话就是"丢掉锄头把"。

正是这些被困守在土地上的农民,以贫穷乃至生命支撑着中国的工业化。有关研究表明,从新中国诞生到1990年代末,我国农民为国家工业化和城市化的发展提供资金积累达2万多亿元,大约相当于同期我国社会资本存量的三分之二。

这些数字背后,凝结着几亿农民的汗水。今天,农民已经有了迁徙的自由,但我们不能忘记:曾经,中国农民,以坚韧不拔的毅力和隐忍,扛起了中国国民经济与工业快速前进的重担。进入新世纪,也还在向城市发展提供"世界少有的最优质和最廉价的劳动力",他们支撑了中国制造、中国奇迹和中国崛起。

户籍制度松绑，离土成为潮流

历史的车轮滚滚向前，那些不合时宜的制度障碍终将被历史所淘汰。这是人类社会发展的客观规律。

就农民自由流动来说，始于1978年的家庭联产承包责任制，解决了"吃粮难"问题，农民可以自由支配自己的劳动，从而使摆脱土地束缚、外出务工成为可能。

改革开放大幕拉开，特别是在1984年，中国一口气开放了大连、上海、广州等14个沿海港口城市，工业化和城市化需要大量的劳动力。

依据社会需要来引导、规范人口有序流动，生产力才能够更好地释放出来。

1984年10月，《国务院关于农民进入集镇落户问题的通知》颁布，户籍严控制度开始松动。《通知》规定，农民可以自理口粮进集镇落户，并同集镇居民享有同等权利，履行同等义务。城乡二元结构壁垒首次出现松动，为农民自由迁徙打开了"一道门缝"。

此时，水头寨的农民，还不知道历史的困局正在悄然打开。于他们来说，被困守在土地上的不仅是身体，还有被封闭起来的思想观念。水头寨人无法想象，离开土地，将如何生存。

不过，其他一些地方的农民透过户籍制度松动这道"门缝"，洞开城市服务业大门的消息很快传到了水头寨,一些敢于吃螃蟹的农民卷起铺盖,奔向城市。

起初,水头寨人离开家乡,最远一般只到省会贵阳。在我童年经常听到的关于贵阳的几个关键词是:都拉营、渣渣坡、高楼……

"都拉营"实际上是今天贵阳市白云区的一个区域,"渣渣坡"是贵阳人形容堆放垃圾的地方,水头寨人起初到贵阳,大多是在都拉营这个地方捡拾工业废品。

有空的时候,他们也会到市区走走,看看高楼大厦。春节回家,他们带回来了眼中的贵阳——高楼林立、车水马龙。令我记忆深刻的一个画面,是他们形容城市里的高楼,"那些房子高得啊,如果戴着帽子,抬头一看,还没有看到顶层呢,帽子就掉地上了"。见过一些世面的农民,他们的话是朴实而夸张的。

尽管他们在贵阳干的是捡垃圾的活,但是,比起种地,已经是历史的跨越了。那些外出务工的人由于脱离了土地,还能见到城市的高楼和奔跑的汽车,这让水头寨人无比羡慕。

接着,一些年轻、胆大的水头寨人,冲出了贵阳,南下广东、浙江,成为"农民工"大军的一员。

他们中的一些人,从城市带回来了时髦T恤。这些T恤的后背,印着"深圳"两个字,很多人认字认半边,把"圳"字念为"川",在村里闹出了不少笑话。

那一件件T恤,就像一只只"信鸽",把中国改革开放的讯息传到水头寨这样闭塞的山村,山里农民听到了一些时髦的词语:经济特区、蛇口工业区、时间就是金钱、效率就是生命……

全国各地的农民和水头寨人一样,都看到了外出打工的希望。

农民工数量的增长,一下子成狂潮奔腾之势。1993年,全国农民工达到6200万人,此后年均增长率超过5%,到1999年,首次突破1亿人大关。(《农民日报》报道数据)

进入新世纪,水头寨的年轻人,不读书的,几乎都外出务工了。离开土地,到城市寻求生存资源,成为一种潮流。

在此期间,一系列户籍改革制度相继出台,不过,大多针对小城镇,比如,1997年6月出台的《国务院批转公安部小城镇户籍管理制度改革试点方案和关于完善农村户籍管理制度意见的通知》,规定已在小城镇就业、居住,并符合一定条件的农村人口,可以在小城镇办理城镇常住户口。2001年3月颁布的《国务院批转公安部关于推进小城镇户籍管理制度改革意见的通知》规定,对办理小城镇常住户口的人员不再实行计划指标管理。

大城市的户籍制度依然处于严控状态之下,农民在城市里,只能是"务工",无法享受到和城市居民一样的福利待遇。

不过,对于水头寨人来说,他们似乎没有把这个事情看得太重,对于第一代农民工来说,他们的目的就是赚钱,然后落叶归根。城市户籍对他们来说,几乎没有意义,他们也不奢望城市的教育、养老等福利待遇会向他们开放。

农民虽然在城市工作,但是,他们依然无法跨越城乡之间这道深深的户籍"鸿沟",他们因此被称为"农民工"。城市诸多社会福利具有排他性,拥有城乡不同户籍,个人享受的福利待遇截然不同,城乡二元体制下的公民待遇依然具有天壤之别。

如果说公平的福利待遇还是一种奢侈品,可以暂时搁浅,那么,户籍制度下在城市的自由保障,则事关每一个"外乡人"每一天的生活。

21世纪之初,我听到水头寨外出务工人议论最多的是"暂住证"。从他们的口中,我也模糊了解到他们在城市的种种遭遇,收容、遣返、关押……很多人都经历过,只不过回到家中,他们把这一段遭遇轻描淡写罢了。

这些"外乡人",他们中的一部分用生命换取法治进程,孙志刚就是其中的一位。

水头寨里的"另一半中国"

2003年3月17日,任职于广州某公司的湖北青年孙志刚因无暂住证,被警察送至广州市"三无"人员收容遣送中转站收容。次日,孙志刚被收容站送往一家收容人员救治站。3月20日,孙志刚死亡,法医鉴定是遭毒打致死,27岁的生命戛然而止。

一个公民在自己的国土上,有了身份证,没有暂住证就被收容,最后"遭毒打致死",这是何等的悲哀。被收容遣返的肯定不止张志刚一个,只是很多人没有丢掉生命而已,这其中就包括一些水头寨人。

收容遣送的起源可以追溯到1951年,当时这一制度的对象是针对国民党散兵游勇、妓女、社会无业游民等人群的。

1957年12月18日,中共中央、国务院联合发出《关于制止农村人口盲目外流的指示》,对农村人口盲目流入城市采取了新的防控措施,其中就要求设置"收容所",即在农村人口流入较多的大城市,由民政部门设置收容所,临时收容后集中送回原籍,严禁流浪乞讨。

1982年,国务院发布《城市流浪乞讨人员收容遣送办法》,将乞讨者和"其他露宿街头生活无着落的人"列为收容遣送对象。1991年国务院发布《关于城市遣送工作改革问题的意见》,将收容遣送的对象扩大到三证(身份证、暂住证、务工证)不全的流动人员。

孙志刚之死引起社会强烈反响。2003年6月20日,《城市生活无着的流浪乞讨人员救助管理办法》公布。同年8月1日,《城市流浪乞讨人员收容遣送办法》废止。

因为孙志刚事件的推动,收容遣送成为历史。

孙志刚,以生命为代价,推动了中国法治进程。

户籍制度改革的进程加快了。2012年2月,《国务院办公厅关于积极稳妥推进户籍管理制度改革的通知》要求,逐步满足符合条件的农村人口落户需求,逐步实现城乡基本公共服务均等化。

2013年11月,《中共中央关于全面深化改革若干重大问题的决定》指出,要"创新人口管理,加快户籍制度改革,全面放开建制镇和小城市落户限制,有序放开中等城市落户限制,合理确定大城市落户条件,严格控制特大城市人口规模"。

一年后,《国务院关于进一步推进户籍制度改革的意见》正式发布,全面拉开户籍制度改革的大幕,而且给出了任务表——努力实现1亿左右农业转移人口和其他常住人口在城镇落户。值得一提的是,《意见》规定:"建立城乡统一的户口登记制度。取消农业户口与非农业户口性质区分和由此衍生的蓝印户口等户口类型,统一登记为居民户口。"

据媒体报道,至2016年9月,31个省份均出台了户籍制度改革意见。改革意见中,各地普遍取消"农业"与"非农业"户口性质区分。"农业"和"非农业"户口的差别,从此成为历史。

2019年4月8日,国家发展改革委官网发布了《2019年新型城镇化建设重点任务的通知》。《通知》指出,要继续加大户籍制度改革力度,在此前城区常住人口100万以下的中小城市和小城镇已陆续取消落户限制的基础上,城区常住人口100万—300万的Ⅱ型大城市要全面取消落户限制;城区常住人口300万—500万的Ⅰ型大城市要全面放开放宽落户条件,并全面取消重点群体落户限制。

我国城市规模划分有哪些标准? 2014年11月国务院发布的《关于调整城市规模划分标准的通知》给出了五种标准:

(1)超大城市:城区常住人口1000万以上;

(2)特大城市:城区常住人口500万至1000万;

(3)大城市:城区常住人口100万至500万,其中300万以上500万以下的城市为Ⅰ型大城市,100万以上300万以下的城市为Ⅱ型大城市;

(4)中等城市:城区常住人口50万至100万;

(5)小城市:城区常住人口50万以下,其中20万以上50万以下的城市为Ⅰ型小城市,20万以下的城市为Ⅱ型小城市。

这意味着,除了北京、上海等超大特大城市外,其他城市都要全面

水头寨里的"另一半中国"

取消或者放开放宽落户条件。

有人认为,户籍制度改革是继 20 世纪 80 年代实行家庭联产承包责任制后又一次"解放"农民的革命。实际上,户籍制度本来只是国家依法收集、确认、登记公民出生、死亡、亲属关系、法定地址等公民人口基本信息的一项行政管理制度,但是从 20 世纪 50 年代开始实行的中国现代户籍制度,是在短缺经济情况下的制度安排,从一开始就与公民在就业、教育、社会福利等方面的权益配套存在,大大超出了其通常意义上的职能,固化和加重了城乡二元社会结构。

鉴于此,尽管到今天户籍制度改革已经取得了较大的成功,但是彻底打破城乡二元结构,改革户籍人口管理职能上附加的利益分配功能必不可少。正如国务院发展研究中心宏观经济研究所研究员张立群所说,随着落户政策的放开,很重要的是要把公共服务的全覆盖做好。没有一个比较全面的公共服务保障支持,即便拿到城市户籍,人们在一些城市发展也会遇到不少困难。

对于水头寨人来说,离开土地的目的不只是争取一地"户籍",他们中的很多人终究是要落叶归根、回到大山里面去的。他们需要的,是在城市生活期间,享有与城镇居民同等的国民待遇,享受到平等的基本公共服务。比如,让跟随在自己身边的孩子能就近进入当地公立学校读书。

这个要求,简单,却又曲折和复杂。

离农,如何退地

今天,如果说有一个消息可以让水头寨人立刻沸腾起来,那这个消息非"征收土地"莫属,很多人希望以土地换取资金收入。

事实上,水头寨人的这个想法至少在10年前就已经出现了。当时,邻村因自然灾害需要搬迁,选址紧邻水头寨,很多村民都希望自己家承包的土地被征用,从而获得经济补偿。

此前说过,曾经,水头寨人视土地为生命,土地是所有人的财富之母、生存之基。而如今,土地的收益越来越低,年轻人几乎全部进城务工,务工收入成为水头寨人收入的重要来源,很多人的生活已经不再倚重土地,土地被大面积撂荒。他们相信,即便有一天回到农村,也不会再依赖土地生存,于是产生了很强的土地处置意愿。

那么,问题来了:离开了农业,如何退出农村土地承包经营权?

其实,这些年,我一直被问及类似的问题,因为我家就是一个典型事例。

对于我的父母来说,土地几乎是他们一生的求索与信仰,他们对土地的渴望,有一些画面成为我永远无法抹去的记忆。

实行家庭联产承包责任制后,我们一家四口(弟弟出生晚,没有分到土地)承包了7.16亩土地。父母就是在这7.16亩贫瘠的山地上刨食,不仅养活了全家,还供我们上学。

后来,姐姐出嫁,并没有带走属于她的那一份。2005年,我大学毕业,落户北京。接着,弟弟又把户口从农村迁往城市,我和姐姐、弟弟相继告别"农民"身份。

父母60岁时,我给他们说,辛苦了一辈子,也应该像"工人"一样从土地退休,不要再耕种土地。

对土地怀有深深感情的父母,一时舍不得离开。我和弟弟商量,让他们从"半退"逐渐过渡到"全退"。起先,我们希望转租两处地处山尖、距离遥远的土地的承包经营权。但是,在村里询了个遍,没有人"接盘",即便我提出免费转让,依然没有人愿意接手。最后,我们商定,这两处山地撂荒,一共3亩。

距离村子不远的2亩地,以每年300斤玉米为"租金",成功转租给一家邻居。这样,父母经营的,只有村寨周边2亩田地。

2017年,弟弟家迎来了新的家庭成员,侄子出生了。母亲离开了土地,去城里带孙子。

农村的家里,只剩父亲一人。这些年,父亲身体大不如以前,隔三岔五,还要去弟弟家辅助一下母亲,也就不再料理土地了。

转租给邻居的那2亩土地,两年后,邻居返还,从此撂荒。

父母生活的所有开销,由我和弟弟承担了。与土地打了50多年交道的父母,不再渴求土地出财富。

如果说父母退地还有一些故事的话,两个叔叔则来得更直接。

三叔20世纪80年代通过读书,成为国家公务员,后来娶了身份为农民的姑娘为妻,三叔的妻子在水头寨有承包地1.05亩,但他们自结婚到如今,就没有种过一天土地。这1.05亩土地,一直免费给村里其他人种。

幺叔虽然是农民,但是通过自身努力,在镇上安家落户,生意做得风生水起,至少有20年也未曾料理过土地。

我们一家，成为"完全不再依赖农村土地生存的人"。实际上，在水头寨，即便不算农民工进城导致的耕地撂荒，这样的例子还有一部分，耕地撂荒现象日渐增多。

农业要有收益，需要向土地投资。然而，不从事农业生产、不关心土地产出的人，即便依然拥有土地承包经营权，显然不会向土地投资，这会导致大量土地资源长期休眠。

在农村，实行的是以家庭联产承包责任制为基础，统分结合的双层经营体制，很长一段时间，土地制度采取的是"两权分离"，即将土地的权利分为所有权和承包经营权，所有权归村集体，承包经营权归农户。国家通过不断延长土地承包经营权的期限，稳定了农村土地承包关系并保持长期不变。

随着城镇化进程的加快，加上户籍制度改革对人口流动限制的放松，农村青年通过求学、务工等向城市流动，土地流转和退出已成为必然。

其实，在水头寨，集体成员内部之间小规模的土地承包经营权转让在近30年来一直存在。但是，离农退地，还没有先例。有人担心，离农退地会影响社会稳定。

城乡变革的大潮不可抵挡。2014年，中央一号文件提出，要深化农村土地制度改革，稳定承包权，放活经营权，学界一直呼吁的"三权分置"终于看到了希望。

所谓的农村土地"三权分置"，就是在坚持农村土地集体所有的基础上，使承包权和经营权分离，形成所有权、承包权、经营权三权分置。2016年中共中央、国务院印发的《关于完善农村土地所有权承包权经营权分置办法的意见》认为，所有权、承包权、经营权三权分置是继家庭联产承包责任制后农村改革又一重大制度创新。

实际上，"三权分置"就是要坚持农村土地集体所有权，稳定农户承包权，放活土地经营权。这是引导土地经营权有序流转、发展农业适度规模经营的制度基础。

水头寨里的"另一半中国"

从"两权分离"到"三权分置",从集体所有、农户承包经营到集体所有、农户承包、多元经营,农村土地制度改革明晰了方向。这种思路,能够重构农村土地利益结构,为农业从以家庭为单位的小规模经营向规模化、集约化经营扫清了制度障碍,也使"离农退地"成为可能。

2015年底,中共十八届五中全会提出:"维护进城落户农民土地承包权、宅基地使用权、集体收益分配权,支持引导其依法自愿有偿转让上述权益。"2016年8月,《关于实施支持农业转移人口市民化若干财政政策的通知》要求,逐步建立进城落户农民在农村的相关权益退出机制,积极引导和支持进城落户农民依法自愿有偿转让相关权益。城镇化进程中的农民"离农退地"问题有了政策支撑。

两年后,"离农退地"问题有了法律规范。就在我准备写这篇文章的前一周——2018年12月29日,十三届全国人大常委会第七次会议审议通过了关于修改《中华人民共和国农村土地承包法》的决定。这是农村土地承包法从2003年施行以来首次大修。

《农村土地承包法修正案》规定,国家保护进城农户的土地承包经营权,不得以退出土地承包经营权作为农户进城落户的条件。承包期内,承包农户进城落户的,引导支持其按照自愿有偿原则依法在本集体经济组织内转让土地承包经营权或者将承包地交回发包方,也可以鼓励其流转土地经营权。

更为重要的是,这次修改农村土地承包法,将农村土地实行"三权分置"的制度法制化。

制度已经没有障碍、法律也有了保障,离农退地能顺利进行吗?

我在水头寨访问了很多人家,主要有两种意见:一是整体退出,也就是以户为单位,将承包地整体退还给集体经济组织;二是部分退出,特别是退出那些贫瘠、零散且距离很远的承包地。在我访问的人家中,高达90%的人家有部分退出的意愿。

那么问题来了,退给谁?谁来接着种地?

农户的承包地只能退还给向其发包土地的集体经济组织，由集体经济组织给予相应的退出补偿。然而，当我和村干部谈起这个问题时，村干部回了一句："你觉得可能吗？"

村干部告诉我，村委会没有集体经济，办公运作全靠镇里支持，自然也就无力向退地农户支付补偿。而新型的农业经营主体——家庭农场、龙头企业、社会化服务组织等还没有在水头寨出现，农业适度规模经营在这个山村更难以实现。在集体成员之间，当大家从土地上看不到希望、土地的投入与产出严重不成正比时，也不愿意成为土地"接盘侠"。

农民想出租土地却没有人承接，水头寨不是个案。中国农村发展报告课题组2014年对河北、山东、河南三省的农户问卷调查显示，在767户有效样本中，有42.5%的受访户（326户）愿意但未能出租承包地。其中，在给出具体原因的214户受访户中，回答"没人租"的有107户，占50.0%；回答"租金太低"的有84户，占39.3%；回答"达不到租地人要求"的有18户，占8.4%；其他原因的有5户，占2.3%。

原农业部公布的数据印证了土地流转增速放缓的现状：2008年，全国农村土地流转面积为1.09亿亩，比上年提高了3.7%，2013年，土地流转增速开始放缓，2016年全国土地流转面积为4.71亿亩，仅比上年提高1.8%。

那么，大面积的土地就这样任之撂荒了吗？土地的退出有没有其他可能？

中国社会科学院农村发展研究所2017年发布的《中国农村发展报告》给出的建议，我认为对于水头寨这样的山村切实可行——探索农村土地的国家赎买收储制度，将农村土地性质转变为国有。

《报告》提出，为了培育农村土地市场，在农户有土地退出意愿但承接方缺乏时，可以借鉴法国、荷兰等国家的做法，设立土地赎买收储基金或成立土地银行，实行农业转移人口退出土地的国家赎买收储政策。国家将农户退出的土地收归国有并储备，经集中连片、土地整治和改善农业基础设施后，再出租给职业农民经营。国家赎买收储农村土地类似于现有的国家征收农村土地，两者的区别在于国家征收农村土地的目的是建设用地，而国家收储农村土地可以将作用拓展到储备农业用地、发展农业生产上。

对农业转移人口退出的土地实行国家赎买收储，《中国农村发展报告》给出了主要思路：政府设立农村土地赎买收储专项基金（或成立土地银行），凡符合条件的农业转移人口，都可以向所在集体申请有偿退出土地，集体收回土地后，向赎买收储基金或土地银行申请转让土地所有权；赎买收储基金分别向退地农民和所在集体支付补偿，并负责将退出的土地集中连片后交给国家；国家已经支付赎买资金，可以与征地一样，把农户退出的集体土地转变为国有。在具体操作时，为了减少财政压力，政府可以通过农村产权交易所，寻找愿意租地的农业经营主体先行支付部分费用；也可以将农民退地和进城衔接起来，以"城镇购房代金券"替代现金补偿。

这样的方式，不仅可以激活农村闲置资源，使农民能够带着在农村长期积累的财富进入城镇，更重要的，如果外部经济波动导致退地农民返乡时，可以以低廉甚至免费的租金为其提供一份"口粮田"，以保障社会稳定。

据我的观察和了解，像水头寨这样的地方，无论采取何种方式，都会有人选择全部或部分退出承包地。

但是，外部经济环境不是一成不变的，虽然制度的大门已经打开，还必须要设置严格的门槛。否则，一些农户退出全部承包地后，可能会成为无业游民，影响社会稳定。

为避免因承包地退出引发社会问题，应该对不同对象的退出设置不同的前置条件。拿水头寨来说，像我三婶、幺叔这样的已经在城镇站稳脚跟，有稳定的职业和收入来源的人，可以整体退出；像我父母这样上了年纪，需要进城与有稳定职业和住所的子女团聚、安享晚年的，也可以整体退出。

上述两个类型，也就是这部分人有了稳定的非农职业和收入，对农村土地的"生存依赖"基本消失。

对于暂时进城务工，终有一天会回到农村的农民，其整体退出就要慎重。

目前，国家在征用农地时，为保障农民生存，一些地方建立了较为完善的征地农民养老保险等保障政策。但针对自愿退地的农民，尚未出台相关配套社会保障政策。

无论退出的补偿金多少，钱总有用完的那一天。一些农民重视眼前的现金收入，可能会忽视外部经济环境的影响以及养老等现实问题。现有的农村居民养老保险，每月养老金大多不足 100 元，距真正解决退地农民的养老问题还有不小差距。

出台农民自愿退地养老保险，以有效保障农民退地后的基本生活，才可能使离农退地行稳致远，从而逐渐减少农民的数量，推动城镇化建设进程。

未来谁种地

在 2016 年全国两会"部长通道"上,原农业部(现农业农村部)部长韩长赋被现场记者"点题"——农民都进城了,谁来种地?

"种地一年不如打工一月!"这是我常听到的水头寨年轻人的一句口头禅,也是他们掰着手指一点一滴算盘之后得出的结论。

中国农业发展到今天,高成本严重损害了其竞争力,其中,人工成本是一个主要的方面。在水头寨这样的山区,种植农业依靠的还是近乎原始的刀耕火种,人工成本更是高得惊人。

降低农业的人工成本,出路在于机械化和适度规模经营。然而,在水头寨,家庭联产承包责任制实行之时,根据土地类型、地理位置等因素,各家承包到的土地细碎化、分散化。加上"开荒开到天、种地种到边"的现实条件,农业实行机械化和适度规模经营几乎不可能。放眼全国,2 亿多农户,绝大部分属于自给型生产。

农民辛辛苦苦付出一年,收获甚微。所以,当外出务工的大门一打开,水头寨人即便冲破头也要向城市里挤。

村里,只有那些"挤"不进去的老人和孩子。土地里,剩下的是一个个佝偻的身影,老人成了种地的主力军。

70 后不愿意种地,80 后不会种地,90 后不提种地,现存的农业劳动力终究有一天要丧失劳动能力，水头寨和中国的许许多多农村一样，面临一个难题：未来谁种地？

这些年，我在一些地方采访时，曾与地方领导、专家讨论过这个问题，一些人比较乐观，他们甚至认为这是个多虑的问题，不用担忧，只要人类有需求，中国就不会出现这个问题。他们的理由还有，这些年来我国粮食产量并没有减少，反而是连年增长，从侧面说明了这个问题。

任何人都希望粮食问题不会成为困扰中华民族实现伟大复兴的难题，但在当前城市全面取消和放宽落户条件的背景下，在加速推进农业转移人口市民化过程中，农村却已出现农业劳力短缺现象。

特别是像水头寨这样的农村，靠把人口全部转移到城市还不现实，一旦外部环境发生变化，土地的保障功能依然不可小觑。

相关数据显示，截至2016年6月底，全国承包耕地流转面积达到4.6亿亩，超过承包耕地总面积的1/3。像水头寨这样的地方，甚至更高，而且还存在撂荒现象。

因此，对"今后谁来种地"这个问题做一些前瞻性思考，是必要的。一个现实的问题就摆在国人面前，假如越来越多的土地没人耕种，土地荒芜、资源浪费，会不会危及我国粮食安全？

这当然不是危言耸听。改革开放40多年来，人们看到各种农产品日益丰富，粮食产量近乎连年增长。农产品总量确实已经足够，不过，结构性矛盾依然突出。

早在2011年，时任中央农村工作领导小组副组长、办公室主任的陈锡文就在《经济日报》撰文指出："农业仍然难以满足经济社会发展和人民生活水平提高的需要，我国农产品总体上还是供不应求，粮、棉、油、糖、肉这几大农产品都需要从国际市场上进口。"

陈锡文透露，2011年，我国从国际市场上进口的粮食包括大豆在内，一共是5800多万吨，相当于1160多亿斤，相对于2011年国内的粮食总产量11424亿斤，进口的粮食超过国内粮食总产量的十分之一。再比如，2011年，我国进口棉花331万吨，国内总产量660万吨；进口植物油674万吨，国内总产量1000万吨；进口食糖200万吨；海关统计的进口猪肉量接近100万吨。他呼吁："在粮食安全问题上，我们不能掉以轻心。……我们需要使用6亿至7亿亩的境外播种面积才能维持当前的现状。按照土地产能来计算，我国的播种面积缺口达到20%。可见，我国农产品供求的现状非常严峻，这也是中央为什么反复强调要守住18亿亩耕地的红线、为什么强调要加强农田水利基础设施建设、为什么强调要加快推进农业科技进步的重要原因。"

"你还会回来种地吗？"当我把这个问题抛向水头寨在外务工的年轻人时，他们给出的答案是："除非在外面生活不下去，或者是像以前一样，农村人不准去城市打工。"

他们这个前提，目前来说离现实似乎比较遥远，或者说不具备实现的条件，可想他们离开土地的决心是多么坚定。

实际上，不光水头寨的年轻人，全国大体如此，已经习惯了城市生活方式的年轻人，大多不会也不愿意回到家乡再种土地了。

在水头寨，一些即便留在家乡的年轻人，他们都在发展其他产业，几乎不料理土地，农业连"兼业"都谈不上。

那么未来种地的会是什么人呢？2012年11月，在北京大学等单位主办的北京论坛上，经济学家厉以宁提出了未来农村种地主要是三种人：一是种植能手、种植大户；二是农民专业合作社；三是农业企业下农村。

厉以宁认为，中国农村目前面临的处境是，能人外迁与弱者沉淀。在他看来，愿意在外面长期工作的，听其自愿；愿意回乡来创业的，要给他们方便。对于留在农村的老弱病残，最好的办法是让他们把土地流转出去，同时给予他们安置和必要的社会救济。

流转出来的土地，就是要交给上述"三种人"经营。这"三种人"也就是农村出现的新型经营主体。目前被法律保障的农村土地"三权分置"制度，已经为新型经营主体盘活农村土地资源、农业从以家庭为单位的小规模经营向规模化和集约化经营扫清了制度障碍。

方向已经指明，但并不等于道路就好走。

目前，全国农村土地大多分散化、细碎化，在农民与土地复杂的情感面前，要实现"小块合并成大块"难度依然很大。

魏后凯等在《中国农村发展报告（2017）》里提出了这样的思路："在全国推动农户'土地互换'，将原本分散多处的耕地连片并块。最理想的情况是在确权登记颁证之前，先进行农村土地的'互换并块'，实现'一家一块田，解决农户的地块细碎化、分散化问题'。"

实际上，这一思路于1999年在祖国边疆——广西壮族自治区龙州县就开始探索实践了。龙州县上龙乡上龙村板卜屯几户村民，在一次喝酒过程中谈到了因土地分散带来的高强度劳动时，提出了就近互换土地，将小块并作大块。大家一拍即合，第二天就把同一片土地里的地块互换了。龙州土地"小块并大块"，是把农户分散的责任田集中整合后流转，重新分配土地经营权，这是一种土地集约化调整新模式。

龙州县的小块并作大块，并出了大效益。我实地采访发现，龙州县农民探索的"小块并大块"，把过于分散的土地集中起来，不仅为农业规模化、集约化、产业化经营创造了条件，而且还有利于耕地保护和节约土地。土地平整，"小块并大块"减少了田埂，沟壑变平地，拓宽了面积提高了土地利用率。国务院农村综合改革工作小组调研组在龙州县调研后，对龙州县的探索给予了肯定，建议在总结龙州县相关试点经验的基础上，进一步完善政策，逐步在有条件的地方推广。

2013年我在龙州县采访时，无意间发现了这件事。一个举措，有效克服了耕地散乱对当地农业生产力的禁锢，唤醒了农村土地这个"沉睡的资产"。

然而，龙州县的实践20年过去了，却无法在全国推广开。可想，中国农民与土地的关系之复杂程度。

在农业机械化和适度规模经营的大趋势下，农村土地"互换并块"

水头寨里的"另一半中国"

是个时间问题。不过,一定要建立在农民自愿的基础上,建立在不改变家庭联产承包经营的基础上。

未来谁种地?说复杂其实也简单。如果农村令人向往、农业成为有奔头的产业,这个问题就迎刃而解了。

英国作家杰里米·帕克斯曼说:"在英国人的脑海里,英国的灵魂在乡村。"在中国何尝不是,孕育中国5000多年文明的是农耕社会。

在社会学研究者贺雪峰的眼里,农村是中国现代化的"稳定器"与"蓄水池",其主要功能是保持稳定而非讲求效率。他认为:"正因为进城农民还可以还乡,这为应对现代化进程中的各种危机提供了弹性空间和缓冲基础。……现代化既是快速发展的时期又是危机四伏的时期,经济、金融、社会甚至政治危机主要发生在城市,因为有了稳定的农业和纵深广阔的农村,任何危机都有回旋的余地。"

在水头寨,之所以很多农民在外务工经商,目标除了供子女读书,还想在村里修建房屋,维系各种社会关系,是因为他们清醒地知道农村对他们未来生存的价值,这种价值的核心就是老有所依和落叶归根。

中国的农民,年轻时为什么拼了命也要离开农村?一则是农业收益低,不能固守贫穷;二则是长期的城乡二元体制及其附加的各种不平等福利待遇,导致"农民"成为一种卑微的身份。很长一段时间以来,社会上一提城市白领,就是咖啡、电影;一提乡下农民,就是面朝黄土背朝天。

今天的中国,不仅要回答好未来谁种地的问题,还有如何种好地的难题。

有人认为,"职业化农民+合作化经营+社会化服务"是我国现代农业发展的基本方向。这其中,能否在广袤的农村培育出新型职业农民是关键因素,只有加快构建一支高素质现代农业生产经营者队伍,才能为农业现代化建设提供坚实的人力基础和保障。

本文开头的那个问题,韩长赋做出回应称,对于未来谁来种地的问题，我们总的方针是培养新型职业农民，培养造就高素质农业生产经营者队伍，培育新型经营主体，发展现代农业，提高农业现代化水平。

韩长赋曾做过如此展望：再过10年到20年，一大批有文化、懂技术、善经营、会管理的新型职业农民，将是中国现代农业发展的主要依靠力量。中国农业将主要由他们来承担，中国农业将由此走向现代化。

培育新型职业农民就是培育中国农业的未来。如果有一天，农民像城市白领一样让年轻人羡慕和追寻，在农村下地和在城市进企业能收获同样的体面且同等报酬，农民不再是低微身份的象征，而是一种有尊严的职业，农民何苦背井离乡？

到那时，谁来种地、如何种好地也许就不用担忧了。

解码"塘约经验"

"穷则思变",这是矗立在贵州省安顺市平坝区乐平镇塘约村山岗上的四个红色的巨型大字,它彰显着塘约村改革的决心,也见证了塘约村的变化。

"村穷、民弱、人散、地荒"是塘约村党总支书记左文学对2014年前塘约现状的描述。那时的塘约村,是国家级二类贫困村,村级经济基本无积累,村干部说话没人听、做事没人跟。村民"等靠要"思想严重,人人争当低保户、户户争要救济粮。塘约,陷入经济与精神双重贫困之中。

2014年6月,一场罕见暴雨洗劫塘约村,洪水冲毁农田、道路和部分村民房屋。贫穷加灾难,让这个小村庄的村民一下子陷入了绝望。

日子总要过下去。塘约村走上了改革之路:以资源变资产、资金变股金、农民变股东的"三变"改革为抓手,进行了三项改革:改革农村产权制度,提高市场化水平,让资源活起来;改革农业经营制度,提高产业化规模,让钱包鼓起来;改革村级治理制度,提高组织化程度,让力量聚起来。

经过4年多改革实践,曾经的国家级二类贫困村塘约,农民人均可支配收入从2013年的3786元增加至2018年的14140元,贫困人口全部脱贫,实现了贫困村到小康村的转变;村集体经济从2013年的3.8万元发展到2018年的362万元,实现了从后进村到先进村的转变。塘约村"村穷、民弱、人散、地荒"的问题基本得到解决,成为农村深化改革的一个样本。"塘约经验"也受到广泛关注,被写入贵州省第十二次党代会报告并在全省推广,村党总支书记左文学获全国脱贫攻坚创新奖。

这几年,塘约村很火,"塘约经验"更是被人津津乐道。

塘约村和水头寨相距不远,两个多小时的车程即可到达。5年前,塘约村无论是地理环境还是民情风俗,无论是经济发展还是乡村治理都曾经与水头寨类似。仅仅5年的时间,塘约村在改革进程中面貌焕然一新。

塘约村的改革之路是如何走过来的?塘约村为什么能成功?"塘约经验"对于当前农村深化改革有哪些借鉴意义?我一直想去塘约村探寻这些问题,不过每次路过都是匆匆忙忙,没有机会实地采访。

2019年3月,作为全国人大代表,塘约村党总支书记左文学到北京开会,我们有了一次深入的交谈。

左文学不像农民,在和他交谈中,感觉他更像一位企业负责人、社会学研究者。他对于乡村社会、村庄治理有很多独到的见解。

一、集中资源,抱团发展

问:塘约改革的契机是什么?

左文学:2014年那场洪水暴发之前,我们村3000多人口中,外出务工的人超过1200人,留守在家的大多是老人和孩子,真正的劳动力只有200多人。

因为那一场洪水,外出打工的人陆陆续续地回来了。大家也看到,原本我们就是二类贫困村,受灾后,更是穷得不能再穷了。在这种情况下,我给大家说,政府只能帮助我们,不能包养我们,日子虽然穷,还是得过下去,必须背水一战、穷则思变。我提出,大家把资源统起来,走村社一体、合股联营、抱团取暖的发展道路。

问： 改革的突破口是什么？

左文学： 农村产权制度，这也是最难的。一开始，村两委提出，成立合作社，集中经营村里的土地，合股联营。我们召开村民代表大会，提出村民把土地流转给合作社，田每亩 700 元，地每亩 500 元，坡耕地每亩 300 元，大家都同意。但是，开始实施时，一些村民要求先付钱，怕合作社办黄了，自己的利益受到损失。

为了给村民吃上"定心丸"，村两委班子成员加上各村民小组长 11 个人，除了一个女同志外，每个人都向信用社贷款，一共贷了 120 多万元。我们利用这个钱，先把村民的土地流转金付了，流转了 600 亩土地，然后搞蔬菜种植，向周边学校配送营养餐。

2014 年年底，我们不仅把贷款还完，还剩余 24 万元。这个钱，一分都不给村干部，归村集体所有。

村民们看到希望，都愿意入股。在上级有关部门的指导下，我们成立了以村党组织为核心的确权工作领导小组，开展土地承包经营权、林权、集体土地所有权、集体建设用地使用权、房屋所有权、小型水利工程产权和农村集体财产权等"七权"确权工作，采用 GPS、航拍等高科技手段对全村土地精准测量，请区政府颁证确认。通过确权颁证，明确了权利归属，稳定了土地承包关系，土地有了"身份证"，谁也弄不丢。村民以自己的土地入股合作社，入社自愿、退社自由。2016 年初，全村 921 户村民签订了入股协议，耕地全部入股合作社。

问： 为什么特别重视土地入股？

左文学： 农村实行家庭联产承包责任制之后，每家分到的地是碎片化的，这里一小块，那里一小块。随着土地经营收益越来越低，很多人都不愿意种地。2014 年前，全村 4000 多亩土地，超过 1/3 的撂荒。这很正常，我给你算一笔账：拿 2014 年来说，玉米卖 1 元 1 斤，一亩地产玉米 400 斤左右，种得好的，产量可以达到亩产 500 斤。一亩地，最多收益 500 元。一亩地需要肥料 4 包，共 450 元左右，种子 3 斤，50 元左右。

一年下来，其实倒贴了人工成本，谁还愿意种？

问： 大家不愿意种土地，土地资源就闲置了。

左文学： 是的，土地资源闲置后，就会带来一个大问题：粮食安全。土地不是不能种，是要降低成本，种出效益。降低成本，唯一的办法，只有把资源集中起来，进行机械化耕作。比如原来我们整理一亩菜地，最低要3个劳动力，现在我们使用机械，一个人一天最低整理8亩，等于一个人顶了24个人。常规来说，一个人1天按100元工钱算，24个人一天的工资就是2400元。机械化操作，一天300元就算高的了，一天就能节约2100元，是不是大大地降低了成本？因此，由村集体统一经营土地，便于规模化、机械化耕作，也较好地解决了千家万户小生产难以面对千变万化大市场的问题，为产业化的推进奠定了基础，还保证土地资源不流失。

二、土地流转，没有动摇家庭承包经营这块基石

问： 村集体统一经营土地，会不会动摇家庭承包经营的基石？

左文学： 不会。我们在"村社一体"改革推进中，农村土地集体所有制没有改垮，耕地没有改少，农民利益没有受到损害。

贵州省委党校副校长罗凌到我们村考察后写了一篇报告，他认为：塘约村的集体经营，是统分结合双层经营体制下的集体经营，农户是独立核算的经营主体，集体是土地要素的发包方，农户成为土地要素的承包方，在承包面积、期限、承包费缴纳方式等方面，约定了双方的权利和责任。这与人民公社时期集体统一经营体制下，集体与农户是整体与部分之间的关系，农户仅是消费单元而不是经营单元泾渭分明。在塘约村，集体作为土地所有者，没有动摇农民作为耕者希望拥有土地的根本利益诉求，是没有动摇家庭承包经营这块基石的。与人民公社不同的是，村民不是以种"地"为主，而是以"经营"为主，村民不是公社社员，而是合作社社员和股东。

实际上我们是通过专业分工、共同合作的方式，使土地更有价值，实现了由"分"到更高层次的"合"。

罗副校长有个结论：塘约村走的道路，既不是封闭僵化的老路，也不是改旗易帜的邪路，它是在坚持和完善土地集体所有制的基础上，做出了农民和土地关系的最佳选择，找准了农民与市场关系的最佳角度，从而走出了一条引领小农经济转型升级，实现土地所有者、经营者和劳动者三者利益的和谐统一，凝聚推动农业农村经济发展的内生动力并走向现代化的道路。

问： 未来集中土地资源是趋势吗？

左文学： 按我个人观点，我们在改革年代，就要有勇气，要解放思想，有很多干部认为，土地集中是不是走回头路？现在的土地流转制度，要与人民公社时期的土地集中区分得明明白白。我们现在搞的，无论是利益联结关系，还是经营体制和管理体制，和人民公社时期是两回事，要在这个层面解放思想。也需要一些理论创新，要研究中国几千年的土地制度变化规律。在一个历史时期内，不分，解放不了生产力；在另一历史时期内，不统，同样解放不了生产力。

三、面对新事物，边干边摸索

问： 合作社负责村里土地集中经营，那么，合作社是怎么管理和运行的？

左文学： 合作社实行"村社一体"，与村委会是两块牌子，一帮人马。成立合作社后，我们面对的最大问题是管理能力不足。比如股份结构怎么设计，风险怎么防控，等等，对于我们村干部来讲，都是没有见到过和经历过的，是新课题。没有办法，只能边干边摸索。

经过村民代表大会同意，我们最后确定合作社年终按照合作社30%、村集体30%、村民40%的收益分配模式进行利润分成。

确权土地集中后，我们利用流转土地累计从农信社获得1725万元贷款,"死资源"变成"活资产",解了创业资金短缺的燃眉之急。

合作社成立了生产团队,集中种植蔬菜、莲藕、精品水果、羊肚菌等。配备了销售团队,在全国各地找买家,并带回最新的市场信息指导生产。此外,合作社旗下还组建运输公司、建筑公司、妇女创业联合会等经营实体,解决富余劳力和返乡村民的就业问题。

实际上,我们合作社的经营方式是公司化运作、企业化管理,比如健全成本核算、绩效考评体系等。在合作社,从管理层到员工,实行的都是绩效工资。2018年,一般员工基本工资是每月1000元,做得好的绩效工资每月可以拿到4000元。

民主管理这一块,先是社员代表大会选出经营班子,经营班子聘请管理团队,原则上本村人优先,本村人实在达不到要求,可以请外面的人。我们有几十项考评内容,有督查考察组、暗访组。比如对管理团队的监督,一个星期检查一次,如果检查到你的生产资料管理得不好,就要扣分。你管的地,没有按规范种植,也要扣分。最后得分与工资直接挂钩。

问: 农民有没有管理能力?能不能跟得上合作社的发展步伐?

左文学: 通过这几年的摸爬滚打,很多人已经成熟了。

问: 这一系列管理体系,是你自己摸索的还是从哪里学来的?

左文学: 都是自己摸索出来的。在合作社运作中,会出现这样那样的问题,自己就要思考怎么管得住它,慢慢地,就摸索出一套比较有效的管理体系。这个合作社能健康发展,与管理体系和顶层设计有很大的关系。

四、打破迷信,善于发现属于自己的"左文学"

问: 请介绍一下您的主要经历。

左文学: 我1986年高中毕业后,被县国土局聘为土地管理员,不是正式员工。干了一段时间,我觉得没有意思,就回家结婚了。1990年,我到北京打工,搞装修。一天,装修公司老板忙,让我去工地给他代班。老板交代20天完成的任务,我11天就完成了,给他节约了很多钱。

水头寨里的"另一半中国"

干了一年左右,由于家里有老人需要照顾,还有妻儿也在家,我要离开北京,老板挽留我,我谢绝了。

在家没有待多久,1992年,我又到贵阳,当时联想电脑刚进入贵阳市场,我就在贵阳西南电脑城做联想电脑总代理。

干了两年,我想回家养牛。刚回到家,又被乡镇企业办请去当会计,干了4年。但是我还是想养牛,就辞职回家了。我办了个小养殖场,养了大小30多头牛。

养了两年的牛后,村里选村干,大家选我,我本来不想干。我父亲说,人家选你,你就出去干点事情,不要天天想赚钱,要为老百姓办点实事。我就答应了,从那时起,一直当村干到现在。当村干期间,我还开过木材加工厂。

问: 您的经历很丰富,据我了解,贵州村支书有您这样经历的人并不多?

左文学: 也有一些的,不过大多数村干部都是种地出身的。农村一般都是这样,要选村干部时,感觉哪个有能力一些,就选他当村干部。其实,管理一个村与管理一个企业,核心理念差不多。就是要有好的制度,没有好的制度,天才拿来你也用不好。有个好制度后,就要有能适应这个制度和执行的人。至于人的用处,什么人都能用,只是看你把他放在什么位置,你只要用他的长处而不是短处,就是可用之人。

问: 我是不是可以这样理解,如果塘约没有您,就不会有今天?

左文学: 一个人,不是当干部的才需要学习,无论干什么,都需要学习,才能跟得上时代的步伐。作家王宏甲老师在到我们村采访之后,写了一本书叫《塘约道路》。王宏甲说:走塘约道路,要打破左文学迷信,不是其他村没有左文学就做不成,而是要善于发现这个村的"左文学",支持他、培养他。

问: 制度这方面,听说塘约村有个制度叫"红九条",它产生的背景是什么,作用如何?

左文学： 2014年那段时间，村民回来后，一些人乱倒垃圾，乱停放车辆，嗜酒。喝醉了之后要么是赌博，要么是吵架。我就思考，怎样才能治理好这个村？

有一天晚上，我边洗澡边想怎么办。当时银行实行不守信用的人进入黑名单，实行诚信惩戒。我就想，金融系统都能这么做，管理一个村庄是不是也可以这么做？定出村规民约，如果你违规，就进入黑名单处理。进入黑名单的人，可以不给你落实惠民政策。后来我这个想法，在村民代表大会上得到拥护。为了检验这个拥护是不是真实，老百姓真实的想法是什么，答不答应，我写了一封信，告诉村民要定什么样的村规民约，违反了怎么办。921户人家，一家一封信，一家一份征求意见表，结果是超过97%的村民支持。

于是，我们颁布了九条村规，简称"红九条"，涵盖了公义、诚信、守法、忠孝等内容，主要是"不参加公共事业建设者、不交卫生管理费者、滥办酒席铺张浪费者、贷款不守信用者、不按规划乱建房屋者、配合组委会工作不积极者、不执行村支两委重大决策者、不孝敬不奉养父母者、不管教未成年子女者"，作为村民行为规范的红线。我们采取"黑名单"管理村民。对于违反"红九条"的村民，给予3个月考察期，考察期内不能享受任何惠民政策，考察期满经村民代表会议测评合格后，才能恢复有关权利。这个村规民约，执行得特别好，重塑了村庄的社会秩序。

问： 有些人认为农民是很难组织起来的，您是怎么办到的？

左文学： 一些人认为农民组织化程度低，而我认为是干部没有下沉到老百姓当中去，没有认真倾听老百姓的呼声，没有宣传阐释好各项政策。所以，我们村的党员学习读本我是亲自编。我编了一篇文章，内容是关心群众生活、注意工作方法。这里面阐述的一个道理：你干什么事，发动群众没有？没有发动群众，你不能干。没有发动群众你干了，就是蛮干、瞎干。

水头寨里的"另一半中国"

问： 您是怎么发动群众的，在这方面您有什么心得？

左文学： 必须摊开，有什么想法都要跟老百姓交流，还要广泛的收集意见和建议。你要达到自治，必须服众，集中起来形成一个意愿。还有党组织提出的一些理念，你要下去宣传、沟通，让理念转化为老百姓的意愿。我这些年的工作经验告诉我，如果一个思路反复与老百姓碰撞都没有产生火花，那证明你的想法是错的。

问： 您的意思老百姓不是很难发动的？

左文学： 当然，哪个老百姓不希望过上好日子？没有不好的老百姓，只有不好的干部。比如在我们村，每个村干部都有一本走访记录册，每个星期每人要走访6户到9户村民，1名到2名党员。每周把走访记录情况交到党总支办公室，办公室归类走访的情况，星期一安排工作，就以这个为导向。

问： 您认为塘约经验最成功的是什么？

左： 资源整合。我们通过合作社这个平台，以股份制的形式整合村里的资源，现在整合的是土地承包经营权、林权等，我们今后要发展民宿，还会涉及空房子，各算各的账。这个做法，就把劳动力解放出来后，重新安排就业。

我一向认为，一个村干部，即便你有夺天的本事，如果村民在村里没有就业岗位，没有活干，他们早晚还是要走的。如果大家都走了，这个村庄的结局只有走向没落。

解决就业是头等大事，治理一个国家也是这样。如果一个国家大量国民失业，这个国家就很危险。一个村庄要有生机，朝气蓬勃，必须要有各种就业岗位。有了就业岗位，你不发展第三产业都不行，大家有钱了，就得想办法花嘛。一个好的社会不是要有多少富人，而是没有穷人。

我们提供就业岗位怎么搞的？首先是登记，各个组下去搞调查，盘点清楚现有的劳动力，每个人填自己的一技之长，比如你，除了写新闻，还会做什么？最擅长的一项是什么？综合的一项是什么？然后归类。一归类，我们发现，村里居然有五六百个建筑工人，140多人有汽车驾照，20多人原来在外面干过家政。

根据这个情况，我们成立了建筑公司、运输公司，成立妇女联合会搞家政。还成立了一个劳务公司，让那些没有劳动技能的，跟着有技能的走，去打小工。比如我们建筑公司，一般是两个大工需要一个小工，如果建筑公司明天需要20个小工，今天就提前给劳务公司说，劳务公司按照排班的顺序派人。

五、土地好统，难在管理理念

问： 村里现在有没有失业人员？

左文学： 没有。只要有劳动能力的人，都有活干。我给村民说，我们的目的，就是要实现人人有事干，事事有人干。

问： 现在村里还有人在外打工吗？

左文学： 还有40多个，都是企业的管理人员，在外拿的工资比较高。今年我们要建蔬菜深加工厂，准备吸引一部分人回来，这些人将来都是塘约的宝贝。

问： 您对村干部有什么建议？

左文学： 建议吸收先进的理念，还有培养一种终生学习的好习惯。你比如说像乡村振兴，很多人认为寨子建一建，产业搞一搞就叫乡村振兴。错！我们农村现在的社会结构和以前相比，发生了翻天覆地的变化，以前住在农村的人是种地的人，未来的农村有乡村创客，有养生的，养老的，像我们塘约现在还有其他村来我们这个村务工的产业工人，农产品的经纪人等，从居民结构来说，从原来单一的，到现在复合型的转变。这就提醒我们当干部的人，要重新审视我们这个村庄的社会结构，你不重新审视村庄的社会结构，就不会构建与之相适宜的治理体系。

问： 目前塘约村面临的最大问题是什么？

左： 村民的管理能力不足。目前塘约村已经进入发展瓶颈期，必须

水头寨里的"另一半中国"

有过硬的队伍。没有钱不可怕,没有人才最可怕。我们每年都要开一次新村恳谈会,目前村里在外上大学的有100多人。现在大学生在外面就业很难,今年我们要拿出20万元,招回一部分本村大学生,培养自己的人才队伍。我们计划把他们引进到实体经济,慢慢培养,今后他们就是塘约的领路人。

问: 您觉得塘约经验,最值得学习的是什么?

左文学: 土地好统,我希望学的是管理理念。由贵州省委政研室牵头的一个调研组,针对"塘约经验"做了专门调研,调研组认为,"塘约经验"的基本要义有三个方面:一是狠抓农村产权制度这个基础性改革。围绕"地"的问题开展七权同确,让分散的资源聚集化、模糊的产权清晰化、集体的资产市场化,壮大集体经济,增加农民财产性收入。二是狠抓农业经营这个关键性改革。围绕"钱"的问题开展合股联营,丰富和完善双层经营"统"的功能,推进农民由"分"到更高层次的"合",让农民获得持续稳定的收益。三是狠抓乡村治理这个保障性改革。围绕"人"的问题推进抱团发展,"优化党总支+支部+党小组"的乡村治理结构,组织带领群众艰苦创业、艰苦奋斗、抱团致富、抱团发展。塘约村与时俱进深化农村改革,结合实际念好了"改革经",归纳起来就是"三改三提三起来",即:通过统筹推进农村产权制度改革,提高市场化水平,让资源活起来;推进农业经营制度改革,提高产业化规模,让钱包鼓起来;推进村级治理制度改革,提高组织化程度,让力量聚起来。

每个地方面临问题都不同,我不主张大家依葫芦画瓢照搬"塘约经验"。贵州省委政研室调研组的意见我觉得很中肯,他们认为,"塘约经验"是贵州省农村"三变"改革的成功实践,具有重要的推广价值。不过总结推广"塘约经验",要注意几个问题:一要积极稳妥、审慎推进。目前,大多数村级组织的政治资源、社会资源和经济资源少,配置资源能力低,这种现象不是短期内可以改变的,需要一定的时间和条件。推广"塘约经验"要在农民愿意、农民得益、农民支持的前提下,统筹考虑改革的持续发展、权益保障、监管到位、政策配套等多方面的问题，可以示范和引导，但不能操之过急，不搞运动式一哄而上。二要因地制宜、实事求是。他们认为塘约村取得成功的关键是靠改革，靠有一个好的支部和好的带头人。推广"塘约经验"要掌握其精髓，不能一味照搬照抄、简单复制，更不能邯郸学步、把经念歪。要优先在条件成熟的村试点后再逐步推开，对不具备条件的不能强行硬推。各地情况不同，很难"放之四海而皆准"，要鼓励各地大胆探索，实现差异化、多元化发展。三要严守底线、防控风险。当前，农村改革已经进入了深水区，没有太多的回旋余地，如果操作不当就可能出现颠覆性的错误。推广"塘约经验"要坚持农村土地公有制性质不改变、耕地红线不突破、农民利益不受损，完善政策性保险、信用担保、财政补贴等防范体系，建立收益分配、风险监管、审查审计等防控措施，严防自然风险、市场风险、资金风险、社会风险等各种风险，让"塘约经验"培育出来的"创新种子"，在更大范围播种扩散、开花结果。这些观点我是很认同的，各地要根据自身情况，实事求是推进改革。

第五章

打工背景下的生存镜像

城镇化是中国作为农业大国走向现代化的必由之路，年轻人离去是农业文明转向城市文明的必然。就当前来说，年轻人大量离去，给乡村的人文建构带来了巨大冲击，乡村旧有的秩序悄然裂变。文化缺少年轻人的滋养，就逐渐衰老了，村庄也一样。待他们回来的时候，乡村会变成什么样子，就不得而知了。

青年流失的村庄

电视专题片《话说农民工》一开始,有这样一段旁白:"人类历史似乎总是和大规模的人口迁徙纠缠在一起。每当成千上万的人们开始打点行囊、准备远离故土的时候,历史就将从此翻开新的一页。"

"安土重迁"历来被视为中国人的本性,"生于斯,长于斯,终老于斯"是传统中国很多人恪守的信条。《汉书》说:"安土重迁,黎民之性;骨肉相附,人情所愿也。"

然而,纵观中国历史,几乎在各朝各代,都有过规模较大的人口迁徙。永嘉之乱,晋室南迁;安史之乱和靖康之耻,中原居民大规模南迁;明初洪洞大槐树移民;湖广填四川……一些大迁徙还成为今天很多影视作品的题材,比如下南洋、走西口、闯关东。

历史上,中国人口大迁徙,其原因主要是政治需要、逃难和谋生等,大方向主要是由北至南。历史来看,这些迁徙,对于中国人口分布状况的形成和经济发展、文化交流有着巨大影响。

我在本书中数次提到,水头寨的形成,就是人口迁徙的结果。

然而,中国真正大规模的人口迁徙,却是发生在近 40 年。发轫于 20 世纪 80 年代后期的民工潮,风雷激荡,波澜壮阔,曾被美国《时代周刊》惊呼为"有史以来最大的人口流动"。

水头寨里的"另一半中国"

与以往的举家乃至举族迁移不同，这一次人口迁徙，主力是各个村庄的青壮年背井离乡，到城市寻求更高的收入，更好的生活。他们一开始基本不带妻儿父母，因为他们不是为了寻找生息繁衍之地，而是外出赚钱养家。

这些迁徙之人，在农村是农民，到城市被称为"农民工"。农民工，这是一个极具中国特色的称谓。

我接触过的进城务工人员中，没有一个人主动称自己为"农民工"，但是，对于外界赋予他们的这个称呼，或者说贴在他们身上的这个标签，他们似乎也不反对。其实他们知道，即便反对也无济于事，你愿意怎么称呼都行，他们更需要一个公平的环境。

蓄之既久，其发必速。长期限制人口自由流动，在农村积聚了大量剩余劳动力和进城冲动，1984年自由流动的政策稍一松动，1984年、1985年每年新增就业近2000万人。

1989年春节前夕，在北京、广东等地的车站、码头，出现了人挤人、人叠人的现象，当年，全国有3000多万"流动大军"，中国第一次"民工潮"出现了。突如其来的"民工潮"，让交通和城市设施不堪承受，舆论为之哗然，甚至有中央媒体称之为"盲流"。

此后，每年春节前后，在中国大地上，都会出现候鸟式的迁徙大潮。就在刚刚过去的2019年40天的"春运时间"里，就有近30亿人次出行，这是人类历史上规模最大的周期性"大迁徙"。

2011年，我国城镇化率第一次超过50%，标志着我国社会结构迎来一个历史性的转折。诺贝尔经济学奖获得者、前世界银行副行长斯蒂格利茨曾指出，中国的城市化与美国的高科技发展将是影响21世纪人类社会发展进程的两件大事。

据第六次全国人口普查数据显示，我国流动人口规模已经超过2.6亿人。今天，人们对"民工潮"的起落似乎已经习以为常。

城镇化为经济持续发展提供了强劲持久的动力，但新的城镇化隐患随之产生。《中国农村发展报告》（2018）列举了一组数据：从1978年到2017年，依靠经济的持续快速增长，中国城镇化人口达6.14亿人，平均每年新增城镇人口1644万人，城镇化率年均提高1.04个百分点。《报告》认为，这种持续的大规模快速城镇化是世界上绝无仅有的，但是快速城镇化进程中城镇对乡村的带动作用未能得到全面发挥，乡村困境日益显现：一是现代农业发展乏力，城乡二元经济结构转化滞后；二是农村环境问题突出，老龄化、空心化日益严重；三是农业劳动人口人力资本水平较低，农民增收难度大。

青壮年农民进城，留在乡村的是所谓"386199部队"（以三种节日名称来指代妇女、孩子、老人等三类人群）。在各种媒体报道中，青壮年是农村剩余劳动力。阎海军在《崖边报告》一书中，不认可"农村剩余劳动力"这个提法，他认为迁徙的是每个家庭的"顶梁柱"和鲜活劳力。在他看来，主流语境中，中国农村存在大量的剩余劳动力，是打工迁徙解决了农村剩余劳动力的就业问题。其实，每个农家外出的都是青壮年劳动力，也就是最关键的劳动力，有的家庭甚至让所有的劳动力都进城务工。"这样看来，迁徙的并不只是剩余劳动力，而是每个家庭的'顶梁柱'，每个村庄的鲜活劳力。迁徙是整个农村劳动力围绕生产要素向城市的转移，是农村'精英'迈向城市的社会向上流动，是农民不得已而为之的背井离乡的求索。……老弱病残的乡间，才是整个国家的'剩余劳动力'。"

没有青年，"老弱病残的乡间"失去了活力，农田荒芜，男耕女织的传统乡村图景逐渐支离破碎。

很多作家通过作品描述了打工背景下乡村的颓败。作家迟子建在小说《花牤子的春天》里叙述了主人公花牤子由一个强奸犯转换为替别的男人看管女人的过程。主人公花牤子曾经是一个花痴，十八岁时强奸了村里的女孩，后来"又跟柴牤子的媳妇、豆腐房的陈六嫂做了那事"。每一次"事后"，家里都要拿出东西来补偿，弄得家里快要倾家荡产了。花牤子的父亲决定领花牤子离开青岗，"投奔远方的亲戚，让花牤子进深山伐木，那里没有女人，会彻底断了他的念想"。一次，他伐木时，一棵红松倒下，砸向他的裤裆，花牤子从此失去了性能力。失去了性能力的花牤子回到了村里反而很受欢迎。在村里的年轻人纷纷出去打工后，让花牤子帮着他们照顾家，尤其是监视他们的老婆。小说这样写道："要外出打工的男人，其实早就商量好了，想让花牤子帮着他们照看家。他们最担心的，不是庄稼荒芜了，而是把老婆一撂半年，她们身下荒芜了，再寻别的雨露去，那就糟了。"小说中，处处可以看到乡村的溃败景象，时时表露出作家对传统乡村未来发展的忧思。花牤子后来又失去了左手，不过，即便是个残疾人，他在村庄依然发挥了重要作用。小说描述道："男人们尝到了打工的甜头后，第二年春播完，又把家交代给花牤子，走了。从春天到秋天，花牤子觉得自己过的就是一个漫长的春天。这回他不但管女人和庄稼，连牲畜也管了。哪头猪该劁，哪只鸡该杀，哪只羊该卖，他都要参与。狗见了他要是不摇尾巴，他会上前踹上一脚。"

打工背景下的水头寨是怎样一幅生存图景呢？2012年，我曾经对故乡有一次观察，写了一篇文章，写的是没有青年的村庄，"老态龙钟"的水头寨。

1月13日，离龙年春节还有一段时间，我提前到家了。我计划在村里走一圈，去看看我小学一到三年级的母校。

冬日的贵州阴雨绵绵，村里至今没通水泥路，小路被泥泞裹着，每走一步都得小心翼翼。

出门没走多远，就看到一个老屋，院门上挂着一把生锈的锁，院子里长满了杂草，告诉人们这里很久没有人居住了。隔壁是一个爷爷的家，儿女都外出打工了，只剩两位年过六旬且腿脚不方便的老人。

近年来，家乡的青壮年也加入了滚滚务工潮，留给家乡的只有老屋、老人和孩子。离春节还有10多天，外出务工的人们大多还在赶回家的路上。没有青年的村庄，就像人至暮年，所呈现的只有老态龙钟。

到了母校，令我吃惊的是，原先的教学楼已不复存在，成了垃圾场。这所民办学校，在上世纪90年代我上小学时，曾经鼎盛一时，拥有3名老师、5个年级。尽管它的教学质量比不上镇上的中心校，但它是全村孩子的启蒙学校，村里的孩子几乎都在这所学校读过书。它不仅教给我们知识，更是整个村庄的精神领地。全村的文化活动，如放映电影以及唱歌跳舞等都在这里。不知何时，这所学校已不复存在。村里人的精神家园，就这样坍塌了。

转一圈下来，我陷入了迷茫。尽管对村庄我再熟悉不过了，但是，当我真正深入她的肌肤之时，却陷入了无限的惆怅。这是我的家乡吗？很多人家人去楼空，房前屋后，看到的多是老人的身影，给人破败落寞之感。

青年人是乡村的希望。有人说，没有年轻人的农村，注定不会有未来，消失只是时间问题。

水头寨的青年去哪里了？上一章已经说过了，"进入新世纪，水头寨的年轻人，不读书的，几乎都外出务工了"。

从2012年至今，水头寨没有留住青年人，每一波青年人，都像长大的姑娘一样，迫不及待地"嫁"出了村庄，只有在春节的时候，回一趟"娘家"看看。这个时候，乡村才会恢复青春的模样。

在水头寨这块土地上，曾经聚集了很多的青春气息。小时候记忆最深的，是寨子里谁家来了一个女孩亲戚，夜晚，几乎全寨未婚男青年都会蜂拥而至。每个人各显神通，看谁能让女孩多与自己搭上几句话。青春的笑声，穿透山谷，飘向远方。

作为一个多民族聚居的山村，民族文化也曾经在青年们的日常生活中得以传承。如今，年轻人的离开，直接导致了文化传承出现断代现象，语言消失、传统习俗消亡、手工技艺失传等已经在水头寨渐露端倪。周水涛在《从"打工"角度切入的乡村观照》一文中认为，"青壮年农民既是乡村文化的'缔造者'又是乡村文化的主要载体，青壮年农民进城打工这一经济行为以釜底抽薪的方式抽空了乡村文化的活力。"在他看来，进城打工这一经济活动在一定程度上窒息了乡村文化的发展。

客观地说，2012年至今的8年间，是水头寨历史上变化最大的时期，通过一轮又一轮的乡村建设，在基础设施方面，水头寨发生了翻天覆地的变化，水泥路接通到每家每户，太阳能路灯出现在这个大山深处的村庄。村庄接入了互联网，也新建了医疗卫生室。从外部看，水头寨已经接近于20年前的县城模样。

不过，乡村却越来越没有朝气。大约从2004年开始，村里红白喜事，忙碌的大多是老年人的身影。没有青年人的奔跑，路上的节奏也慢了下来。乡村就这样变老了。

为什么村庄留不住年轻人？当我一次次走进水头寨之后，答案逐渐浮出了水面。

首先，乡村无法满足青年人的就业需求。传统乡村社会，农民以土地为生，耕作，就是他们的职业。然而，当农业的投入与产出严重不成正比时，农业就失去了吸引力。

其次，城乡差距无法满足青年的追求。水头寨的青年人，尽管他们大多数人在城市从事的是"苦脏累险重"的工作，生活十分艰辛，但城市便利的超市、便捷的互联网服务、丰富的教育资源等，深深地吸引着他们。《中国青年报》曾经刊发了一篇题为《年轻人为什么不愿意留在村里种地》的文章，答案是：村里留不住年轻人，不只是钱的问题，更多的是城乡间巨大的差距。

第三，寻找伙伴。中国人喜欢群居，每一个人都需要有个可以陪伴、可以一起生活的伙伴。当身边的伙伴纷纷进城时，一个人是很难在乡村久留的。这个滋味这些年我不止一次品尝到。工作以后，我常利用假期回到故乡，最长的一次，在家里住了20天。村里很少有能坐在一起聊聊天的伙伴，如果不是积蓄已久的乡愁支撑，我想我很难在村里待上一个星期。

　　当然，并不是说青年人不热爱自己的故乡。在水头寨，大量的新房是由青年人修建的，他们知道，城市只是人生的驿站，终归要回到乡村。

　　城镇化是中国作为农业大国走向现代的必由之路，年轻人离去是农业文明转向城市文明的必然。就当前来说，年轻人大量离去，给乡村的人文建构带来了巨大冲击，乡村旧有的秩序悄然裂变。文化缺少年轻人的滋养，就逐渐衰老了，村庄也一样。待他们回来的时候，乡村会变成什么样子，就不得而知了。

老一代农民工：人生下半场如何安放

兜兜转转，改革开放后较早进入城市的老一代农民工，他们的平均年龄已超过50岁。如果说农民工可以退休，那么，我国将迎来一波农民工"退休"高潮。

2010年，国家有关部门将20世纪80年代以前出生，主要从事非农生产，以工资收入为主要来源的农业户籍人口，定义为"老一代农民工"。

2019年4月，国家统计局发布了第10份关于"农民工大数据"的报告，这份《2018年农民工监测调查报告》显示，2018年农民工总量为2.88亿人，其中老一代农民工占全国农民工总量的48.5%，人数超过1亿人。

作为我国特殊历史时期出现的特殊群体——老一代农民工，他们把青春血汗贡献给了城市。中国现代化的人口红利，大多是他们付出的。然而，在现实中，由于种种原因，老一代农民工社会保障缺失。当他们走到人生下半程，随着年龄老化和体力衰退，难以继续工作，在城市养老显然不可能。

当他们逐渐老去，回乡养老成为大多数老一代农民工无法避免的选择。农民传统的养老方式主要是依靠土地、储蓄、子女养老。不过，面对连自身问题都还没有解决的子女,能靠养儿防老的只有少数。从土地收益来看,大多数地方的土地收益是很难满足养老需求的。所剩不多的积蓄,成为他们非常有限的养老保障。

很多老一代农民工的晚年生活将经受巨大的考验,他们有可能只能实现低水平生存,而不是真正的养老。

超过1亿人的人生下半场生存问题,不仅是农民工本人面临的问题,也是考验社会的大问题,更是必须正视的社会现实问题。

在我的家人中,就有第一代农民工。当他们逐渐老去,面对还没有完全卸下的生活负担,留在城市还是回到农村都不是最佳答案,陷入了"进退两难"的境地。

"回来还是继续在外漂泊?"

"回来,靠什么维持生计?在外漂泊,身体是否还能坚持?"

这5年间,我每一次遇到姐姐、姐夫,都要与他们讨论这些问题。我们甚至无数次推演过,分析了所有的利弊,至今没有形成共识。

姐夫20世纪90年代背井离乡,开启了打工生涯。姐姐和姐夫结婚以后,也加入了打工大潮,他们的两个孩子都在城里长大。

打工路上,姐姐、姐夫停留时间最长的是浙江,浙江是我国民营经济最活跃的省份之一。我上大学的费用,有很大一部分是姐姐、姐夫支持的。我一度以为,他们在城市过着舒适的日子。

大学毕业后的第三年,我休了一周的假,直奔浙江台州去看望姐姐、姐夫。那是我第一次踏上浙江土地,从宁波下了飞机之后,穿越了一个个繁华都市,最后见到姐姐、姐夫时,是台州市一个叫泽国的乡镇。

姐姐、姐夫住在泽国乡镇企业林立的"城乡接合部",走进去,除了街道两边陌生的厂房,一切都那么熟悉。我很多儿时的伙伴甚至舅舅等至亲,都在这里打工。

熟悉的乡音,甚至和家乡一模一样的处事规则,都在提醒我,他们没有融进这个城市,这里是一块生存的"飞地"。

水头寨里的"另一半中国"

落脚在泽国的乡亲们,大多租住在狭小而简陋的民房里。只要厂里有要求,他们就没日没夜地上班。夏天,下班后,男人们聚集在一起,赤裸着上身,打牌、喝酒是主要的娱乐方式。

在作家道格·桑德斯的笔下,这样的地方叫"落脚城市"。记者出身的道格·桑德斯,"由于从事新闻工作必须四处游历",他走访了全球五大洲二十多个国家与地区,从重庆的六公里,到孟买和德黑兰的边缘;从圣保罗与墨西哥城的山坡地,到巴黎、阿姆斯特丹与洛杉矶的各种社区,最后写了一本书——《落脚城市》。

当人口城镇化之时,往往会在中心城市的边缘地带形成独特的城市空间,道格·桑德斯称其为"落脚城市"。作者在书中写道:"从乡村到城市,全球三分之一的人口正在进行最后的大迁移。"他预见,到21世纪末,人类将成为一个完全生活在城市里的物种。

泽国不属于他们,他们也不属于泽国,姐姐和姐夫是从孩子的教育问题上明白这个道理的。

姐姐的儿子从一年级开始,一直在浙江上学。初三那年,他们恍然醒悟,孩子今后不能在浙江参加高考,要趁早送回老家上高中。

于是,初三下半学期,姐姐的儿子被送回了家乡,在家乡的中学就读。

姐姐、姐夫的计划似乎很完美:他们继续在浙江打拼,让孩子单独回家学习几个月,中考后进入寄宿制高中,一切就走上正轨了。

外甥回到家乡后,在小镇租了一间民房,开始一个人的生活。

改变一个人的人生航向,有时需要很长的时间,有时只是几个月的事,特别是对于世界观、人生观、价值观尚未成熟的未成年而言,也许只需要几句话。

姐姐的孩子回到家乡后,突然的"自由"让他迷失了方向,小镇上的网吧成了他经常光顾的场所。临近中考时,他告诉我不读高中了!

这个突如其来的消息让我措手不及,他给出的原因是:学校的老师说，读技校可以直接上大学，还百分百包分配工作。读高中，能不能考上大学还是一回事，上完大学也不一定能找到工作。

姐姐的儿子聪明、听话，我一直以为，以他在浙江上学的基础，在贵州考一个优质高中问题不大。他回到家乡，目标也很清晰，就是考高中。

半年的时间，究竟发生了什么，让这个少年的思想观念发生了180度的大转弯？

我苦口婆下地劝告他上高中，引导他辩证看待老师的观点。然而，青春期的孩子，一旦下定了主意，改变起来非常困难。

最终，姐姐的儿子没有选择上高中。当然，也没有如愿在技校里"直接上大学"，更没有"分配到工作"。至今，仍然在外漂泊。

多年以后，姐姐一直后悔当初没有选择回来陪伴孩子。这个孩子如今每次见到我，总是忏悔："舅舅，当初要听你的建议就好了。"

俗话说，世间没有后悔药。人生没有如果，只有后果和结果。

大多数的农民，进城务工是为了让孩子能有更美好的未来。然而，由于疏于管教，耽误了子女教育，很多农民工的子女不仅走上了与父辈同样的打工路，有些还走上了邪路。中国人民大学教授张鸣呼吁关注已经老了的第一代农民工，他认为："第一代出来打工的农民，尽管已经老了，但只要能动，他们还只能待在城里打工。用挣来的钱，补贴不争气的儿孙。"

落脚的城市，总有一天得起身离开。2012年，姐姐和姐夫离开浙江，落脚打工的下一站——成都。离开的原因有二：一是姐夫的弟弟在成都介绍了一项工程，姐夫花了所有的积蓄买了一辆搅拌工程车，去那边继续打拼；二是姐姐腰椎间盘突出做了手术，不能再做高强度的工作了。

姐姐和姐夫在成都的发展相对顺利，几年后，在成都按揭买了房。然而，问题并没有因此迎刃而解。

姐夫日夜在工地上干活，身体每况愈下，2018年还做了一次手术。

水头寨里的"另一半中国"

继续干,身体不能支撑;离开,房贷、读大学的女儿的开支,加上长大的儿子面临结婚彩礼、买房等开销的负担依然沉重,进退两难。

让姐姐、姐夫陷入进退两难的原因,还有留不下的城市,回不去的农村。

姐夫家的老房子和大多数土地,前些年在黔中水利枢纽工程实施过程中,已经被拆迁和征用。他们只有地域上的故乡,却没有安身立命的家园。姐姐每年都会带上孩子回家乡,这家住几天,那家住几天,四处借宿孩子们不知道自己的家在哪里。姐姐也很失落,明明是自己的家乡,却连一个属于自家避风躲雨的地方都没有。

姐姐、姐夫虽然在城市买了房,但他们也很清楚,终有一天会老去,当他们丧失劳动能力之后,如何在城市继续生存?多年的漂泊,他们没有参加社会保险,如果他们在城市老去,可能处于老无所依的状态。

北京大学社会学副教授卢晖临在农村调研时发现,第一代农民工真正能靠"养儿防老"的并不多,因为"农民工二代"大部分的经济条件并不好,很多甚至还在靠父母供养。一旦回乡,如果没有特别的开销,第一代农民工基本可以支持自己正常的日常生活开支,但很多人因为要帮儿子买房、付彩礼,不得不重新出来打工。

2018年农历春节,我就这个问题在水头寨采访时得知,水头寨老一代农民工,有些已经超过了65岁,原本已经到了歇歇养老的年岁,但他们歇不下来,至今仍然没有回家。

今天,在城市干着脏活、苦活、累活的,大多还是老一代农民工。面对逐渐提高的技能要求,身无一技之长的他们,通常只能从事体力劳动,而别无选择。

回家不能,留城不易,老一代农民工面临生存的尴尬。

根据国家统计局调查结果显示,2014年,农民工参加基本养老保险的比例为16.7%,而在高龄农民工聚集的建筑行业,养老保险的参保率仅为3.9%。这个数据的背后,留下了养老和医疗保障的隐患。

农民工不参加城镇社保，是因为农民工短视吗？中国社科院财经战略研究院研究员杨志勇在《农民工参保率低的背后》一文中给出了答案，"事情不会这么简单"。在他看来，农民工参保率低，反映的是这样的制度对农民工缺少吸引力。农民工参保，要符合一定的条件。当准入条件因为不太规范的企业用工制度而不具备时，即使农民工想参加城镇社保，那也是不可能的。

杨志勇进一步指出，即使具备参保条件，农民工会不会自愿参保，也取决于参保的收益率。农民工是现实的，他们必须对参保之后达到退休年龄每个月可以领多少钱精打细算。如果再考虑到不少农民工跨省流动的现实，那么问题就会变得更加复杂。养老金账户虽然可以跨省流动，但是社会统筹部分不易带走。这就意味着在发达地区就业的农民工，一旦决定回到经济较为落后的家乡，养老金收益就要打不少折扣。在杨志勇看来，跨区域流动性较强的农民工，不参加城镇社保也是完全可以理解的。

我采访过很多农民工，包括水头寨老一代农民工和新生代农民工，他们不是不愿意参加社保，一方面是很多单位不给农民工缴纳社保，另一方面是他们每一天都面临着养家糊口、抚养子女的重任，不敢指望用那点寒碜的工资为未来储蓄。

无论是社会的原因还是农民工自身的因素，大多数老一代农民工面临的"退休无靠""回与不回"等养老困局，已经成了一个必须面对的现实问题，必须得到关注并逐渐破解。

写作本文时，我查阅了很多资料，想寻找一些"破解之道"，有的人提出国家应立法或出台政策，统一全国农民工养老制度，加大力度统筹和规范解决老年农民工社会养老保险、医保、福利等基本保障；有的人认为要借助市场力量，加快推进养老社会化，改变单一的养老模式。全国政协委员李成贵认为2020年建立小康社会后，要让第一代农民工成为精准帮扶对象。他还建议建立针对第一代农民工的慈善基金会，对这些农民工提供一定的养老保障。

老一代农民工的养老问题,是一个系统工程。唯有政府以"困局"为导向,尽快形成具体可行的破解方案,健全多样化养老服务和保障体系,农民工养老困境才有破解的希望。

中国的老一代农民工,曾经奠定了中国"世界工厂"的傲视地位,竖起了"中国制造"的大旗,他们为改革开放以来的经济社会建设和腾飞做出了巨大贡献。作为民族的脊梁,今天,当他们逐渐老去,应该让他们人生的下半场生存得更加体面。诚如农业农村部部长韩长赋在一次记者会上所说的那样,从社会公平角度讲,不应该让上亿的人口把青春献给城市,把养老负担甩给农村。

留守儿童：被扭曲的人生路

2004年的中央一号文件，首次明确提及"留守儿童"的教育管护问题。

也就是在这一年，还在读大学的我，在《贵州日报》发表了一篇关于留守儿童的调查报道。这篇报道采访的对象，就是我的故乡和我的亲人们外出打工而留下的孩子。写那篇文章，是因为我看到了留守儿童的精神世界正变得残缺不全，希望他们得到更多人的关注。

此后15年间，我一直关注留守儿童成长，也写过不少的文章。在此期间，成千上万带着各种各样问题的留守儿童逐步走向社会。比如2012年的冬天，在我的家乡毕节市，5名7岁至13岁的孩子为避寒，躲在垃圾箱里点火取暖窒息身亡，这件事曾经引发了全社会的关注。

毕节，也因此成为留守儿童问题集中爆发的区域之一。很长一段时间，在我的对外交往中，当我介绍到自己的家乡毕节时，人们立即联想到的是"留守儿童事件"。无疑，留守儿童自身、家庭，乃至政府、社会都为此付出了沉重的代价。

在我的故乡水头寨，留守儿童的惨剧同样发生了。

小登（化名）家离我家直线距离不到100米，我叫他爸爸三叔，小登是我同族的堂弟。

水头寨里的"另一半中国"

小登爸爸 20 来岁外出打工,是村里第一批进入城市打工的人,在我的记忆中,小登从小由母亲带大,在家里排行老三,上面还有姐姐和哥哥。

我和小登接触不多,但常听村里人说,他很聪明,学习成绩特别好。

2017 年我回家时,听到一个噩耗:"小登杀人了!要坐牢。"

小登才 15 岁,怎么会杀人呢?

当时,小登的父母不在家,没有人能说清楚这个事。后来,经过我多方打听,大体了解了事情的经过:小登在县城读初中,一天夜里,受朋友邀请参与打群架,这边 30 多个人,那边 50 多个人。年轻气盛的孩子下手不知轻重,把对方一个人打死了。

一个聪明伶俐,学习成绩优异的孩子,怎么转瞬间就成了"问题少年"?

小登从好变坏的转折点在哪里?究竟是什么原因让他走上了犯罪道路?这个过程和原因,只有他的父母最清楚。然而,这些年,我基本没有见过他的父母,他们忙于在外务工,即便春节,也很少回家。

2018 年农历春节期间,我终于在水头寨见到了小登的父母。

2 月 10 日,天下起了雨,南方大山深处的冬天,外加一场雨,显得特别阴冷。即便如此,很多人家还是沉浸在春节阖家团圆的温馨氛围中,小村庄里,欢笑声不绝于耳。

唯有小登家,异常安静。我推开小登家的门,屋里没有亮灯,黑漆漆的。小登的姐姐和妈妈在看电视,三叔没有在家。这些天,我没有见到他家人外出,在这个团聚的日子里,他们有太多的伤痛没有抚平。

她们客气地招呼我坐下,递上了瓜子。三叔好酒,常常不管家事。婶婶个儿高,是个勤劳的妇女,干起活来手脚麻利,很多男人抵不上她。由于常年辛劳,40 多岁,脸上已经爬满了皱纹。村里人都说,这个家没有她早就垮了。

寒暄了一会儿,我直接问了小登的事,婶婶对我没有任何保留:

第五章 打工背景下的生存镜像

小登是2017年冬月十七进去的,到现在已经两年了。今年回来,我们还没有去看望他,说是一个月看一次,等过几天再去看。(我问起了小登以前的成绩)

小登成绩一直很好,我们一直期望他成为一个有出息的人。他读小学的时候,我每次去开家长会,他的班主任陈老师都表扬他。六年级的时候,陈老师对我说,镇上的教学质量不太好,希望我们给他找一个好的学校上初中。

回来之后我就问他:"小登,如果让你去县城读书,你自己能不能做饭吃?如果能做,就让你去县城读初中。"他说能做的。他姑姑家住在县里,姑姑说让去她家住,小登说住姑姑家不方便,我就给他在县城里租了一间房子,谁知道后来会发生这样的事。

从一年级到六年级,他的成绩都是第一名。我还想到他会像你一样,有点出息,没有想到现在变成这个样子。(泣不成声)

他被抓了之后,法院的人给我们说,让我们准备点钱赔偿死者家属,求得谅解,可以减少点刑期。当时,我们刚刚修完房,背负了近20万元的债务,打工回来,这家要那家催的,哪里还有钱,有时候身上穷得一分钱都没有。(我安慰道:事情已经发生了,现在别想那么多了。)

想到他这一辈子可惜了,几年的时间倒是也快,但是错过了读书最佳的年龄了。

有时候我想,要是我多在家里守一两年就好了。他上小学时,我在家里带着他,从读一年级到六年级都是第一名。(不断强调孩子的学习成绩)

小登上纳雍(指县城)去读初中后,才慢慢变坏的。他上

水头寨里的"另一半中国"

了初中后,我带他到初二才出去打工,刚刚离开他半年,就出事了。(再次流泪)

他在纳雍读书,我就到纳雍去打工守着他,在工地上打工,一天只有100块钱的收入。

到初二的时候,他姐姐考上了大学,家里又要修房子,没有钱。我左思右想,一天100块钱,你三叔的钱又没有多少,一家人要吃,还要供一个人读大学,怎么够啊。必须得出去打工了,一出去他就出事了。(又泣不成声。小登姐姐在一旁边看电视,边听我们聊天。我转移话题问小登姐姐:"你大他多少岁?"小登姐姐回答:"4岁。"这时,小登妈妈又说话了。)

如果他从小是个傻子或者说成绩不好,就没有这么寒心(伤心之意)。人从小聪明成绩又好,个个老师都夸。在哪班,哪个老师都喜欢他。我从来没有给他买过笔和笔记本,学期末一去拿成绩单,笔记本和笔等一大堆奖品带回家,用都用不完。就像他姑姑说的:"希望越大失望越大。"

小娃娃要学坏,只要半年的时间。我后来想,他变坏,主要原因是我们家里穷。哪个同学请他吃一顿饭,他就记在心上了。以后喊他一起帮忙打架,就脱不下人情。从小也很调皮,但是,在村里,没有招惹过谁,更不会说和哪个打一架。(听说他们是打群架?我问道。)

是的,被人家请去打群架,30多个对50多个,现场打死了1人,主犯判了11年,他是第7个判的,判了7年。

当时,死者家属要求参与打架的33家,一家要6万块钱,可以得到一定的谅解,有些人家给了钱,得到了谅解,我们一分钱都没有,就判了7年,7年啊,出来成什么样子了。(看婶婶痛不欲生,我再次转移话题,问现在他们在哪里务工?)

现在在浙江。去年在海南种了一季香蕉,还了何家的钱。

第五章　打工背景下的生存镜像

我和你三叔都在一个厂，一个月如果天天有班上，工资有5000元左右。（我插话问：你们差何家多少钱？听说你家桥边的房子抵押给他家了？）

差8.5万元。我们修桥边那个房子，是向何家赊账拿的沙、水泥、钢筋，定了5年合同，如果5年还不了钱，就得把房子抵押给他家。

这里面又是一堆窝囊气。一套价值三四十万元的房子，差8万多块钱就抵押了。当时人家写了一个合同，意思就是如果我们5年还不了这8万多块钱，房子就属于他家。我当时就给他们说，你们有心帮我们，怎么说5年还不了这个钱，房子就属于你们的呢？他家说，合同这么写，但哪会像这样执行。我又不是傻子，不这样执行你还这样写？其实还是不相信我们，怕我们真还不了这个钱。当时，我赌气签了这个合同，太小看人了，我说不可能5年我都还不了你这个钱。去年，合同期还没有到，我就把他这个钱还了。

这几年，我最担心的是我的身体出什么问题，一旦倒下了，还不了人家的钱，5年合同期一满，房子就属于人家的了。所以，这几年，我拼了老命赚钱，就怕这个房子归人家了，那小登坐牢出来住哪里？吃什么？（我插话：这几年你们太不容易了。）

其实，当年修房的时候，我也没有想到小登姐姐能够考取大学，所以，不服输就把合同签了。没有想到刚签了合同，她考上大学了，这几年既要还账，又要供孩子上大学。我这几年的压力，常人无法想象，过得太苦了。

有时候我觉得自己实在撑不下去了，小登姑姑直接给我说，我求求你了，把这个家撑下去，撑不下去，你三个孩子怎么办？（我问：现在还差钱吗？）

水头寨里的"另一半中国"

只差5万元贷款了,只要一家人健健康康的,打工一年就还完了。小登姐姐很节约,上大学,一个月最多花1000多块钱。现在家里面如果再出现点意外,她就读不成书了。

我上次去看小登的时候给他说,让他在里面好好改造,争取减刑。

现在他在少管所,我最担心的是他在里面被打,经常听说监狱里那些狱霸很凶,打人很厉害。他说让我不要那样想,现在是法治社会,没有哪个打哪个。小登说管教对他很好,他安慰我说,让我不要担心,他会在里面学东西出来。

他宣判的时候我都没有看到他一眼,当时我们在海南种香蕉,老板一个月只给2000元生活费,打了1000块钱给小登姐姐,就没有路费回家了。他姑姑经常怪我,说如果我留在家里几年,可能就不会有这事了。我也很后悔,但是,如果我不出去,小登姐姐读书的钱从哪里来?修房子的钱从哪里来?

此时,三叔回来了。婶婶抱怨他,昨天喝醉了酒还骑摩托车,很危险,幸好被别人拦下了。我劝他少喝点酒,现在生活的压力很大,家里不能再出现什么意外了。

我和叔叔大体算了一笔账,对于他来说,上面86岁的老人需要赡养,下面3个孩子都没有成家,10年内,至少需要积攒30万元。

婶婶在一边抱怨:"要是他会考虑这些事就好了。"

叔叔是个热心肠,10多年前,我在贵阳读书,他在贵阳打工。一天,他找到我,把我带到他租住的小房间,买来一条鱼,为我改善生活。其实那一顿饭,对他来说也是奢侈的。这一幕,我至今无法忘却。

面对叔叔和婶婶一家人的悲伤,我找不到合适的词语去安慰,只愿时间能抚平他们累累的伤痕。

生活有时候是个悖论,当父母怀着为孩子创造一个更美好的明天的愿望离乡背井时，却没有料到此举可能会埋葬孩子的未来。面对生活的重担和孩子不明确的未来，他们应该如何选择？经过15年的观察与思考，我依然找不到合适的答案。在田园牧歌般的乡土中国背后，隐藏着太多的无奈。

当然，不是每一个留守儿童都会走上违法犯罪的道路，但这个群体身上出现的问题应该引起全社会的关注：情感危机、成长畸形、道德滑坡、违法犯罪、安全隐患……

聂茂、厉雷、李华军三位作者通过大量调查，写了一本名为《伤村——中国农村留守儿童忧思录》的书，在书中，作者用感性的语言这样写道，"农民工的来去，仿佛一场洪水，洗劫乡村的一切。被洗劫后的乡村到处都是孩子，也只有孩子。某种意义上，孩子仿佛一群被潮水抛到岸上的小鱼，让人感觉到危险、窒息"。

早在1998年，一本杂志就刊登过一篇文章，作者以忧虑的笔调写道，"'留守儿童'迟早会成为一个难题，传递到社会的每个部分，并引发新的症结"。如今，这个预言已经在一些地方得到印证。

我曾经在《南方都市报》读到一篇题为《遭弃的孩子，受伤的村庄》的文章："进城务工的父母们本想通过牺牲今天来为孩子创造更好的未来，其实恰恰是丧失了孩子们的现在；政府和社会追求当下的利益，却不知道他们正在为自己创造着一个危险的将来。"

几年前，全国妇联曾经统计过，全国农村留守儿童约为5800万人。民政部2018年发布的数据显示，全国共有农村留守儿童697万余人，这个数据是基于父母双方均不在身边的情况。

无论如何，我们都没有理由让近700万留守儿童的问题，成为"谁也靠不住、谁也管不了"的难题；无论如何，我们都不能让这些正处在人生发展关键阶段的祖国的未来被撕裂着成长。

消失的村庄人：打工之痛

"小勇死了！"

2015年3月的一天上午，我刚刚到办公室坐下，就接到了家人的电话，传来了这个噩耗。

小勇是我叔叔唯一的儿子，我的堂弟，一个活泼的"85后"。

小勇是怎么死的？家人获得的信息还很少：头一天晚上在浙江被车撞死了。

这时，我能想到家里人的伤心欲绝。当然，家里人给我打电话，不仅仅是为了通知我这个噩耗，而是让我想想办法。下一步，怎么办？

要处理一个在外发生的非正常死亡事件，涉及的事务显然很多，一辈子没有出过远门的叔叔和婶婶不可能完成这个任务。

我和弟弟商量，我们兄弟俩，抽一个人去浙江处理这个事情，弟弟说他去。

此时弟弟正在装修房子，两个月后，他要结婚。但是，有什么比人命关天的事更大？对于家族中的事，弟弟总是尽心尽力。

当天，弟弟就从六盘水赶回了家。经过族人商量，由弟弟、叔叔还有小勇的另一个堂哥赴浙江交涉此事。

他们第二天就出发。弟弟告诉我，一路上，叔叔悲痛得几近瘫倒。

一开始，也有人提议，叔叔正处于悲痛之中，不要去浙江了。最后我和弟弟商量，小勇是他的儿子，无论处理的结果怎样，带回来的只有骨灰，叔叔看不到儿子最后一眼，是何等的悲伤。当然，看到儿子的尸体，何尝不是残忍。征求叔叔意见，最后决定他也去浙江。

这个老实巴交的农民，50多年没有离开过土地，没有走出过大山。每次飞机从头顶飞过，他都会停下手中的农活，仰望天空，流露出一种好奇的眼神。

也许，在他的心里，憧憬着儿子哪天有了出息，带他坐一次飞机。然而，这一次，为了给孩子收尸，他坐上了飞机。

弟弟他们到了浙江，关于小勇遇难的详细情况逐渐呈现出来：下班后，小勇骑电瓶车，带着媳妇去一个朋友家吃饭。吃完饭，他骑电瓶车带媳妇回家。在回家的路上，大难降临。他们的电瓶车被一辆飞奔而来的轿车撞了，小勇媳妇当场被撞倒在地，造成了全身粉碎性骨折，小勇则被轿车拖拉了10多米后，当场死亡。

一个年轻的生命，在异地他乡戛然而止。人死了，只能谈赔偿问题，肇事者是浙江当地人，一开始只愿意赔偿20万元。几经周旋、谈判，在当地公安部门的介入下，小勇的生命以48万元的赔偿金了结。

弟弟说，小勇的尸体从太平间抬出来的那一刻，叔叔当场晕了过去，白发人送黑发人，这一幕，他永远没有想到。

在农村，儿子是继承香火的，没有儿子，就意味着绝后。叔叔生了4个孩子，只有小勇一个儿子。从小，一家人对小勇疼爱有加。

我比小勇大几岁，印象中，他圆圆的脸蛋上，整天挂着笑容。我曾经一度很羡慕小勇，他在家里很少干农活，所有的活都被姐姐们承包了，他只负责开心地玩耍。

每年春节回家，我们都在一起吃饭、喝酒，他的酒令拳划得很好。他虽然不事稼穑，但为人豪爽。每一次我家里来客人，都会请他作陪。

后来，小勇结了婚，生了一儿一女。成了家，他感到生活的压力，

水头寨里的"另一半中国"

再也不能游手好闲地混日子了,于是选择外出打工。在农村,一个年轻农民出人头地最快捷的出路,只有打工这一条。

然而,为了更美好的生活,这一出去,却死在了求生的路上,如微尘一般离开了父母、离开了妻儿。

弟弟他们把小勇的骨灰从浙江带回老家。小勇过世时不到30岁,但是,老家的人们依然按照隆重的仪式将他安葬。

我没有赶回去参加小勇的葬礼,从弟弟发给我的一些现场视频中,看到婶婶几次晕厥。按照家乡风俗,他三岁的儿子身背"灵牌",穿梭在人群中,谁见状都会流泪。

尽管是一盒骨灰,安葬的时候,叔叔还是买了上等棺木和坟石,为他的儿子修建了一个"永远的家"。去年清明节我回家挂纸,亲眼看到这样一幕:在小勇的坟头上,叔叔认认真真地清理上面的每一根杂草,众人一言不发,只静静地等待。

我是多年前在家里与小勇分别后,第一次与"他"这样相见,他面对大山,安息在丛林之中。

失去儿子的叔叔和婶婶,一下子判若两人,他们很少说话,婶婶几乎不出门。每次看到我们携妻带儿回家,婶婶都会静静转过身,抹去眼角的泪水。

每每想起小勇的音容笑貌,我都会陷入沉思:由于多种原因,农民不得不背乡离井涌进城市以寻求一条新的生路,然而,命运似乎没有朝着他们渴望的方向改变。他们在历尽艰险后有的能够回来,有的却永远也回不来了。

这些年,不光是小勇,水头寨有不少的人在打工这条路上演绎了不同的人生境遇——或非正常死亡或失踪或伤残或家庭支离破碎……

杨家两兄弟就是其中之一。杨家家贫,一共有四个儿子,现在要说的两兄弟是老三老四,他们的母亲是我父亲的堂姐,患有耳疾。

先说杨老三,村里人只记得他叫杨三桥,1975年左右生人。他不善言辞，矮矮的个子，微胖的身材，是一个干活的好料子。

我清晰地记得，20世纪90年代的一天晚上，他和我叔叔等三人会聚在我奶奶家，商量着要出去打工。三个热血沸腾的年轻人都只上过小学，却誓言要闯出一番天地。第二天一大早，三个人就走了，踏上了漫漫打工路。

据说，一开始，他们是到离家不远的六盘水市盘县砂石厂做工。叔叔身体不好，在外面干苦力吃不消，就选择回家了。回家后，叔叔就再也没有外出务工了，凭借自己的勤劳，经过多年打拼，在镇上修起了五六层高的楼房，日子一度过得不错。

而杨三桥自此就没有在村里出现过。至今是死是活，没有人知道。

再说杨老四，他的乳名叫陈法官，与他三哥相比，他特别聪明、活泛，由于调皮常犯事，小时候经常被他父亲绑在树上吊打。

陈法官大我几岁，小时候，我们有太多的交集。

我10来岁时，家乡还有田种。农民种田，插完秧，就要给田灌水。一片一片的良田，灌溉依靠一条流水量不大的沟渠。聪明的农人便发明了一种叫"喊水班"的分别灌水方法，也就是按照每一块田的大小，计算灌水的时间。比如，一亩田三分钟的时间，整条沟渠的水都引进这块田，时间一到，依次灌溉下一块田。

我家有一块田和陈法官家的相连，"水班"到的时间是凌晨六点左右。这时，父母都在准备上山干活，去执行"水班"的事就落在我身上。

陈法官比我大，"喊水班"季节，每一晚，他都和我住在我家。凌晨，他会叫我起床，我们一起往田里赶，灌溉结束，天已亮，再分别回家。

这样的情谊让我们感情深厚，不仅晚上一起睡，白天很多时候也在一起放牛。

五年级的"六一"儿童节，他怂恿我报名参加学校举行的文艺表演，唱一首歌。我听从了他的计议，真报了名。

农村小学，从来没有正经开过音乐课，我哪会唱歌。陈法官利用我们一起放牛的机会,在山坡上一字一句教会了我唱庾澄庆的《让我一次爱个够》。我不知道,在那样的年代,在封闭的大山里,他是怎样学会这首歌的。

"六一"儿童节那天,没有伴奏,我扯着嗓子,喊完了这首歌:除非是你的温柔,不做别的追求;除非是你跟我走,没有别的等候;我的黑夜比白天多,不要太早离开我……

这也是我到目前为止,在舞台上唯一一次参加的个人文艺表演。

我记得,我唱完这首歌,有老师批评:一个小学生,怎么唱一首爱情歌曲,还"让我一次爱个够"。

那一段时间,我觉得自己特别丢人,不好意思见同学及老师。陈法官安慰我:"我们唱的是爱老师,爱同学,这不行吗?"

五年级的我,哪懂得什么是"爱",是陈法官只会这首歌,只能教我这首歌罢了。

后来,我去镇上上初中,陈法官在家里务农,我们的人生轨道逐渐岔开。有一天回家,得知他出门打工去了,我连送他的机会也没有。

此后,像他三哥一样,他再也没有回过家。前些年,我一直打听他的消息,但没有人知道他的下落。

当他被送回家的时候,却是一盒轻轻的骨灰。

村里第一个知道他死亡的人,是我的父亲。父亲告诉我,一天,一个年轻女人来到村里,找到他,说是陈法官的媳妇。这个女人告诉我父亲,陈法官死了,要把他的骨灰带回家安葬。

一开始,我父亲不相信,这个女人详细说出了陈法官的情况,还说出了他爹妈的名字。听后,我父亲带她找到了陈法官的亲人。

原来,陈法官外出打工后,在外面结了婚,生了孩子。一家人逐渐过上了稳定的日子,天有不测风云,一天外出买菜,被车撞死了。

生前,他从来没有带媳妇女儿回过老家,不过,大体给媳妇说过家乡和家庭的情况。死后,他媳妇凭着模糊的记忆,找了几个月,终于找到了丈夫的家乡，让他魂归故里。

杨家两兄弟还有两个哥哥，2018年农历春节期间，我和他们的二哥谈起了他们的事，我一直想不清楚一个问题：他们为什么一出去就不回家？

杨家二哥告诉我，可能是因为家里太穷了，他们想多赚点钱再回家，所以一直拖，拖到回不了家。

显然，没有一技之长，他们不可能在城市挣到太多的钱，贫穷造成的那点自尊心，让他们十分脆弱，为此所付出的代价异常惨重。

回到水头寨，我和乡亲们掐指一算，这些年，消失的村庄人一个接一个，有被车撞死的、有病死的、有累死的、有下落不明的……

20多年前，电视剧《外来妹》火爆一时。电视剧讲述了改革开放初期，优先发展的广东一带成为内陆许多省市年轻人眼中的天堂，北方某省6名青年男女怀着梦想来到广东，他们希望通过打工改变自己的命运。结果，每个人都演绎了不同的人生轨迹："靓女"因伤残而回到了山里；秀英为了钱而堕落了……

伴随《外来妹》电视剧走红的那首主题曲《我不想说》，道出了打工仔的无奈，唱出了他们的心声。直到今天，我依然听到水头寨的打工一族常唱起这首歌："许多的爱，我能拒绝；许多的梦，可以省略……"对于他们来说，在追梦的路上，面对残酷的现实，逐渐忘却了梦想。

曾经读过胡传永的纪实小说《血泪打工妹》，自杀的青苇，被杀的韩桑，失踪的袁芹，疯掉的柏家芸……一个个年轻的生命，在打工的路上被扭曲，命运被改写。胡传永写过这样一段话："城市向农民敞开的并不是两扇公正的大门，而是一口须弯了腰碰破头才能挤进去的小洞。在此过程中，农民们被打碎的不仅仅是千百年来大家一直固守着的观念和习惯，同时还有他们最为看重的人格和自尊。"

在水头寨，还有一些人也从村庄消失了，不同的是，她们是故意逃离。

这些人，就是抛下孩子的妈妈。在村里，出现了好几例。

水头寨里的"另一半中国"

在乡村社会的差序格局和人伦秩序中,离婚是极其谨慎的事。然而,这些年,农村家庭的稳定性逐渐被打乱,一些年轻的妈妈外出打工后,毅然决然地丢下了孩子,远走他乡。

当然,不能断定他们离婚就是经不起外面世界的诱惑,一个家庭的破裂原因是多方面的,但打工让一部分人有了零距离接触城市的机会,拜金主义、享乐主义一步步侵蚀了她们的思想已成事实。

水头寨一个离异的男人给我讲述了他与前妻的事:

我们俩离婚,讲来话长,一言难尽。有人说是我的问题,我说是她的问题。她发生的那些丑事,我实在容不下,一直在吵闹。后面她说要回来,我说我打光棍都行,坚决不要。

我们一直在浙江湖州打工,有一段时间,我发现她有点不对劲,和其他男人有勾结。为了挽救家庭,我给她说,干脆我们不打工了,回家吧,把家里的房子修修。

她无奈和我回到家,我们开始修建家里的房子,我天天干活,累的真是死去活来。她却不管不问,每天就是偷摸着打电话。当时,我大儿子读四年级,小儿子读一年级了。孩子都这么大了,还这样,我气不过,抢她的手机,我说我要把你的手机砸烂,我们打架了。

结了婚,有了孩子,还躲躲藏藏做那些见不得人的事,我受不了这种。

其实,她本身是一个朴实的人,是受她姐影响学坏的。她姐姐在歌厅里面工作,花钱大手大脚,经常买一些奢侈品。我们在外面打工,本身就没有多少钱,看到她姐姐买的包很贵,她经常给我说:"我姐买的包包都是上千元的。"我给她说,我们哪有那么多钱买包包。她觉得我穷,逐渐产生了矛盾。

这些年在外面打工,我亲眼看到很多复杂的男女关系,好多人都离婚了。我受不了，我们也离了。

现在找的这个是海南人，脾气不好。今年我们一起回家过春节，就在前天，为了一些鸡毛蒜皮的事生气了，自己一个人跑回浙江了，现在正在车上。

她不能生育，对我的小儿子还可以，对大儿子不好。她那个人记仇得很，大儿子因为和他妈妈联系过，她就怀恨在心，不高兴。小儿子不和他妈联系，他妈前几天给他买了件新衣服，他直接拿去烧掉，他恨他妈丢下了他。

我大儿子16岁，初三读了半年，实在读不下去了，去年跑到浙江和我们一起打工。小儿子读六年级，成绩也很不好，我妈在帮忙看着，老人带长大的孩子，读书成绩好的少。

你不在家不知道，现在我们寨上很多人都离婚了，有些在外面离的，寨上的人不一定知道。

我今年38岁，在外面打工已经20来年了，钱没有赚到多少，反而把家整得支离破碎，孩子也没有教育好，他们又和我们一样，成为打工仔。

在外面的日子，真不好过，辛酸苦辣只有自己知道。

曾经，这些打工仔是村里很多学生的"榜样"，他们每年春节回家，出手阔绰大方的样子，深深地吸引着正在辛苦求学的年轻人。村庄里，一度弥漫着"读书无用"的思想，一批又一批年轻人选择离开学校，奔赴城市打工。然而，走近他们，才知道他们的心酸和内心的痛楚。

诚然，一个人有一个人的际遇，一个人有一个人的命运，我们不能将乡村道德水准的下滑及一些人的生命终结、家庭破败完全归咎于进城打工，但我们不得不承认，他们中的大部分人，是由于背井离乡而遭受如此厄运。

这些乡土上的诉说，还在继续。

新生代农民工：先漂着吧

一个人成了家，需要扮演的角色就多了起来。在中国传统观念中，春节是一个阖家团圆的节日，每一个父母，都希望儿女陪伴在自己的身边。然而，对于游子来说，基本满足不了父母的愿望。春节期间，得陪好自己的父母，也不能落下丈母娘和老丈人。

结婚后，我和老婆基本形成的一个惯例，春节5天时间，一家待两天半。当然，这看似"公平"的背后，也常常是不公平的，比如，除夕在哪家过，常成为我们争吵的焦点。

今年，我又"违约"了一次。正月初二到了丈母娘家，由于家里有事，正月初三下午，我就往家里赶了。

从县城到小镇上，已是傍晚时分。一辆"昌河"牌面包车停在街口在等待客人，我庆幸自己赶上了最后一班车。

在农村跑运输，小面包车很吃香，五六万元的车，超载一点，可以装十几个人。乘客对于车的舒适度几乎没有要求，有时还主动收紧身子，让司机尽情地装人，大家还一路乐呵呵。

每次回家，我都坐这样的车，虽然车厢里常常是烟雾缭绕，却也是笑声不断。熟悉的乡音，熟悉的乡村小道，坐什么车还重要吗？

我在车里等了40多分钟，没有一个人上车。看天色渐晚，司机对我说，只有我一个人，他不去了。

我下了车，给村里一个人打电话，春节前，他刚刚买了一台车作家用。我想试试运气，看他是否在镇子上，接我一起回家。

电话拨通了，很幸运，他就在镇上，而且马上回家。他让我原地不动，开车过来接我。

10分钟左右，他的车停在我的面前。"大哥，上车。"我上了车，发现车的后排座位还有村里三个"85后""90后"。显然，他们接到我电话后，主动把副驾驶的位置留出来给我。

这几个年轻人，有的我差不多10年都没有见到了。他们在20岁不到时外出务工，这些年，很少回家。

当然，对每一个人我都是熟悉的，可以直接叫出他们的乳名。不过，人长大了，再叫乳名已经不合适了，一上车，我一个个询问他们的大名如何称呼。

一路上，我们聊起了他们在外务工的日子。三个年轻人，都在浙江打工。回到家，我凭着回忆梳理了你一言我一语的聊天内容：

"你们出去的时候还小吧？"

"差不多都是初中一毕业就走了。"

"在城市里是不是觉得读的书有点少了？后悔过吗？"

……

"确实少，有一年，我们厂里的办公室要从车间抽调一个会操作计算机的人，其实计算机我也会，不过要求要高中学历。"

"也没有什么后悔的，当初的确是自己学不进去。再说，现在好多读大学出来的，连工作都找不到，有些人的工资还没有我们高。"

车在山路上盘旋，我问了这个问题后，许久才有人回话。我后悔问了这个问题，对于他们而言，现在来说后悔与不后悔，也许是太复杂了。就像他们所说的那样，当与机会擦肩而过的时候，后悔了。但走近现实中，看到很多的不如意的案例，也是欣慰的。每个人的人生不可能假设，

水头寨里的"另一半中国"

当下就是最好。

"在外面,你们和当地人交往吗?"

"基本没有,都是和老乡在一起,上班的时候上班,下班后大家打牌喝点酒。"

"和外地人交往,基本都是一个厂里的工友,我们厂里河南人多。"

"想过在当地买房吗?"

"有时候也想,但是静下心来还是算了,如果哪天在这里待不下去了,光有一套房子吃什么?"

"我想买房,主要是考虑孩子能上学。"

"你们经常去 KTV 吧?"

"当然啊,哪个朋友一过生日,基本上大家都去一次。"

这些"85 后""90 后",背井离乡已经不只是为了求得温饱,赚钱养家,他们生活在城市,却是在特定的城市社会空间和特有的社交圈子里。他们不仅追求更高的物质生活,而且追求更好的精神生活。

"都有孩子了吧?带在身边吗?"

"我们几个的孩子都带在身边上学,大人没有学到多少知识,不能让孩子再跟我们一样了。"

"孩子在城里上学方便吗?"

"学倒是都能上,但是好学校进不去。上的都是当地教学质量最差的学校。"

"我家儿子都上初中了,现在头疼的是不能在那边参加高考。我今年回家,也是来看看儿子下一步学习怎么安排?"

"难怪 10 多年都没有见到你了,不为了孩子的事,你今年还是不会回来吧?"

"嗯。孩子都在身边,我爸妈也在那边给我们带孩子,没有必要回家浪费钱。"

这些年,我接触过很多农民工,一方面,他们自身觉得"读书无用",另一方面,却在竭尽全力为自己的孩子创造最好的教育条件和环境。

知识和技能,只有在无数次的摸爬滚打中,才知道它的重要。所谓的"读书无用",只是找个理由原谅自己当初错误的选择罢了。

"你们会留在城市里生活吗?"

"想啊,但是不可能,融不进去。"

"原先设想城市很好,其实也不好,没有人情味。"

"那回家?"

"回家吃什么?用什么?又种不了地了。我要回家的话,除非城市不让再打工了。"

"你回来还有地种,我家现在只有一亩多地了,回家干什么?这么多人回到农村,如果没有事干,农村还不乱了。"

"那怎么办?"

"先漂着吧。"

先漂着吧!一声叹息,这是他们真实的状态,也是无奈的选择。

2010年中央一号文件《关于加大统筹城乡发展力度 进一步夯实农业农村发展基础的若干意见》中,提出"采取有针对性的措施,着力解决新生代农民工问题"。这是中央文件第一次明确提出"新生代农民工"的概念。一般认为,"新生代农民工"是指1980年以后出生、年龄在16周岁以上的农村户籍进城务工人员。新生代农民工,也被称为"农民工二代"。

与社会上常出现的"富二代"相比,"农民工二代"是何其的寒酸。他们怀揣梦想进入城市,而残酷的现实却让很多人梦想破灭。他们徘徊在城市和农村之间,基本脱离农村但又没有真正融入城市。农业农村部部长韩长赋把新生代农民工的这种处境,形容为"处于社会结构中第三元状态"。

前面提到的国家统计局发布的《2018年农民工监测调查报告》显示,

截至 2018 年，1980 年及以后出生的新生代农民工占全国农民工总量的 51.5%，比上年提高 1.0 个百分点；在新生代农民工中，"80 后"占 50.4%；"90 后"占 43.2%；"00 后"占 6.4%。《农民日报》在一篇题为《农民工进城——民族脊梁筑广厦》的文章中，认为新生代农民工虽然当了"农村的逃兵"，却成为"城市的孤岛"："进城务工，对于老一代农民工来说，多少有些迫不得已，背井离乡只是为了赚钱养家，融入城市则未曾奢望，土地是最后的保障、老家是最终的归属。但对于新生代农民工而言，他们生于 80 年代之后，不少人甚至是在城市出生，文化水平普遍高于父辈，却不事稼穑、不懂务农，对城市现代文明有着自发融入的渴望。可尴尬的是，新生代农民工虽然当了'农村的逃兵'，却成为'城市的孤岛'，回不去也留不下。这一亿多年轻人的去留，就成了一个不容忽视的大问题。"

按照国家统计局公布的我国农民工总量 2.88 亿人来算，新生代农民工已经接近 1.5 亿人。毫无疑问，当下的农民工问题，最值得关注的是新生代农民工问题，他们的价值观念已经和乡村文化有了较大差异，有着比父辈更宏大而执着的梦想和追求。如果处理不好新生代农民工的问题，对促进经济发展、维护社会稳定都是潜在的不利因素。

韩长赋在接受媒体采访时坦言，实事求是地讲，不可能指望新生代农民工再回到农村种地：其一，他们中的多数人本身没有地，二轮承包时就没有分到土地，根本就无地可种；其二，他们从来就没有种过地，一离开初中或者高中的校门就到城市务工；其三，他们中的多数人出来后就没有想再回去种地。韩长赋还透露了一组数据，据调查，新生代农民工没有从事过农业生产的占 84.5%，希望在城里定居的占 93.6%。

在和水头寨几位新生代农民工交谈过程中，我还了解到一些令人惋惜的事情。在我熟悉的一些人中，他们居然蹲过监狱。有些人在家规规矩矩，在外却经常干一些违法的勾当。

其实，不光是水头寨有新生代农民工走上违法道路。多项调查结果表明，全国范围内新生代农民工的犯罪率明显高于第一代农民工。广东省佛山市中级人民法院曾经在10年前公布过一组数据，2008年至2009年，佛山市两级法院共受理新生代农民工犯罪案件6490件10627人，这些案子中，低龄化犯罪情况比较严重，被告人多低于23岁，18岁至23岁的占54.8%，24岁至29岁的占41.8%。有媒体报道，广西壮族自治区天等县有个3000来口人的打工村，从这个村走出大山到广州、深圳闯世界的年轻人，不少选择以抢夺他人财物的方式在城市立足。因抢劫犯罪，这个村已有100多个青壮年在外地入狱。

北京市顺义区法院也公布过一组数据，新生代农民工犯罪低龄化：平均年龄只有22.8岁。顺义区法院曹咏法官在接受媒体采访时对新生代农民工犯罪做了分析，在她看来，那些跟随父母来到大城市的农民工二代生活在陌生的环境中，在社会生活交往中往往感受到被社会抛弃、无助或精神压抑。大多数表现出性情暴戾、孤独自卑等不健康的心理特点，对主流社会表现出抗拒的情绪。他们不懂得通过正常途径和法律手段保护自己的合法权益，而是采取忍气吞声的态度，当其忍耐达到一定极限仍不能"求安"时，便动用武力进行自我解脱。

现在有一种说法，新生代农民工是"无根的一代"，在城市中没有根，在农村也没有根。就像水头寨的新生代农民工形容的那样，没有根，就只能"漂着"。

这种漂浮的状态，让他们产生困惑和迷茫，城乡两种文化在他们身上出现了对立和冲突，以致他们失去了"定性"。久而久之，诱发心理失衡，就会对抗社会或者残害自己。富士康员工接二连三的坠楼，折射出的就是新生代民工的生存困境。按照涂尔干《自杀论》的说法，个体的社会关系越孤立、越疏离，就越容易自杀。

多年来，我一直在思考一个问题：为什么有些人在家乡安分守己，甚至是父老乡亲口中的"乖乖孩"，一出门就把持不住自己，走上违法犯罪的道路？走近他们，我发现，他们生活在城市，但缺少应有的文化娱乐和社会交往，只能游离在城市社会的边缘，成为现实社会中的边缘人群，造成一种被抛弃和遗忘的错觉；他们渴望改变弱势地位，却因缺乏学历、技术等就业优势而难以获得成功，当他们努力积累财富以便进入主流社会的希望一次次破灭之后，必然在内心产生挫折感，极容易出现人格上的自卑，甚至引起心理畸变；他们来到城市追梦，却发现"外面的世界很无奈"，缺乏明确的心理归属感和生活自信心，在城市迷失了自我。巨大的落差给他们造成了巨大的心理压力，这种负面心理如果得不到及时的化解，就会产生反社会情绪。

全国总工会发布的一份新生代农民工调查报告认为，新生代农民工有八大问题亟待解决：整体收入偏低、劳动合同执行不规范、加入工会组织的人数比例偏低、工作稳定性差、社会保障水平偏低、职业安全隐患较多、职业培训不理想、企业人文关怀不到位等。

如果说第一代农民工的挣扎是为了进入城市，那么，新生代农民工面临的问题则是融入城市。这种融入，不仅是生存意义上的"身在"，更是生存方式、价值观念等的"心在"，是获得城市认同和市民化的诉求。

农村转移人口难以享受到城市基本公共服务，这是新生代农民工社会融合过程异常艰难的重要原因之一。著名经济学家辜胜阻曾在2017年公开表示，农村转移人口在城市享有的基本公共服务覆盖面仍然狭窄，难以实现从农民到市民的身份转变，这导致我国的城镇化出现"就业在城市，户籍在农村；劳动力在城市，家属在农村；收入在城市，积累在农村"的半城市化现象。

这种就业非正规化、居住边缘化、生活孤岛化、发展能力弱化的"半城市化"现象，使大量城市农民工产生严重过客心态，他们缺乏对城市的认同，留在城市居住的意愿不强，社会互动差，难以顺利融入社会。

城镇化，不仅是土地的城镇化，更重要的是完成人的现代化。新生代农民工融入城市，首要的是文化心理适应。如果一个城市大量居民不能获得自身的价值认可和尊严认同，过客心理和边缘心态严重，对企业的发展、城市的发展，乃至对国家的富强和文明都是不利的。

第六章 村庄治理困局

"政之所兴在顺民心,政之所废在逆民心。"《管子》中的这句话,道出民心与执政相辅相成的关系。人心向背是决定一个政党、一个政权兴衰的根本因素。中国共产党以人民为中心的发展思想,鲜明体现了立党为公、执政为民。毫无疑问,只有顺应民心、尊重民意、关注民情、致力民生,才能让人民群众拥有更多、更直接、更实在的获得感、幸福感、安全感。作为党和国家治国理政的神经末梢,基层干部只有保持同人民群众的血肉联系,方能为人民谋取福祉、为政党赢得民心。

法律与道德,谁该发挥作用

　　法律与道德的关系,是古往今来一个永恒的话题,都是国家治理、社会运行不可或缺的重要手段。

　　传统乡村熟人社会是非理性的,讲究的是人情,礼治秩序是维系社会运行的关键机制,社会治理是超稳定、低风险的。

　　随着城镇化步伐的加快,传统农村加速转型,人们的思想意识日趋多元、多样、多变,价值取向变得各不相同,农村社会变得纷繁复杂。在农村还没有完全走向陌生人社会的进程中,当法治还不能完全作为社会治理的支撑时,农民面对矛盾纠纷,该何去何从?

　　先讲述一个发生在我家的真实故事:

　　远离父母,最怕的是在深夜及早晨接到家人的电话,如果没有特殊和紧急情况,家人一般不会在这个时间段给我打电话。然而,总有一些电话是在这个时候打进来的,总有一些灾难是躲不过去的。

　　2011年8月8日,一大早,我刚刚到单位,就收到母亲打来的电话:父亲给邻村一家人修房,因为搭建的支架断裂,从二层楼高的支架上摔了下来,很严重。

　　严重到什么程度,一时慌乱的母亲无法做出准确的判断。电话那头,乡亲们七嘴八舌,我听见有人说:"快不行了!"

这时，家里面所有人的电话几乎都指向了我。怎么办？因为这其中，劳务牵扯到第三方，医疗过程也需要钱。我告诉大家，救人要紧，其他一切先不谈，要不惜一切代价抢救父亲。

所有一切执行安排给了弟弟。他在请求120派急救车的同时，也立即从六盘水出发往家赶。120急救车从县城出发，最快也要两个小时才能到村里。为了抢时间，母亲在村里找了一辆车，把父亲从村里先送到镇上。

母亲是一个干练的人，面对生死未卜的父亲，在没有一个儿女在身边的情况下，她展现出了高度的冷静和坚强。

从村里到镇上这一段路程，雇主蒋家父亲始终陪同照顾父亲，态度很好。

这里插一句，父母经过累月的繁重劳动，已经透支了他们的健康，我和姐姐相继成家，弟弟也有自己的工作能自食其力后，我们希望父母不要太劳累，该歇歇了。

前面已经说过，2011年，家里的土地大多已经转租及撂荒。然而，从绝对贫困的泥潭中慢慢跋涉出来，穷怕了的父亲信奉自食其力，再加上看我们的小家庭还有很重的负担，他经常出卖已经衰老的劳动力，承揽砌砖修房等苦力活。辛苦一天，能拿到100元到150元不等的酬劳。

我是非常反对父亲这一做法的，不仅辛苦，而且高空作业，危险系数很高。我每次打电话回家，总会问问父亲在外面干活没有。父母有过商量，对我们统一口径，他们自然不会把真相告诉我和弟弟。

接着讲述上面的故事。从村里送父亲的车到了镇上之后，停下来等120急救车。此时，一直陪伴在父亲身边的蒋家父亲，借故有事离开一会儿。

待他回来时，态度发生了180度大转弯，不但不管不问父亲，反而撂下父亲自己回家了。

后来得知，他家族中有一位自称熟悉法律的人住在镇上，他中途就是去找这位族人商量对策。大家的预测是，这人告诉他，他没有责任，可以不用管，才有他突然转变的态度。

父亲被送到六盘水市一家医院进行治疗，医生的诊断让我瞬间崩溃：命可以保住，但余生可能躺在床上，不能行动。

3天后，我放弃了让父亲在六盘水做手术的决定，把父亲转到贵阳医学院附属医院（现贵州医科大学附属医院）治疗。在这里，父亲被医院诊断为：1.L1椎体爆裂性骨折（A3型）；2.T8椎体压缩性骨折；3.骨盆骨折。我们请了医院脊柱科主任为父亲做手术。

天佑好人。手术很成功，医生预判，父亲能够站立起来。

现在，回到这篇文章的主题：法律与道德的关系。

父亲的身体逐渐恢复，接下来的事，就是医疗费用的承担及赔偿问题了。然而，自从在镇上消失之后，无论父亲在六盘水还是在贵阳住院治疗期间，蒋家人再也没有露面，更谈不上协商。这在熟人社会的农村，在靠道德规范行为的乡土社会，是无法理解的。村民们这样议论：即便没有法律责任，从道义上说，也应该到医院看望慰问病人。

蒋家认为自己没有责任，源于这场在农村常见的复杂而简单的劳务关系：蒋家将其即将修建的砖混结构房屋的基建及砖体工程承包给我们村里一个叫杨明付的人，父亲和杨明付之间，经常是我承包了活叫你，你承包了活叫我，无论是谁领头，招呼一声即到，不需要签订任何劳动合同或者协议。

实际上，不光是杨明付与父亲之间，村里从互惠互助到有偿劳动，至今，从来没有合同与协议之说。蒋家认为，工程采取的是包工不包料的形式，建房一切事宜交给杨明付，杨明付负责召集人施工，一切责任与其无关，不承担任何责任。杨明付则觉得自己很委屈，他认为自己好心好意邀约父亲干活，给父亲赚钱的机会，更不应该承担责任。

协商无门，我们只有诉诸法律。

2012年7月，纳雍人民法院做出一审判决，认定杨明付承担60%的

水头寨里的"另一半中国"

责任,蒋家承担20%的责任,父亲承担20%的责任。

一审判决后,大家均不服,上诉至毕节市中级人民法院。漫长的等待后,二审维持了原判。

事情到这里并没有结束。判决书下达后,被告蒋某拒不执行,判决书形同一纸空文。

我们向法院申请对被告蒋某强制执行。听说蒋某在六盘水有住房还有车,法院执行部门的人以找不到蒋某为由,要求我弟弟盯住蒋某,如果看到蒋某,立即通知法院。弟弟也有自己工作,再加上无权跟踪蒋某,没有能力向法院提供有效信息。

而杨明付一方,始终未提赔偿之事,法院也没有对其采取任何强制措施。

一场官司打下来,身心疲惫。

后来,在种种因素的推动下,法院用法律援助金向我父亲支付了蒋某应赔偿的部分。至此,这场官司不了了之。

父亲没有强制追究杨明付的责任,在他看来,杨明付没有责任。实际上,按照法院的判决,杨明付承担了大头。我理解父亲的想法,农村有农村的规矩、农村有农村的传统,在人情社会里做人,得遵循个规矩。

不过,这场没有实际意义的官司却影响了父亲与杨明付之间的关系。杨明付认为,我们把他告上了法庭。尽管他没有履行一分钱的赔偿责任,可他心里不爽。为此,回家时,我还专程去给他做解释。

父亲认为蒋家不应该逍遥法外,他多次提出要上访,被我阻拦。每次我回家,关心父亲的村民们在和我提及此事时,大家认为只有上访事情才能得到彻底解决。很多村民甚至认为我没有尽力,在他们看来,我应该动用"关系"找领导摆平这件事。

我理解乡亲们的好心,但我无法左右法院。为这事,父亲在村里一度抬不起头,他认为法院执行不力,没有给予他应有的公允,他引以为豪的儿子似乎也没有发挥他想象中的作用。

给父亲请的辩护律师，是我的高中同学。我曾经给他说过："目前，农村这类劳务关系纠纷很多，我希望这场官司成为一个乡村普法宣传教育的案例。"然而，事与愿违，它成了一本反面教材。

每个人都不愿意走进"官司"的旋涡，我和父亲也一样。起初，我们一直寻求协商解决。但是，几方的反应出乎意料。

农村社会，重视礼俗、尊重传统是中国人的行为价值尺度。费孝通说过："如果非打官司不可，那必然是因为有人破坏了传统规矩。"陈荣文在《健全自治、法治、德治相结合的乡村治理体系》一文中说："在人情社会，对人们行为的规范与评价，道德、习俗充当着不可替代的独特角色，发挥着不可或缺的重要作用。通过道德评价从内心情感约束人们行为，形成并维护人们所期望的社会秩序，厉行德治，并以德治实现善治，正是我国历久不衰、相袭相承的乡村治理密码。"

村民之间遇上矛盾纠纷，尊重传统协商处理本来是一个很好的解决之道。然而，在快速变迁的乡村社会，传统的秩序正在被打破，传统有时显得力不从心。法治在礼治面临崩溃时却不能及时跟进，在社会治理中难以起到有效的支撑和保障作用。

拿这场官司来说，蒋家态度转变，源于一个懂法之人给他支招，他有法律作为"保护伞"。不过，当法院判决生效后，他却拒不执行，则是目中无法。这是目前农村存在的普遍现象：传统秩序不能完全适应社会发展的需要，而农民的法治意识又没有完全培育起来，这导致乡村治理出现了空档。

农村法治建设面临的一个难题，就是一些村民的法治意识淡薄，既不知道如何通过法律手段来维护自己的合法权益，也存在因不懂法而侵犯他人合法权益的现象。还有一些人对法律的权威性认识不足，置法律规定而不顾，甚至无视法律、漠视法律。

近年来，涉农案件增多，比如毁林开荒、聚众赌博等，还有遇到难题信访不信法，都是农村法治建设薄弱所导致的。

如何让农民养成遇事找法、办事依法、解决问题靠法的行为习惯？有人认为，要加大普法力度，让农民知法。我曾经也持这样的观点。我不断用父亲的例子告诉乡亲们，产生劳务关系时，要事先订立劳动合同，至少要有个书面协议。然而，8年过去了，村民之间承揽工程越来越频繁，我却没有听说任何人吸取教训订立合同。

在农村，每一个案件的过程和结果，都是一次全民法治公开课。执法者按法律办事，公开公正，严守纪律，让一个个案件成为一本本正面教材，才能使村民从一个个司法实践中感受到有法可依、有法必依、执法必严、违法必究的法治精神。

推进法治建设，关键在于切实有效地实施法律，树立法律至高无上的权威，这既是法治的基本条件，又是法治的主要标志。

一个房子如果窗户破了，没有人去修补，隔不久，其他的窗户也会莫名其妙地被人打破，这就是"破窗效应"。如果一件件违法案件频频发生，没有法律的强制措施，或者说一桩桩判决虽然生效，却没有结果，就会形成"破窗效应"，致使法律成为一纸空文。法无权威等于无法，如果法律得不到应有的尊重和执行，法律的权威受到破坏，公民对法律的信任就会减弱。

法律的生命力在于执行。明朝政治家张居正《请稽查章奏随事考成以修实政疏》中感慨道："盖天下之事，不难于立法，而难于法之必行。"严格执法，打通通往公平正义的"最后一公里"，维护的是司法的权威，保障的是整个社会的诚信。

如果说法治是乡村治理的必由之路，那么德治就是乡村治理的重要目标和手段。实际上，虽然乡村社会正经历转型，快速变迁，但其人情社会、熟人社会的基本特性并未发生根本性改变。农业农村部部长韩长赋在《经济日报》刊发的《从江村看中国乡村的变迁与振兴》一文中，通过考察费孝通80年前调查过并写出《江村经济》一书的村庄——江村（苏州市吴江区开弦弓村）得出这样的结论："江村治理体制机制不断变化和调整，但自治和德治在稳定乡村社会秩序方面发挥着不可替代的重要作用。"

从江村看全国，礼法兼施，德法并举，是中华民族长期以来探索形成的社会治理之道。

回顾中国5000多年的文明史，我们既有久远的法制传统，又有厚重的道德传承。无论是"宽猛相济"还是"隆礼重法"，无论是"制礼以崇敬，立刑以明威"还是"法令其本在正人心，厚风俗"……都形象地表明，在社会治理中，法律与道德如鸟之双翼，一个是外在的他律、一个是内心的自律，缺一不可。

无论城市抑或乡村，只有做到法治外化于行，德治内化于心，才能实现法安天下，德润人心。

只见新房不见村

回到家,我喜欢在村里走走。如今村里留下木房青瓦老屋的,只剩几户人家,其他人家都把老房屋拆了,重建成由水泥钢筋筑起的楼房。这是近15年间发生的事。

在加速现代化的进程中,目前在水头寨及周边的村庄出现了一个现象:只见新房不见村,农村逐渐变成缩小版的城市。

我家的老屋是幸存的几栋之一。父亲保留老屋,当然不是出自于保留传统的文化自觉,而是我和弟弟、姐姐相继离开了村庄,父亲看不到我们回去的意愿和希望,所以停止了修房,老屋得以保留。

记忆中,小时候的村庄,大多数人家住的民居是小青瓦、坡屋顶、雕花窗,有的人家还有白粉墙,这是黔西北一带民居的主要特点。一座座民居掩映在山水间,仿佛一幅漂亮的山水画。陶渊明笔下的世外桃源,也不过如此罢了。

传统民居的消失,源于近年来乡亲们生活水平的提高。这些年,包里有钱的村民们开始追求更高水平的生活,当然,这包括改善住房条件。

穷怕了的村民,向往外面的世界,于是效仿城里人修建砖混结构、水泥板盖面的新房。10多年的时间里,一栋栋新房拔地而起,村庄改头换面。

老一辈讲究聚族而居，是为了相互照应。年轻一代，为了生活及交通的方便，则是沿路修房。

以前，入村，道路的两侧是水田，景色四季变换，夜晚，蛙声一片。

如今，进入村庄，道路的两侧，大片的良田被一栋栋楼房占用。

山村被大规模改头换面，源于2012年。这年，邻村岩脚寨因地质灾害需要移民搬迁，选址与水头寨相连。新址是一片良田，曾经是水头寨人能吃到大米的主要来源。政府在新址上划出一条道路后，移民们围绕这条道路，横七竖八"栽种"了一栋栋风格各异的房子。

造房的速度超出我的预想，当我告别家乡一年后再回去，一个凌乱的新村就这样出现了。

新村与老村相连，外人一般分不清彼此。2019年正月初四，我在老村、新村走了一圈，无论是改建的老村，还是新建的新村，我发现，村民们建房，我的地盘我做主，想建哪就建哪。房屋的高矮大小不一，外立面设计五花八门，一些在外务工的人，把在城市里见到的一些外立面装修风格硬搬到自己在村里的房屋，与周边房屋格格不入。外墙砖颜色全凭个人喜好，蓝的、红的、紫的均有。

更重要的是，房屋的建设与村庄公共设施的建设没有形成有机的衔接，露天旱厕建在路边，污水无处排放，自来水、电线等管网杂乱无章……

占用耕地用以建房的现象也随处可见，村民们几乎没有宅基地与耕地的概念，大家把实行家庭联产承包责任制后承包的土地视为自家的私有财产，只要这块地适合建房，不管它是耕地还是宅基地，要么自己修建，要么出卖给他人。实际上，近年来，很多人拥有的所谓宅基地，是购买了其他村民耕地的承包经营权。

建房需要审批吗？当我向村民们问及这个问题时，大家一脸茫然。他们认为，我在自己土地上或者是购买来的土地上建房，为什么需要审批？现实中，也确实不经审批，他们随意盖起了一栋栋新房，加上规划

水头寨里的"另一半中国"

缺失，房屋野蛮生长。

水头寨是个案吗？走出水头寨，我发现，水头寨所在的纳雍河区域，几乎都一样。

纳雍河两岸巉岩壁立，人们逐水而居，星罗棋布的村寨就这样从山脚布满山顶，河水在人家的脚下，清澈、安静、从容。

黔中水利枢纽工程，是贵州首个大型跨地区、跨流域长距离调水工程，是西部大开发标志性工程，也是贵州水利"十一五"规划的龙头项目。工程主要用以灌溉、城市供水，兼顾发电、县乡供水、人畜饮水等。纳雍河，正是黔中水利枢纽工程的主水源。

山和水，往往能绘制出一幅优美的图画。纳雍河就是这样，高峡出平湖，风景更迷人。

这是家乡发展旅游的最佳机遇。

聪明的乡亲们早就嗅到了其中的机遇，工程在修建时，一些乡亲就随之在河的两岸修建起了一排排新房。特别是一些"有识之士"，买下来一块块"黄金地段"，有些房屋，地基几乎在库区的水里。

和上述所说的村庄房屋修建一样，库区两岸的房子，也几乎没有规划，设计凌乱，摆放横七竖八，街面杂乱无章。

一幅美景，被这些野蛮生长的房屋给破坏了。

李登山是纳雍河人，作为县政协委员，2018 年，他提交了支持纳雍河发展乡村旅游的提案。我和他探讨过纳雍河发展旅游的可能性，我们都不约而同提到一个地方——千户苗寨。

千户苗寨，是贵州省黔东南苗族侗族自治州雷山县一个苗族村寨，如今，知名度已经享誉海内外。

在千户苗寨还没有被规划成景区之前，我就去过那里。这些年，因工作原因，我数次造访千户苗寨。

千户苗寨能够成为今天世界级旅游目的地，源于它独特的建筑和民族文化。村民们的特色建筑——木质吊脚楼——顺山就势、舒缓平展，高低错落、玲珑有致，建筑与自然和谐统一。千户苗寨成为景区后，村民保护好自己的房屋建筑，每年会得到奖励。可见，房屋是千户苗寨发展旅游的灵魂之一。

如果说，千户苗寨不可复制，那么，同样是贵州一个山村的遵义市播州区枫香镇花茂村，它的发展思路就值得借鉴了。

2018年年初，国家民委组织了一个由全国深度贫困地区党政领导组成的参观团，到全国各地学习考察，花茂村是考察点之一。作为工作人员，我随团前往。

当地村民用"五难"形容曾经的花茂村——出行难、饮水难、看病就医难、农田灌溉难、村民增收难。他们告诉我，以前，村里连条像样的路都没有，晴天一身灰，雨天一身泥，村民的房屋也是风格各异，外出打工是年轻人的首选。

转折点在2014年出现，当年，花茂村被当地政府列为"四在农家·美丽乡村"升级版创建试点。花茂村求变，却没有大拆大建，而是以"经营乡村"的思路，把村庄作为景区来打造，把乡愁作为文化来经营。村里请来了专业的规划师，对村庄的房屋、产业等进行整体规划，有取有舍。取的是山水田园一体，山中有田、田中有院；舍的是私搭乱建，保护村庄整体风貌。

后来，人们看到，花茂村的千余栋房屋，按照黔北民居样式，突出小青瓦、坡面屋、穿斗枋等特色元素。连片的农田与青山远目相接，木栈道与花坛相映成趣……

花茂村成为望得见山、看得见水、记得住乡愁的地方。守住了乡愁的花茂村成为新兴旅游目的地，村里提供的数据显示，2018年，花茂村接待游客达185万人次，旅游综合收入预计超过5000万元，村民人均年收入达1.7万元。

同属于黔北地区，纳雍河的民居曾经与花茂村有异曲同工之妙。我和李登山做个假设：从镇里进入纳雍河，如果河两岸规划成一片片青砖

水头寨里的"另一半中国"

黛瓦的民居,在青山绿水的乡间,这该多漂亮!

李登山认为,现在改造还来得及。是的,我们从来不缺少时间,而是缺乏科学合理规划的思路。意识到科学规划对乡村发展的重要性,是何等之难。

这些年,浙江的农村吸引着越来越多城里人往乡下跑,科学规划在其中起到了决定性作用。中央农办等5部门在2019年1月印发的《关于统筹推进村庄规划工作的意见》肯定了浙江的做法:"浙江省从启动'千村示范、万村整治'工程到建设美丽乡村,基本经验是以科学规划为先导,一张蓝图绘到底,久久为功搞建设。"

科学规划,是要像千户苗寨那样寄希望于"村民自觉",还是需要走花茂村那样的"政府引导"?

据我对水头寨朴素的乡亲们的了解,他们无序建设家园,一个很大的原因是既缺少规划理念,也缺少规划人才。对于一家一户的村民来说,眼前看得见的利益更重要。

我曾经与一些地方领导探讨过这个问题,一些人认为,农民不接受规划,或者说是等不起规划出台后再建设。事实果真如此吗?

如果说贵州由于经济社会发展滞后,老百姓的思想观念保守的话,那么,经济高度发达的浙江,又是哪样的呢?

杨贵庆是同济大学建筑与城市规划学院博士生导师,媒体报道,作为国内规划领域知名专家,这些年,他向浙江黄岩乡村"逆行",成了乡村振兴的"总规划师",成功复兴了一批古村落,带动了一方百姓致富。

新华社记者在一篇题为《"布袋教授"杨贵庆和他的乡村梦想》的文章里,透露了他与村民之间刚开始合作时的不信任,杨贵庆提出老房子保留并改造的做法,村民们都觉得费劲,不认可。"杨贵庆一面竭力说服拆房的百姓,一方面寻找切入点:将被废弃的乡村集体设施作为改造第一步,赋予新功能,建成'样板间'。……在杨贵庆指导、规划下,社戏广场成了文化休闲场所,兽医站'换身'乡村物流中心,柴火房'变脸'图书角和休闲吧……村民纷纷叫好,而且入选了浙江省美丽乡村建设'样板村',游客纷至沓来。村民们心悦诚服:这样做对路!"

千户苗寨村民的"规划意识",是人与自然相处过程中的"特殊自觉",对于水头寨等多数村庄的村民来说,他们需要一个"样板"来看到希望,说服自己。他们需要更多像杨贵庆教授一样的专家下乡帮助,也需要政府有足够的耐心予以引导。

农房建房无序是目前全国绝大多数农村面临的一个通病。农业农村部部长韩长赋曾经讲了一个故事,他在江苏农村调研时,当地干部用"六个没有"来形容这一现状:没有法律规范、没有部门管理、没有总体规划、没有房型设计、没有建设标准、没有质量验收。

每个乡村都有自己的个性和特点,要让乡村美如画,让山水林田路村成为生产力,在建设过程中,一定要规划先行,谋定而后动,充分尊重村庄原有的自然机理和历史文脉,充分体现地域特点、文化特色,建设美丽宜居乡村,而不是只见新房不见村,导致村不村,城不城,抑或变成缩小版的城市。

农村的迷信

2016年，临近春节时，我回到了老家。一天，吃过晚饭，父亲问我："幺爷家今天晚上给两个孙子交钱，我要过去，你去不去？"

"交钱"，一种驱除病魔、祈求平安的迷信活动。在农村办这种迷信活动，一般需要三五个亲朋好友帮忙。父亲邀约我一起，倒不是希望我能帮上什么忙，而是为了帮我打发闲暇时光。"去啊。"我回答。

傍晚时分，我们爷俩来到了幺爷家。幺爷，是爸爸的堂叔叔，因为在家中排行最小，所以我叫他幺爷。

我不常见到幺爷，他常年在水城，据说是做蔬菜水果生意。幺爷与父亲同岁，不过，他从年轻时就开始在外面闯荡世界，经常是一身西服，皮鞋擦得铮亮，看起来比父亲年轻很多。

幺爷有两个儿子，说来也巧，大儿子的长子和我儿子同年同月同日生。

当晚活动的主角，是幺爷二儿子的两个儿子。两个孙子也是跟着他生活在水城，这一次回家，据说是因为两个孙子这段时间被病魔缠身，去了几趟医院，打针吃药都不见好。

到了幺爷家，巫师已经到了。他叫肖润朋，临村人，60来岁，牙齿掉了好几颗。十里八村，哪家需要做法事，都是请他。

夜幕降临，幺爷、肖润朋和父亲开始准备今晚做法事需用的东西。既然是"交钱"，最重要的东西就是"钱"了。

其实这个"钱"很简单，它是一种特殊的纸，按照固定的形状剪裁好，再用一种叫"钱钻"的东西打上各种记号便是。当它整理开来，高约一米，与人形相对应。

巫师用稻草编织成一个小稻草人，在他的术语里，这叫"毛人"，是人的化身。

我去另外一间屋子看看两个生病的孩子，他们没有睡在床上，听他们的奶奶说，前几天刚打完针，现在好多了，只是精神状态还不佳。我问他们患什么病，说是经常感冒。

法事开始了，幺爷一家坐在一张长条凳子上，面前的地板上，放着事先准备好的"纸钱"。屋子中间摆放着一张桌子，桌上有一个装有大米的碗，米里藏有钱。这个钱是主人为巫师准备的，法事完毕，巫师要从米里把它抽出来带走。钱的数量是多少，我不知道。

巫师的嘴里念念有词，旁边帮忙的人跟着巫师，抱着一只公鸡，不时在幺爷一家人的头上绕。

仪式接近尾声时，巫师点燃了纸钱，纸钱瞬间熊熊燃烧。

"纸钱"烧尽，人们凑了上去，借助手电筒的灯光，观察它燃烧时留在地板上的阴影，说是这个阴影可以判断"交钱"人的凶吉。

巫师开始占卜，向着每堆"纸钱"燃烧过的地方各打了三卦，以此来判断是什么原因导致孩子经常生病。

仪式结束，主人喜笑颜开，认为孩子的病魔马上能根除。像我一样来帮忙或看热闹的人们，开始热热闹闹地把刚才那只大公鸡烫了。按理，这只公鸡是要给巫师带走的，但是，肖润朋为人爽快，答应留给大家一起"打平伙"。

眼前的这一切，发生在2016年的一个冬天。你惊讶吗？我常常见到。今天，大部分地区的封建迷信被破除，像水头寨这样的农村，封建迷信

水头寨里的"另一半中国"

还在一部分老人中盛行。

亲爱的读者,也许你会责怪我,为什么不阻拦这种封建迷信活动?但是请你原谅,对于乡亲们的这种精神寄托,这种植根于他们思想深处的观念意识,不是我一句两句的劝说就能阻止的。

封建迷信作为一种传统思想意识,有久远的历史。黄仁宇在《中国大历史》中写道:"商人尚鬼,凡事必先占卜。"中国人迷信鬼神,至少从商代就开始了。

3000多年过去了,占卜这样的宗教活动在西南这个小山村依然可以寻到踪迹。

回到家,我久久未眠。我仔细回想这个"交钱"法事的所有环节,它虚无缥缈,为什么就能得到我那乡亲父老的信任?封建迷信,其影响力不可忽视。

因为沉溺迷信,亲人们付出的代价实在太大了,比如我家。

从小我就听妈妈讲,我还有个姐姐,现在的大姐其实应该叫二姐。这个姐姐出生未满月时,一天生病了。那时候村里缺医少药,父母只能祈求神灵保佑。

外婆妹妹的丈夫是一名巫师,我叫他姨外公,他住在离我家步行一个小时的邻村。眼看姐姐病得不行,父亲一路奔跑,去请姨外公,希望他用法力挽救姐姐的生命。

父亲无数次给我讲起那天的情形:接上姨外公,两人匆匆忙忙往家赶,刚刚进入寨子,就看到家人抱着我姐姐的尸体走出了村庄,父亲顿时昏了过去,而此时,妈妈在家里悲痛欲绝、放声嚎哭。

姐姐就这样夭折了。死于病魔,死于无助,死于迷信!

如果说姐姐的死因主要是疾病,那么,三舅一家的悲惨生活则是十足的迷信导致。

三舅和舅娘结婚多年,不见得子。在我的记忆中,他们把所有的农闲时间和精力都用在找巫师做法事上,只要听说某地某位法师法力无边,他们就会省吃俭用，用尽一切办法找到他。

然而，不幸的是，多年求法，生子依然无果。

在"不孝有三，无后为大"的观念里，没有子嗣，这是最大的忌讳。

2001年，我上大学。我把三舅和舅娘接到省城贵阳，找了一家三甲医院，让他们好好检查一番。

我带着三舅和舅娘跑男科、跑妇科，抽血、验尿，一个上午就出了结果——舅娘的输卵管堵塞，医生说，这是一个非常简单的小手术，疏通输卵管就可以怀孕生子了。

三舅恍然大悟，原来这么简单。而此前，他已折腾了10多年。

手术很成功，不多久，舅娘就出院了，大家等着他们的好消息。果不其然，几个月后，舅娘怀孕了，一家人欢天喜地。

然而，彼时，舅娘的年龄已经超过了40岁，她怀的孩子没有保住，流产了。此后，她再也怀不上孩子了。

舅娘以泪洗面，三舅则以酒浇愁。如今，每次见到我，几口酒下肚，三舅都会痛哭流涕。我不知道，他的哭声里，蕴含的是后悔还是无儿无女的悲伤……

三舅给我说过，他们不是没有找过医生，不过，他们去过的最好的医院，是镇上的医院，医生并没有检查出来舅娘不孕是输卵管堵塞。三舅笃信，是命运捉弄他，唯有巫师的法力才能驱除这个恶魔。

沉溺迷信的，不只是我的这些亲人，还有那一方乡亲父老。《贵州通志》载："水西之地，信巫尚鬼之风甚于他郡。"纳雍原属水西，酷信巫鬼。人们或患疾病，或遇不顺心事，总要请端公、迷拉、巫婆等掐算禳解，类型繁多。

封建迷信得以存在，大多与人们无力避免天灾人祸有关。在生产力不发达的岁月，人们无法对自然界中的奇异现象做出合理解释，认为都是神灵的安排。再加上人都会生老病死，在缺医少药的年代，人在面临依靠自己的经验解决不了的问题时，就会寻求超自然力量的帮助，也就

水头寨里的"另一半中国"

是祈求各路神灵保佑。

姐姐的死便是如此,如果能有医生及时救治姐姐,那么,当一个个"姐姐"被医生挽救过来,人们也就信医而不信神了。

迷信产生的另一个根源是人对自身际遇的未知性。在艰难生活的面前,很多人持宿命论观点,他们认为,生死有命,富贵在天,命中有时终会有,命中无时莫强求。心理暗示,导致他们面对疾病、不顺利时,希望那种超自然力量能够改变自身的命运。不断产生的精神依赖,就使迷信意识愈演愈烈。

其实,很多迷信活动经常露出破绽。弟弟曾经给我讲述了一个他和一帮小伙伴亲眼见到的一幕:

有一年,家族中一个叔叔和家人闹别扭,赌气离家出走,几个月不回家,不知生死。某一天,一个村民的孙子肚子痛,这位村民盛一碗清水,将三根竹木筷子放在碗底竖立,嘴里念叨着那位叔叔的名字,大体意思是,如果是那位离家出走的叔叔附体她的孙子,就请三根筷子立起来。

果真,三根筷子立了起来。旁边观看的人笃信,我那位叔叔已经死在他乡了。

说来也巧,就在这时,那位离家出走的叔叔肩上扛着包,进村了,正好路过这位村民家门口。大家哈哈大笑。原来,他没有死。

易中天在"易中天中华史"《国家》一书中有这样的观点:"巫术是原始人类的心理医生。"在他看来,在科学诞生之前,巫术深刻地安慰了人类对不可知的恐惧,抚平了人类遭受飞来横祸、无妄之灾的创伤,使人类对未来的仰望变得温柔和向往。今天,我们需要给予那些信奉巫术的人更多的帮助,降低封建迷信思想在他们心中的影响力,让他们从寻求精神安慰走向崇尚科技和医疗。

农民需要什么

村委会办公楼前,存放着国家准备给贫困户发放的一袋袋大米。一个年逾七旬的老人找到村党支部书记,他要说道说道:老伴身患残疾,他本人身体不好,为什么从认定低保户到识别建档立卡户,都没有他家的份?

村党支部书记解释无果,欲开车离去。支部书记不是本村人,几年前从镇上来到村里担任村党支部书记。老人不允,拉着书记不让走。

这时,老人的儿子闻讯而来,开口就骂。家里既不是低保户,也不是建档立卡户,在他的心里,也窝了一肚子气,他们认为,有些低保户、建档立卡户家庭条件和自己差不多,甚至有的还要更好,这里面肯定存在猫腻。

支部书记最终还是得以离开,驾车向镇上驶去。

一个小时后,派出所的警车开到村里,几位警察来到了老人的家,要带走他的儿子。

村民猜测,支部书记在回镇上的路上,报警了,理由应该是老人的儿子妨碍公务之类的。

和派出所民警一起来的,还有那位支部书记。派出所民警开始控制老人的儿子,老人一看急了,他走过去做一些解释,还试图解开儿子被控制的手。无果,他大声问道:"我们犯什么法了?"于是走到支部书记的面前,用手封住了他的衣领,支部书记一挣扎,人脱开了,但老人却重重地摔倒在地。

人命关天。老人随即被送到县医院。不过,检查刚结束,村干部就接到上级电话,要求去把老人接回家。老人没有多想,看身体无大碍,也就回家了。

老人回家了,他的儿子却被派出所拘留了,15天。村干部与老人一家之间,结下了仇恨,从此陷入了严重的"信任危机"。

这是水头寨2018年发生的一件真实的事,上面这些细节是亲历的村民向我讲述的。

事情发生几个月后,我见到了这个老人,他身体虚弱,对于儿子被拘留一事,仍然愤愤不平。他的儿子扬言:一定要报复。

这些年回家,不断听到村干部与村民之间的各种不信任之事。但是,矛盾激化到此种地步,还是第一次。

这次干群间的矛盾冲突,其产生的负面效应不只在于支部书记与一个家庭之间,它在全村引起了热议,同情七旬老人一家遭遇的人居多。老人的儿子从拘留所回家的那一天,很多村民买来鞭炮迎接,这种消极影响被逐渐放大。

我曾经采访过多位村里的老村干部,发现他们都有一个共同特点:德高望重,社会控制能力和动员能力极强。

然而,近年来,这种能力在一些村干部的身上逐渐被消解。原因何在?

一个老村干部说出了其中一个原因:外来干部与村民之间的道德和情感约束力下降。

以前,农村是一个熟人社会,熟人社会是靠道德和情感维系的,任何人的所作所为,都被置于村民的舆论监督之下。作为村干部,你首先是本村村民,如果你的行为失范,言语不当,是难以在村庄生存下去的。

村民都有一个朴素的思想：你不可能永远当"领导"。因此，今天在位，你要思考明天的处境，为人处事尽量圆滑一些，左右逢源，不能透支信任。

这些年，村里陆续来了一些外来干部，他们要么担任村党支部第一书记，要么直接担任村党支部书记，主持本村工作。这些外来干部，相比本村村民来说，思路清、能力强，在带领村民脱贫致富等方面办法多。不过，他们在与村民交往的过程中，多了一些洒脱，却少了一些顾虑。

拿这次警察介入抓人来说，在水头寨的历史上，无论是邻里之间的争吵，甚至血淋淋的斗殴，都没有村民主动报警的先例，在大家的意识中，这属于"内部矛盾"。矛盾过后，大家还是一个命运共同体，还要在一个村庄生活。用村民的话"抬头不见低头见"，不会把矛盾激化。

正是这样的一种情感纽带和道德约束，使这个小村庄300多年来保持了一种"平衡"状态。

当然，老村干部只说出了原因的一方面。近年来，村民与村干部之间的不信任，多肇始于低保对象和建档立卡户的识别，"患不均"是一个重要原因。

水头寨的历史上，大多数时间都是农民向国家缴纳各种税费，而国家直接给予农民资金等补贴是新中国繁荣富强起来的这些年才有的，各种强农惠农政策相继实施。

在2011年左右，水头寨人开始关心谁家吃了"低保"。

农村最低生活保障制度，是国家和社会为生活在最低生活保障线之下的农村贫困人口提供满足最低生活需要的物质帮助的一种制度安排，发放之初，每个人口一个月不过几十块钱。

对于低保对象的认定，贵州省有严格的规定，比如，2010年，贵州省人民政府办公厅就印发了《贵州省农村居民最低生活保障工作规程（试行）》，对保障对象的确定程序、家庭收入核实与"民主评困"、保障待遇的确定和农村低保金发放等进行了详细规定。其中，民主评困就是非

水头寨里的"另一半中国"

常重要的一环。这个《规程》规定,在调查核实的基础上,根据乡(镇)人民政府的统一组织和安排,在乡镇干部的参与和监督下,村民委员会召开农村低保民主评议小组会议,对拟上报的符合保障条件申请人家庭及其实际收入水平和符合增发补助金条件的特殊困难人员进行"民主评困",以无记名投票方式评定。

我查阅了一下资料,发现各地对于农村低保金的申请、审核和审批规定都很具体,一般大致要经历这几个环节:户主申请、村委会评议、乡镇政府审核、县级民政部门审批、审批后公示与发放。

然而,在现实生活中,低保发放还是存在不规范的现象。其中,最重要的"民主评困"一环,大多形同虚设。一开始,我以为这个现象主要在水头寨存在。后来,我去其他省区采访时特别留意这个问题,发现基层在实施一些政策时,并不完全公平、公正,很容易出现走关系、拿好处等情况,拿低保政策来说,"政策保""死人保""权力保""关系保"等违规行为普遍存在。

一项本来对于改善农村贫困现象具有积极意义,而且体现社会主义优越性的制度设计,却因为基层工作不尽如人意,结果在一些地方,既影响了干群关系,又损害了党和政府的形象。

2014年之后实施的精准扶贫政策,在一些地方存在建档立卡户识别不精准等问题,不仅出现"坐在门口晒太阳,等着政府送小康"的现象,而且出现争当贫困户的情况。

这些年,我回到水头寨,发现村民们最大的利益诉求是被列为建档立卡贫困户,如果这个诉求得不到满足,就会产生强烈的不公平感。

为什么会出现这些情况?难点又在哪里?据我的观察和了解,原因主要有三:第一,农村困难对象确实难以界定。有农村生活经验的人都知道,面对同样的地理条件和自然环境,加上大家拥有的土地资源等生产资料相对公平,在这样的条件下,一个村庄除了丧失劳动能力的农户和好吃懒做的人之外,大家的收入差距并不明显,很难严格区分出谁是真正的贫困户。第二，基层工作不细不实，甚至存在腐败行为，导致结果与老百姓"心中那杆秤"不符。一个村庄，谁家贫困，为什么贫困，老百姓心中都有一杆秤，真正的贫困户得到支持，大家一般不会有意见。比如，水头寨有一户人家，一个年逾八十的老母亲，带着一个身患残疾的儿子过日子。父亲每次和我谈起低保和建档立卡贫困户支持政策时，他都说："像这样的家庭，给了哪个有意见？"无论是低保对象的确定，还是建档立卡户的识别，各地都有详细规定。但是实际工作中，很多地方的基层干部却没有做到位。第三，一些村民对政策不了解，信息不对称导致心理失衡。比如，《贵州省农村居民最低生活保障工作规程（试行）》中对申请条件就明确规定："共同生活的家庭成员申请前12个月家庭年人均纯收入低于当地农村低保保障标准。"《规程》还对"共同生活的家庭成员"进行界定，是指具有法定赡养、扶养、抚养关系并共同居住、共同生活的所有家庭成员。作为低保户并不是对某一个人的认定，是对一个家庭的经济情况的认定。由此看出，即便父母丧失劳动能力，但如果子女都有工作，有较高收入的情况下，父母是不能享受低保待遇的。但现实生活中，很多村民并不清楚这一条规定。本文一开始讲述的水头寨出现的那个矛盾，就是由此而生。

对于群众来说，最直接的诉求往往在于利益。群众的不满，往往源于分配不公、利益受损。然而，很多村干部在接受我采访时，也透露出了许多无奈：上有千条线，下面一根针，村干部工资待遇并不高，为了村里的事务，搭进了大量的时间和精力不说，还不被理解。

人民日报评论部曾经在该报发表了一篇讨论基层治理过程中的干群关系问题的文章，文章警示必须关注基层干群关系中的"信任危机"。基层干部在社会治理中，承担了巨大的责任和压力，对基层经济社会发展作出了举足轻重的贡献。然而更应看到的是，基层干部处于社会治理的最前沿，直接面对群众，实质担当了党和政府的形象代言人，其能力和作风，都影响着当地群众对执政党的评价。基层干群之间的不信任，不

水头寨里的"另一半中国"

仅会令干群关系趋于紧张,更可能促使部分群众逐渐将对个别基层干部的不满,上升为对基层一级政权的不满,导致基层治理陷入"信任困境":无论基层干部采取什么样的应对措施,都无法取得认可。

由农村而向社会,如果整个社会失去信任,是非常可怕的。有媒体曾经报道过这样一件事:急诊室内,一位老人昏迷不醒,医生给其注射了帮助患者清醒过来的药剂,老人有了短暂的清醒。正当医生打算做进一步的处置时,患者家属却不配合,觉得患者已经醒了,医生再处理就是想多收钱,结果导致患者再次昏迷,一阵忙乱后,患者终于脱离了生命危险。这件事曾经一度引起社会的反思:我们的信任都去哪儿了?

类似这样的事情当然不只一件,比如面对摔倒的老人,"扶不扶"至今依然是困扰国人而不得解的问题。一个极其简单的问题,在社会脆弱的信任环境下,也许会变得无比复杂。

如果说"陌生人社会"导致了彼此之间信任度的降低,那么,熟人社会的乡村为什么也出现了这种情况?

我们只有站在农民的角度,才能寻找到答案。农民需要什么?孔子在《论语·季民第十六》中指出:"闻有国有家者,不患寡而患不均,不患贫而患不安。盖均无贫,和无寡,安无倾。"意即不论有国的诸侯或封地的大夫,不应担心财富不多,只需担心财富分配不均;不要担心人少,而只需提防境内不安宁。"不患寡而患不均"成为几千年来农民朴素的思想。在这段话中,后一句给我们的执政启示意义更大:由于财富均了,也就没有所谓贫穷;大家和睦,就不会感到人少;安定了,也就没有倾覆的危险了。

在封建社会,历代起义农民都提出过各种要求。比如,北宋农民起义领袖王小波对贫苦农民说:"吾疾贫富不均,今为汝辈均之。"南宋钟相、杨幺起义提出:"法分贵贱贫富,非善法也。我行法,当等贵贱,均贫富。"

时过境迁,今天的社会与封建社会已经截然不同。但是,农民对社会公平公正的正当要求没有变。

"政之所兴在顺民心,政之所废在逆民心。"《管子》中的这句话,道出民心与执政相辅相成的关系。人心向背是决定一个政党、一个政权兴衰的根本因素。中国共产党以人民为中心的发展思想,鲜明体现了立党为公、执政为民。毫无疑问,只有顺应民心、尊重民意、关注民情、致力民生,才能让人民群众拥有更多、更直接、更实在的获得感、幸福感、安全感。作为党和国家治国理政的神经末梢,基层干部只有保持同人民群众的血肉联系,方能为人民谋取福祉、为政党赢得民心。

水头寨,守着水源没水吃

"买银,走,和我通水管去。"一大早,杨明付站在他家的阳台上向我喊道。

"走。"我应声回答。"买银"是我的乳名,时至今日,绝大多数的乡亲依然习惯称呼我的乳名。

这是2017年4月的一天,我休假在老家时与一位乡亲的对话。彼时,家里面的水管已经有几天没有水流了,吃的是水缸里前段时间蓄好的水。

杨明付指挥我在叔叔家的猪圈里抽出了一根10多米长的钢筋,这是他们疏通水管常用的,每次用完,就存放在叔叔家的猪圈里。

我拖着这根钢筋,在村口上了杨明付的三轮车。他在前面开车,我坐在三轮车的货厢里,一只手紧紧地抓住这根钢筋,另一只手牢牢地抓住货厢的围栏。车一动,钢筋与公路擦出了唰、唰、唰的声音。

这时我才知道为什么杨明付要叫上我一起,如果没有一个人在车里抓住钢筋,这玩意儿一个人还真没法在山路上拖行。

公路沿山盘旋而上,我们在前面走,杨明付家的一条大黄狗奔跑着紧紧跟随,车转弯时,我好几次差点被甩出车厢。

车行半个小时后,停下了,杨明付清楚地知道是哪一段水管出现了问题。果不其然,我下车一看,这一段水管破裂了。泥土、沙石等统统进入了水管,堵塞了。

杨明付扒开了掩盖在水管上的沙石,这里是一个接头。他把接头拧开,像医生给病人做胃镜检查那样,娴熟地用钢筋穿进水管,不一会儿就疏通了。我和他开玩笑说:"你这是给水管做胃镜检查。"他回答:"堵几天了,不通下不去。"

把钢筋从水管里抽出来,再拧紧水管接头,这事就搞定了。

"这不复杂啊,为什么要等水停了这么多天才来弄?"我向杨明付问道。

"大家没有时间来管。"杨明付回答。

这次,因为我回家晚上洗澡没有水,父亲找到了杨明付,让他抽时间弄一下水管,才有我们今天的行动。

说到这里,就得说说水头寨人与水的故事了。

李氏家族先祖选择落户水头寨,原因之一就是周边有水源,先辈们择水而居。因为几路水源围绕寨子而流,因此,村民们把发窝寨更名为水头寨。

水头寨这个名称,其"水"字直接凸显的就是水资源丰富。长期以来,水头寨人靠着丰富的水源,在贫瘠的山区拥有农田,能种水稻,吃上大米。这曾经是水头寨人引以为豪的事,而且也是水头寨人在相当长一段时间生活比周边其他村寨富裕的主要原因之一。

水头寨周边的水源,既能满足灌溉,又能满足人畜饮用。早前每一个家庭都没有把水引到自家的水缸里,而是到离村里10来分钟路程的地方去挑水。

为家里挑水这事,我小学三年级就开始了。村民一天集中挑水的时间,主要是在早上,因为这个时候牛羊还没有上坡,水没有被污染。我每天起床第一件事,便是先去村头的沟渠里挑水回家,一般三趟就够一家人用一天了。

长年累月,村头接水成了村庄一道固定的亮丽的风景线。在等待接

水头寨里的"另一半中国"

水的过程中，大家相互交换昨天的见闻、今天的安排。接水的村头，因此成了村庄信息的集散地。

而农田灌溉，又是另一番风景了。每年从翻田到育种，从插秧到收割前夕，这一段时间，水是很紧张的。对于灌溉这事，村民们通常的做法有两种：

第一，一条沟渠逐一开口，从头到尾，谁家有需要，就引流一部分水。这类似一棵大树，主干是沟渠，然后逐渐引流、分支。这个工作，需要有人盯守。有人在，一来证明你家的田确实需要水，二来为了维护自己的利益。

由于这项工作不需要重体力，家里大多是交给我。在一个个月朗星稀的夜晚，我经常和村里的老人们坐在田坎上，听他们讲述那些或有或无的故事。正由于此，我跑遍了村庄周边田埂上的每一道沟沟坎坎，走遍了我家的每一处农田。

第二，喊水班。与第一种有需要就去引流的做法不同，喊水班是按照每一块田的面积计算时间，进行一次性灌溉，其他时间不能随意引流。

在我看来，喊水班是水头寨人为了进行自我管理和资源调配而发明的最好方式，是农民最伟大的发明创造之一。

面对人人都需要却有限的资源，什么样的分配方式才公平公正，才能持久永续？喊水班解决了这一难题。

在中国的历史上，小到喊水班这种解决一地一隅资源分配的问题，大到探索出农村家庭联产承包责任制这种涉及全局性改革的问题，无数事实无可辩驳地证明了农民是具有很高智慧和创造精神的群体。

我曾经向村里的老人们请教过，喊水班在水头寨是从什么时候开始的？大家都没有说清楚具体时间，至少在我爷爷那时就已经实行了。

听大伯说，当时没有钟表，没有办法具体规定一亩田该灌溉几分钟。不过，聪明的农人总有办法。大家用燃香来作为评定的标准，一亩田香该燃到哪里，这就是标准。后来有了表，事情变得简单了。

在我的记忆中，水头寨人没有谁对喊水班这事产生过疑问，这是村庄的生存规则，没有谁不遵守和执行。

水头寨与水的矛盾，大约在2000年左右发生微妙变化。

包产到户后，一些人家把靠近自家地头的原本属于公共沟渠的地块，想尽一切办法占为己有，沟渠逐渐被占领、挖断。

特别是村里开始修建蓄水池，把水引到每个家庭，在吃到自来水的同时，流向农田的水越来越少了。

渐渐地，水难以流向每一块农田。一块块农田在10年间转变为农地，只能种玉米而不能种水稻了。

今天，水头寨基本上看不到农田了。曾经的梯田美景，消失在大山深处。

按理来说，不灌溉农田了，村民饮用水会更富足。然而，事情的发展却没有这么简单。

吃上自来水的村民并没有管护好水及水管。有些人家的门口，经常是水流不断，导致下一家没有水吃。水管破裂，管理不到位，村里到处是水流。

一开始，村里也指定有水管员，他们每个月有一定报酬，负责管护蓄水池、水管。但一些村民却不愿意交管理费，在他们看来，这水是自然资源，家里世代吃的都是免费水，现在要交管理费，哪来的道理？

当然，问题的根源在于他们不愿意交管理费，却又要搭自来水的便车，这引起其他村民的不满。水管员没有报酬当然是不愿意管理的，你不管、我不管，结果导致水管破裂、堵塞等无人维护，村民守着水源无水吃。

没有水吃怎么办？村民总要想出办法来。

于是，临近的几户人家，或者是关系比较好的寨邻，自发组织起来，自己掏钱买水管，到水源地自行引水到家。

无奈之下，我家、杨明付家等附近的几家人就自行拉了一根水管。但问题还是没有得到彻底解决，由于使用的是塑料水管，时间一长，损坏之处越来越多。凭着利益联结机制结成的小集体,在管理这个问题上,有些人上心,是积极分子,有些人则是事不关己,等待水来,谁去管理又成了问题。

一个村庄,来自不同水源地的水管横七竖八。管理得好的,经常有水吃;管理得不好的,经常因为吃水问题发生争吵。

由于"没有人管",水头寨,守着那么多水源却常常没有水吃。

这些年,我每次回家,几乎都能听到村民抱怨关于吃水难的问题。

谁在管理中缺位?谁又应该是村庄公共事务和公益事业的管理者?

改革开放以来,许多人由原来的组织化状态逐步解放出来,农村释放出极大的发展活力。不过一些弊端也随之显现,农村基层群众自治不能完全履行公共服务管理职能,特别是村集体组织和村干部对农民的动员能力和控制能力日渐式微。

与行政管理和经济管理不同,村民自治的自我管理,最大的特点是村民自己组织起来,自己约束自己,自己管理自己的事务。比如在吃水这件事上,实际上靠的是村民自发组织维护。然而,村委会或者其他组织没有起到应有的作用,没有将农民组织起来,导致吃水成为难题,农民成为一盘散沙。

农村社会问题归纳为一个字,就是"散",公共事务"没有人管"在全国很多农村都存在。梁漱溟认为中国小农"散漫",缺乏平等协商的精神与能力。曹锦清认为"中国村落农民,历来善分而不善合",他在《黄河边上的中国》这样描述:"善分,并非是中国农民的弱点。西方人比东方人更善分。中国农民分到家庭而止,西方人分到个人。中国农民的天然弱点在于不善合。他们只知道自己的眼前利益,但看不到长远利益。更看不到在长远利益基础上形成的各农户间的共同利益。因为看不到共同利益,所以不能在平等协商的基础上建立起超家庭的各种形式的经济联合体。或说,村民间的共同利益在客观上是存在的,但在主观上并不存在。因而他们需要有一个'别人'来替他们识别共同利益并代表他们的共同利益。他们对共同利益的代表者的关系是感恩与崇拜。崇拜是因为这个代表者能识别他们认识不到的共同利益，感恩是代表者替他们实现了共同利益。"

不过，以此证明农民合作意识差、合作能力不强可能过于苛刻了。从水头寨的喊水班发明来说，农民具有很强的自我管理能力和组织能力。农民"散漫"的另一个原因，是在城镇化进程中，大量的青年人口外流，由此引发农民逐渐呈分散化状态，加剧了村庄集体联结基础的瓦解。

从历史趋势看，根据时代变迁与时俱进地推动基层社会治理，进行再组织化社会建设是一个必然选择。近10年来，改革进入深水区，社会组织结构出现再组织化，这一探索，主要是推动政府治理、基层自治、社会协同实现良性互动。

今天的中国农村，不再是士绅社会，而是置于国家强有力的管理之下，既需要农民的自觉和精英发挥作用，也需要基层组织充当识别共同利益并代表村民共同利益的"别人"。

在当前农村出现种种问题的情况下，村党支部、村委会不能缺位，既要发挥农民自我管理的组织责任，又要承担起基层精神文明建设的主体责任。现实中，正是因为一些农村基层党组织存在软弱涣散等问题，才导致乡村公共事务和公益事业出现管理缺位现象。同时，还要积极培育社会组织，发挥社会组织作用，实现政府治理和社会调节、居民自治良性互动。

希望乡亲们早日不再为吃水而发愁，希望水头寨这个名字能够更加名副其实。

乡村能人为何不愿意当村干

任何一个时代，社会要发展，都离不开精英的领导和推动。传统中国，"皇权不下县"，地方权力与乡村社会之间的权力真空，由地方士绅们来填补，形成一个具有自治性质的"士绅社会"。

完全可以这样说，传统的乡村社会，就是一个由乡村精英治理的社会，士绅阶层在乡村社会扮演着重要的社会角色。

直到今天，形成不同历史阶段的"乡绅""绅士""士绅"依然是人们耳熟能详的概念。费正清在《美国与中国》一书中认为，士绅在中国乡村社会与国家之间的关系中扮演着重要的角色，是国家与农民的中间人，是乡村社会的实际控制者。

新中国成立后，我国的乡村处于国家强有力的社会控制之中，乡村精英的结构发生了巨大变迁，来自贫苦家庭的青年进入了乡村精英序列，他们有的通过村委会选举，成为"体制内精英"，在国家授权下参与乡村治理；有的虽然游离在体制之外，但是，他们在经济、文化上，有较强的影响力，是乡村的能人，能调动更多的社会资源，被称为"体制外精英"。

上一章说过，随着城镇化进程的加快，大量农村剩余劳动力向城市转移。在《流失青年的村庄》一文中，我曾写道："年轻人大量离去，给乡村的人文建构带来了巨大冲击，乡村旧有的秩序悄然裂变。"

从水头寨的情况来看，这些"青年"中，既有曾经的"体制内精英"，也有大量的"体制外精英"。乡村精英不断离去，导致振兴乡村中坚主体的虚空，乡村出现了各种治理难题：基层组织涣散、社会风气恶化、思想价值体系混乱……这一连锁反应，加剧了乡村发展和治理的危机。毫无疑问，乡村精英的外流已成为制约乡村振兴的瓶颈之一。

客观地看，通过这几年持续的建设，乡村面貌发生了很大的改观，一个个社会主义新农村展现出了生机与活力。

特别是在乡村振兴浪潮的推动下，近年来，水头寨一些体制外的乡村精英也试图回到家乡参与乡村治理。不过，大多数人最终还是回去又回来，城市依然是他们追梦的地方。

也有一些乡村精英，由于家庭等原因不能外出务工，留在了村庄。不过，他们似乎对参与村庄治理——竞选村干——这件事并不是那么感兴趣。一方面，乡村社会的发展亟待精英参与；另一方面，乡村精英却游离在体制外，形成资源浪费。

乡村精英为何不愿意当村干？我与两位曾经有过意愿后来放弃的水头寨乡村精英深聊过，了解了他们的一些想法：

A君，男，41岁，大学本科毕业，是村里仅有的几名大学毕业生之一。毕业后，在重庆、北京等地闯荡，后来在外工作不顺利，回到了家乡。

水头寨的历史上，村干部的学历最高不过是高中。大家见A君在家里一时没有其他事情可干，于是劝他竞选村干部。

A君可以算是乡村的文化领袖，我多次和他交流过关于乡村治理、乡村发展等方面的话题，他有很好的思路。

不过，在得知村干部微薄的收入和复杂的环境后，他断然拒绝了竞选村干部的劝告。

实际上，A君这些年在外打拼也非常不顺利，在云南西双版纳种过香蕉，也和村里农民工一起到浙江工厂打过工。今年春节过后，到省内的六盘水市务工去了。

A君是我的高中师兄，他一次次错过机会。这些年，我一直为他的境遇惋惜。

其实，当村干并非没有上升的空间。脱贫攻坚战打响以后，当地有个政策，贫困村脱贫，党支部书记考公务员有政策照顾。水头寨一位村党支部书记，由此而当上了乡镇公务员。

B君，女，约32岁，中专毕业，办事干净利落，为人热情豪爽，是外村嫁到水头寨的媳妇。

B君重视孩子教育，她为了不让自己的孩子成为留守儿童，一直没有外出打工。村里大多数人认为，她是当村干部的料。

2018年农历春节期间，我们在一起交流这个话题，我动员她竞选村干。但是，作为女性的身份，让她有很多顾虑。

我向B君列举了很多全国优秀女村干部，讲述了她们的事迹，我告诉她，特别是城市社区，大多数居委会书记、主任都是女性。

如果说A君当了村干部只能留在村里，会因为收入影响到养家糊口的话，那么，B君当了村干部，实际上是增加家庭收入。村干部作为"种田的干部、当官的农民"，工作不需要全职，家庭、农活、村务可以兼顾。

在我的劝说下，B君也动过念头，她甚至和我交流了"施政方案"，我觉得她的思路对水头寨是对症下药。不过，最终，她还是没有迈出那一步。在与她的交流中，我揣测了其中的原因，一方面，在村庄熟人社会中，不想涉及村里复杂的人事关系；另一方面，害怕竞选失败，面子上过不去。我相信，如果得到当地有关部门的认可，她会迈出那犹豫不决的一步。

近年来，推选能人治村已成为村干部选拔使用的导向。有人甚至认为，乡村振兴需要能人治村，这是实现乡村振兴的根本所在。贺雪峰在《新乡土中国》有这样的观点："能人治村的好处很多，第一，在个人已经富裕起来的情况下,他一般不会打村中公共收益的主意;第二,他有带领村民致富的能力,也有为村集体增加公共收益的办法。"当然,不只经济能人,乡村中,还有一些文化能人,他们对于维持乡村社会结构和推动乡村社会发展具有重要作用。问题是,如何激发他们参与村庄公共事务的热情?如何给他们营造一个积极干事创业的环境?

当村干要有奉献精神

实际上,乡村精英不愿意进入"体制"为乡村出力,原因是多方面的。

目前,村干部的工作状态是怎样的呢?我决定找水头上村村干部聊聊。

春节刚过,村党支部书记是外地人,还没有来上班。联系了村主任,他不在家,他建议我找副主任了解情况。

我给副主任打电话约采访,他爽快答应了,我们约定30分钟后村委会办公室见面。

以前,村里没有固定的办公场所。2012年,借临村因自然灾害搬迁到水头寨附近之机,当地政府把修建村委会办公楼的土地一并征拨了。

我提前几分钟到达村委会,环顾四周,发现村委会占用的地盘,曾经是我家的一块水田。这块田,离家最近,小时候,父母在田里干活,我在田里玩耍。长大后,我也成为这块田里的农人,一直到我离开家乡。

一块田,承载着我太多的回忆。

如今,田里"长"出了两栋办公楼,我也只剩下回忆。村委会办公楼上、下两层,七八个房间,除了办公室,还有卧室,这应该是为外来干部准备的。

第六章　村庄治理困局

　　副主任来了，他开门，我们进入了办公室。冬天，宽敞的办公室里冷得使人发抖，陈达海打开电烤炉，总算暖和一些，我们俩围着这个被水头寨人称为"小太阳"的电烤炉开始聊村里的事。我们的聊天从组织村民代表大会开始的：

　　现在请村民开会，难得很，还不如街上卖东西的小商贩，送一个小奖品就可以招引几百人过来。我们请村民开会，请几十个人都难。原因当然是多方面的，一是很多年轻人不在家了；二是在家的这些老人和孩子，大多数不关心村里面的事情。但是，工作总要开展，一些政策总是要传达下去，有时候没有办法，如果这时村里有人家办事，我们就在现场召集开会，因为这种情况村民一般会集中起来。（我插话问他一个月拿多少工资？）

　　你说工资啊？我现在一个月的工资1000多块钱。说是有3000元，但每个月扣900元的"五险一金"、600元的绩效，一个月就扣了1500元，到手的工资就是1500块钱左右。

　　以前以为上面给我们买了农村合作医疗，去年学林（村委会主任）生病去报销，一去查，只买了失业保险、工伤保险、养老保险三样。学林以为是镇里给他买了，他自己也没有在村里交。所以，这一次生病花的钱，都没有报销。

　　每个月扣的绩效，要到年底工作做得到才发。我记得2017年发了一次，发了一两千块，去年就没有。每个月我的工资怎么核算的，我也不知道。一个人干三个人的活，也只能拿一个人的工资。现在的工资结构，我也不知道。

　　我们现在村干编制是四个，除了书记是镇上派来的，实际上还空缺两人。现在很多年轻人不愿意当村干，你想想，人家年轻要出去打拼，一个月这点工资，养活不了一家人。现在搞

水头寨里的"另一半中国"

工作,离不开电脑,年纪大的,即便有能力,不会电脑很多工作也做不到。

当然,村干这个活,也不是哪个人都能干。去年今年,有几个上来,干了一段时间就干不下了。当村干,一是要有点能力,群众基础好一点工作才能推动;二是要有点奉献精神,村干工资不高,活又多,如果没有点牺牲精神、奉献精神,光是看着那点工资,肯定不如在外打工挣得多。

有人说,农村现在税费都取消了,计划生育的任务也没有原先那么重了,工作应该是更好做了。其实,不是这样的。以前,村干的工作,主要是收各种税费,然后就是搞计划生育,现在,要经常报各种材料,填各种表格。大家开玩笑说,以前当村干,靠嘴;现在,靠写。

我有时候也想不明白,为什么要这么多材料?比如,关于安全这一块,要分别报库区安全隐患、交通安全隐患等四五种表格。按我的想法,安全问题你就设计一个表格,这样下面工作轻松一些。特别是脱贫攻坚、留守儿童,这两项要的材料特别多。其实,我觉得,村一级报那么多材料意义大不,还不如节约点时间去老百姓家坐坐。

这些年,感觉到自己很累。从我们自身的角度来说,我们认真工作,但很多时候,又没有被村民理解。我有个体会,在没有当村干时,和村里无论谁,相处都很融洽。当了村干后,感觉和大家有些距离了。不是我疏远大家,而是大家离我远远的。在村里,做事情如果不强硬一些,工作推动不了,一旦强硬,难免会得罪人。

比如拿操办红白喜事这件事来说,现在要求必须申报、备案。比如,某家人今天结婚,至少要在三天前向村委会申报,我们把表册搞好,上交镇纪委备案。如果不按申报程序办的,都属于违规办酒席。镇上专门有整治乱办酒席的工作队，违规办酒席只要有人举报，工作队就会到现场来查封。现在已经明确，红白喜事申报备案后可以办，但是升学酒、搬迁酒坚决不能办。对这件事，村里管得很严，但是还是有一些人不听劝告，想方设法要办。这个时候，不管，上面不同意，管了，就要得罪村里人。

按照风俗，作为同一个村的人，他家办酒我应该去吃酒（随礼），但现实却是，如果他是违规的，我不但不能去吃酒、帮忙，反而要去阻止。你想想如果他不理解，人家能高兴吗？

当然，乱办酒席这个事必须管起来。但对于村干来说，就要付出代价。

其实，我觉得还是一个工作方法的问题。比如，以前，村民反映得最多的是低保和建档立卡贫困户识别不公平问题。以往也确实存在一些不是贫困户的人家成为贫困户，大家肯定有意见。

2016年，我们采取"四看法"识别贫困户，即一看房，二看粮，三看家中劳动力强不强，四看家中有没有读书郎。这个标准很清晰也很好操作，比如看房，就是要看家里的房屋面积大小，墙面有没有贴瓷砖，屋子里有没有精装修等。根据"四看法"，大家一项一项打分，四项分加起来，以此认定一个家庭是否贫困。

现在大家的意见少多了，村民都是讲道理的，只要把问题说清楚，大家还是很支持的。

聊天过程中，副主任手里一直拿着一把摩托车钥匙，说到有些事，他用钥匙敲打桌子加重语气。显然，他也有很多无奈。

无论怎么说，农村的发展需要优秀的领导。就像意大利社会学家帕累托在《精英的兴衰》所说的那样:"如果统治精英不设法吸收平民阶层中的卓越人才,如果精英的流动被阻塞,那么就会出现国家和社会的失衡,就会使社会秩序混乱。"

一位老村干部的治村心得

李隆杰，78岁，水头寨老一辈为数不多的文化人之一，他在水头寨当了超过22年的村干部，时间跨度从人民公社到新世纪，参与过不同时期的乡村社会治理。

在我的记忆中，李隆杰不仅是水头寨的文化权威，还是道德权威，有些家庭，即便是夫妻吵架这类清官都难断的家务事，都会请他出面调解。

李隆杰是全镇优秀村干部的典型，在他的带领下，水头寨曾经是十里八村最文明的村庄，一个典型的例子就是，周边村庄赌博盛行，这股歪风邪气却始终传不进水头寨。

没有在村庄解决不了的事，这是人们对水头寨和李隆杰最高的褒奖。

2003年，61岁的李隆杰申请辞去村党支部书记的职务获批，至此，他基本不再涉及村庄的事务。

前几年李隆杰生了一场大病，病愈后，他很少出门。我去找他的时候，他一个人在昏暗的灯光下看电视。见我到来，他很热情地把我招呼到另外一间屋子，屋子里，一笼煤火正在熊熊燃烧，很暖和。

他是我这个家族"隆"字辈的族长，很受人尊敬，在兄弟中排行老五，我叫他五爷。

水头寨里的"另一半中国"

五爷以前喜酒,病愈后不再沾酒,身体越来越好,我们的话题是从他身体状况开始的。他告诉我,这两年身体健康多了。

在两个多小时的时间里,我们谈到了村庄的历史,还有很多家长里短。下面,是他讲述的关于自己从事22年村务工作的经历和心得:

1957年,我初三毕业,没有继续读高中就回家了。1958年,纳雍成立了人民公社,公社下面有生产大队、生产小队,人民公社实行以生产队为基本核算单位的经济体制。我起初是当小队会计,干了一年多后国家有了新政策,就是所谓的"唯成分论",把你的个人出身当作评价你的唯一标准,凡属于地主富农家庭的,一律不能当村干。我家被划为富农,小队会计自然不能当了。

但是,当时的大队会计文化水平不高,他们搞不了账,还是经常请我去弄账。不过,他们还是不相信我,我经常听他们说:"要注意,他是富农家的,怕他搞什么手脚。"其实,我哪里会搞什么手脚。

那时,大队干部权力很大,要协助公社贯彻和执行国家下达的生产计划和生产任务,特别是必须完成国家规定的粮食和农副产品征购任务。

1979年,国家先取消地主分子、富农分子、反革命分子和坏分子"四类分子",接着取消地主、富农成分。

"唯成分论"被取消后,1980年,我又开始担任村干,干了一年的小队会计,1981年开始任大队会计。

1984年,根据中央的决定,撤销了人民公社、生产大队及生产队,建立乡政府和村民委员会,我们这里就建立了水头上村村民委员会。1991年,我开始担任村党支部书记,一直到2003年7月,经过申请,才被批准不干。

第六章 村庄治理困局

从1980年到2003年,我连续当了22年多的村干部。我当村干,既得到上面的认可,又得到群众的支持。

我现在想,我们当初为什么能推动工作?最根本的一条经验就是:团结群众。

我干了20多年,你去问问,大多数人评价都是好的。当时我们的工作,全部靠说服教育,讲清道理。我当村干是比较出名的,无论是在周边村庄还是在全镇,我的工作都得到认可。

一些村干部经常问我:你的工作既得到上面的支持,又得到老百姓的认可,你是怎么开展的?有什么秘诀告诉我们一下。我回答:"人心都是肉长的,我主要是以说服为主,如果他知道自身是错的,人家也不会恨你。"我给大家说,当村干,特别要注意一条:对于生活困难的人,要特别关照。

当年我们开展工作,非常公正,而且尊老爱幼。当时国家给的,主要是仅有的一点救济粮,我们就把这些救济粮公平分给困难的群众。

原先不像现在有这么多资源能分配给群众,村干的工作主要有三件事:收取农业税费、催缴公粮、落实计划生育政策,村庄治理抓好这三件事基本就行了。这三项工作,一是从群众口袋里要钱,二是从农民粮仓里要粮,三是阻止人家生儿育女。你想想难不难?特别是有些没有儿子的家庭,推动计划生育政策的落实特别困难,人家说你要让他断子绝孙。这个在我们那个年代,是犯大忌。

但是,这三项最棘手的工作,我同样能推动,而且能够做到没有人怨恨。

秘诀其实很简单,就是每一项工作,都要站在群众的立场去考虑,换位思考,而不是简单粗暴执行政策。比如,有一次镇党委书记来找我:"隆杰你看看,让两家生了女儿的去做个

水头寨里的"另一半中国"

结扎手术。"我当时回绝:"怕连老命都不要还差不多。"他问为什么?我说:"你们是遍山跑的干部,我是坐家户水头寨人,让人家断子绝孙,搞急了人家不仅会放火烧掉我家的房子,可能还会杀了我。"在我们农村,如果一个家庭没有男孩就强行要求人家做结扎手术,有些人可能连命都不要,跟你拼。

你不能说他这个思想是错误的,就采取强制措施。思想意识这个事,得慢慢去说服教育和动员,不是一两天就能改变过来的。我们现在很多工作出现问题,就是太急躁了,没有实事求是去认识问题、解决问题。

当时,对镇党委书记来说,执行计划生育政策是第一责任,而且大家都在努力争取超额完成任务,这我理解。但是,群众的想法,你也不能忽视。所以有些人就说,我们当村干的,就像是在国家与农民之间摆平衡,对上对下我们都要负责。

当然,国家有了政策是必须要执行的。比如村里有一家尚姓人家,头胎是个儿子,二胎是个女儿,按照规定,他这种就必须去做手术。我私下做孩子爷爷的工作,爷爷同意不生了。

在这家产妇快要满月的一天晚上,镇计生站的几个干部,凌晨就到村里来了,一直蹲守在我家房前。他们都是几个小年轻,不好意思叫醒一个比他们年长的人。直到天快要亮时,我才听他们喊道:"老李老李。"我醒来时,以为是别处来村里讨饭的人。开门一看,是计生站几个年轻人。

他们表明来意:来喊尚家去做手术。我告诉他们,我已经动员好了,不要着急,等人家满月再说,现在去做手术对产妇身体不好。他们不同意,说如果满月了,人跑了,大家都不好交差。我说:"绝对不可能。"

最后他们还是要去,我没有办法,就告诉他们,既然要去,那就等天亮了再去,你们是政府工作人员,不是小偷强盗，现在天都还没有亮，去老百姓家影响不好，偷偷摸摸去围堵人家，会被人家误认为是贼。

天刚蒙蒙亮，我们就过去了。刚一到尚家门口，几个计生站的人就像电视里面表演的围堵坏人一样，跑过去把尚家所有的门全部堵死。

看着他们那样，我想笑又生气，你一个国家干部去群众家里，搞得"如临大敌"，成什么样子了？老百姓看见，会怎么想？

我懒得理他们，光明正大、大摇大摆地走过去，没有直接去产妇的房间，而是敲了敲孩子爷爷的门，我喊道："开门开门大伯，我是李隆杰。"喊了半天，孩子的爷爷才回答："我听这声音是五叔嘛，等倒等倒，我起来开给你。"一开门，我马上解释："我们是来请小尚家媳妇去做手术的，本来咱们说好了等满月再去，现在情况有些变化，计生站的几个专家说月子里做了手术恢复得快。"

人家一看那架势，就明白是啥意思了，热情地招呼我们进家。孩子的爷爷一边安排人准备去做手术，一边给我们倒酒喝。计生站的几个同志说："我们不喝。"我说："你们不喝我喝。"

在我们农村家庭，走进人家去，倒一杯酒给你，是一种尊敬，更是一种礼貌和诚意。否则，谁天不亮就喝酒？

这件事就圆满解决了。既执行了政策，又没有引起负面影响。

后来，这件事在镇上的大会上被当成一个典型表扬。领导说，别个村我们去搞计划生育，人家不给好脸色，到水头上村，人家还给酒喝。

在尊老爱幼方面，我也是做得比较好的。杨凤明，你应该有印象吧，死了没几年。他是苗族，无儿无女，有间土墙房，生活特别困难，自己生不了火，大多数时间都在我家吃。他死后，你五奶还给他缝了寿衣。

杨凤明有一点菜地，三分左右，他死后，村里看我一直照顾他，他又没有后人，就把那三分土地承包权划给我家了，说是充当一点杨凤明生前我照顾他的补贴。

当时当村干，还有一项工作最难开展，收取农业税费。我记得我当大队会计时，一次和大队长罗少文去雁鹅田小队收税费，几个女人凑上来问："你们给我们做了什么，要来收我们的粮食？"

这个问题确实不好回答。我开玩笑说："给你们做了什么都不记得了？你们的计划生育不是我们搞的吗？要不然，不晓得你们老公要让你们生几个。"我用这样幽默的回答，化解了一场尴尬。

几个女的一听，哈哈大笑说："给他了给他了，他们也不容易。"

那个时候的税费，是按土地承包人口来分配。一个人口一年七八斤粮食，三七分，小队得三，大队得七，村干部没有工资，这就是村干部的工作补贴。所以，能收到税费就有一些收入，收不到就白干。有些不交，也没有办法。

2001年，我才领到国家发的工资，每个月实际上到手21元。现在当村干部，比我们那时候强多了，一个月有几千块钱的工资。工作重点也和我们那时候不一样了。2006年后，国家全面取消农业税征收政策，国家对农村是少取放活，每年还有大量惠农强农政策，村干部的主要任务是落实这些政策。

无论时代怎么变，工作内容怎么变，在农村搞工作，你只有把群众当亲人，群众才会把你当自己人。

从五爷家出来，已是夜里10点，春节期间，村庄像庆祝生活在四面八方儿孙回家那样，吵闹声、欢笑声此起彼伏，异常热闹。

"你只有把群众当亲人，群众才会把你当自己人。"五爷这句话在我耳边久久回响。

乡村社会基于血缘关系、道德传统、日常互助等因素而凝成的团聚力非常强，作为村干部，李隆杰谙熟村庄的运行机制和逻辑，他利用熟人社会中的道德力量，德、法、礼并用，使乡村治理达到一种春风化雨的效果。

乡村治理是国家治理的基石。然而，我们看到，在不少地方，乡村治理体系和治理能力现代化水平还不高，乡村治理需要破解的难题依然不少。

今天的农村已经不再是李隆杰那个时代的农村了，农村发生的深刻变化前所未有，农民的思想观念、价值取向、利益诉求日趋多元。这些因素，导致乡村治理面临不少的困难和挑战。

作为村干部的李隆杰们，虽然职位低，但却是党和政府联系群众的桥梁和纽带，但愿李隆杰的治村心得能给更多村干部一些启发。

【尾声一】

人的振兴

本书到这里，我呈现给您的是一个正在发生着巨大变革的水头寨，她最显著的变化是大多数农村青壮年离开村庄，结果是导致了长期保持稳定状态的乡村社会被打破。

农民进城，对于农民家庭及推进农村城镇化当然是好事。不过也要看到，青壮年离开村庄对于农业农村发展和乡村社会治理的影响。法国著名社会学家孟德拉斯在经历了19世纪中叶法国乡村社会所发生的剧烈变革后，在其著作《农民的终结》一书中写道："农村中青壮年劳动力的流出，同时意味着乡村社会丧失了最具素质的人力资源和未来发展的希望，如果他们不再回来，那么留守乡村的老年人只能延续之前的生产方式，而无法给农业生产注入最新的观念和技术。"中国学者贺雪峰认为，"年轻子女进城务工经商，年老父母留村务农"这样一种"以代际分工为基础的半工半耕"家计模式的出现，造成了农村空心化，使之前维系农民基本生产生活秩序的社会结构开始瓦解。在传统的维持村庄基本生产生活秩序的力量弱化甚至解体，而又没有别的力量来接替时，农村社会就出现了各种问题。

今天水头寨面临的各种问题，根源主要在此。

当今中国乡村社会正出现重大变局，一些变革甚至最为深刻，也最为重大。在这一背景下，乡村会消亡吗？农民会终结吗？乡村会向何处去？

"没有农民的世界将是一个怎样的世界呢？"孟德拉斯在《农民的终结》一书的结尾，就有过这样深沉的发问。

在中国，随着工业化、城镇化的推进，一些村庄的消失是历史客观规律，但在城镇化率刚刚超过50%的当下，还不是讨论"农民的终结"的时候。即便在不久的将来，城镇化率大幅提升之后，农村依然还会居住着大量的人口，会是"中国现代化稳定器和蓄水池"。

乡村振兴已成为国家战略，乡村振兴，人才是魂。让农村远离荒芜和留守，关键要看乡村有没有人气，能不能留得住人才，农村人口结构能否优化。就像作家阿来说的那样："我们应该是要留下一些有文化、有体力、有智力还懂得经营的人，才能够更好地经营乡村。"

解决乡村振兴的人才支撑问题，就当前来说，个人有一些浅见，下面三种情况可能是解决之道：

一、造就更多乡土人才

这些年，我不断穿梭在各地农村采访，在一些地方发现了这样一个奇怪的现象：乡村振兴，农民本应该唱主角，然而，在一些项目建设过程中，不少地方却是政府或者其他外来投资者在唱独角戏，别人干得热火朝天，本村农民反而缺席，甚至漠然旁观。

修桥铺路、产业园建设……农民都受益了，但在这进程中，也有一些农民没有成为建设的主体。

乡村振兴依靠谁？面对我的疑问，一些地方也犯难，他们面临的最大问题是：农村缺乏劳动力。

必须承认，当前，农村劳动力在持续减少，农村"三农"工作队伍人员不足。农业部原副部长陈晓华曾坦言："仅靠留守的老弱妇孺，乡村振兴肯定搞不好。"

不过，也有个欣慰的现象，我通过对水头寨等多数村庄的采访，发现也有一些乡村不全是"老弱妇孺",几乎在每个乡村,因子女教育、老人赡养、技艺传承等需要,都留下了一部分生产能手、乡村工匠、文化能人和"非遗"传承人等年轻人,他们是农村的存量人才。

有这么一个例子:2017年,我到云南省怒江傈僳族自治州采访,在怒江大峡谷一个叫老姆登的怒族聚居村庄里,遇到了一个叫郁伍林的农村致富带头人。作为直接由原始社会跨越几种社会形态过渡到社会主义社会的"直过民族"地区,很长一段时间,老姆登村里的每个家庭几乎都是一个自给自足的经济实体,他们在怒江两岸贫瘠零散的土地上,从事着简单的农业生产,从依存的自然环境中获取生活资料,在几乎与世隔绝的封闭环境中生存下来,生活极其困难。

依靠雄、奇、险、秀的峡谷风光和独特的人文风情,21世纪之初,怒江傈僳族自治州吸引了一些背包客。2001年,郁伍林利用自己闲置的房屋开设了一家客栈。

郁伍林是一名怒族男子,作为"直过民族",怒族没有经商的传统。在他开办客栈前,他所在的老姆登村,直接从事商业经营的现象从未出现过。

经过近20年的苦心经营,郁伍林的客栈逐渐壮大,从最初一家客栈8个床位发展到2018年拥有两家客栈60多个床位,郁伍林一家的年收入超过30万元。

郁伍林的客栈越做越火,在郁伍林的带领和示范下,仅有千余人的老姆登村在几年间相继建成了20多家客栈,2017年全村总收入约360万元。

游客来了,火爆的不仅是客栈。卖茶叶、卖蘑菇……村民通过将山地资源商品化,获得了参与市场的机会,实现了脱贫致富。郁伍林也被当地选树为致富典型,不仅经常现身说法,而且有机会到全国很多地方考察学习。

我在怒江时,在郁伍林家住了几天,因为我是一个人,没有请他们单独为我做饭,而是每天和他们一家共进三餐,我想以此走进一个怒族家庭的日常。

郁伍林在村庄的威信很高，源于他对村庄带来的改变。老姆登村风景特别美，她背靠碧罗雪山，与高黎贡山的"皇冠山"遥相呼应，怒江从她脚下流过。

在老姆登村，我常常陷入沉思：中国的每一个村庄，基本都有类似郁伍林这样想干一番事业的人，但不是每个村都像老姆登那样幸运。

这些没有外出的年轻人，无论由于何种原因坚守在村里，都是村庄的宝贵资源，需要从政策、资金、技能培训等物质上给予他们支持，从身份上给予他们尊重、认同，才能调动这部分存量人才的积极性，从而造就更多乡土人才，以此激活乡村振兴的内生动力。

二、吸引外出青年回流

乡村要振兴，关键是要改变人才由农村向城市单向流动的局面。熊培云认为，在城市化、现代化背景下，农家子弟大量进城，此为大势所趋，然而这并不意味着必然导致乡村衰败。问题的关键在于有一个良性的回流，而不是止于"单向流动"。

吸引本乡本土在外经过历练的优秀人才"回流"，助力家乡的振兴，正成为一些地方推动农村发展的选择。2018年年初，我随全国民族地区精准脱贫参观团到河南省南阳市镇平县郭庄回族乡参观考察，瞄准东南沿海新一轮产业转移的机遇和农民工返乡创业逐渐增强的意愿，郭庄乡建设了返乡创业园，用公共孵化服务和优惠政策，吸引了不少在外务工多年的郭庄人回到了家乡，投资办企业。

曾经孔雀南飞，如今引凤还巢。

实际上，不仅是河南，包括贵州在内，近年来，很多地方都搞起了"回归工程"。据农业农村部的统计，截至2017年，我国各类返乡人员已达700万，其中返乡农民工比例为68.5%。

经过在城市里多年打拼，很多农民工相对有经验、有见识、有技术、

水头寨里的"另一半中国"

有门路,也积累了一定的资金,更为重要的是,他们对家乡有感情。可以说,在农村的各类人才中,农民工返乡创业人才最为重要。特别是那些在外面已经小有所成,并拥有一定事业基础的农民工,他们回流,不仅是人才回归,还是企业回迁、资金回流、信息回传,能使优质资源回到乡村,惠及乡村。

2018年中央一号文件发布后,在国务院新闻办就乡村振兴举行的中外记者见面会上,浙江省德清县委书记项乐民举了一个例子:德清县西部有一个仙潭村,过去偏僻的穷山沟近几年发生了很大的变化。在"洋家乐"的带动效应下,山清水秀的仙潭村迅速成为民宿经济的集聚区。现在仙潭村共有民宿120家,其中80%是由返乡创业人员开办的,他们一年当中能够为村民带来各类收入近千万元。

农村有希望,农民工有需求,那为什么还不能在更大的范围内做到"两情相悦"呢?问题主要有两方面:一是政策。很多地方在吸引农民工返乡创业的行业准入、行政审批、税费减免、综合服务等政策跟不上;二是返乡创业的农民工自身的局限。我曾经遇到过这样的返乡农民工,他们把外地农业项目生拉到本地,但由于气候环境等不适应,创业失败。

这些问题揭露出的既有创业主体自身能力和条件的限制,也有公共服务、创业指导等方面的欠缺。

因此,吸引走出去的农村青年回流,一方面,要通过优化返乡创业体制机制环境,打造良好创业生态系统,出台相关扶持政策,召唤优秀青年农民工回乡创业。围绕农民工返乡创业面临的场地短缺、基础设施不完善、公共服务不配套及融资难融资贵、证照办理环节多等突出问题,政府要做好服务平台和服务能力建设,使更多返乡创业人才享受到公共孵化服务和政策优惠,释放出创业创新的巨大能量。另一方面,要积极与返乡人员进行信息对接,结合返乡人员自身优势和特长,根据市场需求和当地情况,对他们进行创业指导和培训,帮助他们选择符合本地实际的创业项目。农产品加工、农村电商、休闲农业和乡村旅游等领域,都是返乡人员发力的方向。

当青年一代愿意留在农村广阔天地大施所能、大展才华、大显身手时，乡村何愁冷清。

三、让告老能还乡

2017年3月间，我回到贵州老家的那一天，村里人正在过"三月三"节。

李成兵也从县城赶回家过节，他从村里走出去，当过乡长、县林业局副局长等职，是村民口中名副其实当过官的人。前几年，虽没有到退休年龄，但由于工作的需要，他退居二线，不再担任领导职务。在县里，类似他这样的人，有个称呼叫"解非干部"。

李成兵告诉我，县里这样的干部几乎每个单位都有，全县加起来，"解非干部"数量庞大。这些曾经的领导干部，现在去单位，一般不再安排具体工作。而他们，自身还具有一定的精力、能力和资源，也愿意回到家乡发挥余热。

那天，当我们谈起农村人才外流问题时，李成兵让我向更高层面建议：打通公职人员回乡的通道，引导吸引城市人才向乡村流动。

实际上，类似问题有些地方已经在探索了。2018年四川省委一号文件提出，将统一研究制定管理办法，推行"岗编适度分离"新机制，建立急需紧缺人才援助机制，允许符合要求的公职人员回乡任职。这个乡，主要是原籍乡村一级。

在古代，"告老还乡"是官吏遵循的一种文化传统，它体现了浓厚的家国情怀。有人甚至认为，"告老还乡"是具有浓郁中国特色的一种退休制度。

在我国的历史上，"告老还乡"的乡贤带来一方兴旺的案例比比皆是。今天，如果退休干部、知识分子和工商界人士等"能人"可以返乡，成为新乡贤，在乡村治理中将会产生积极作用。他们不仅能够引领乡风民

水头寨里的"另一半中国"

俗,还能够发挥其所长,带动一方经济社会发展。

"告老还乡"这几年成为一个热门话题。2019年全国两会期间,全国政协委员敖虎山向大会提交了题为《建立现代"告老还乡"制度推动乡村振兴战略》的大会发言。敖虎山认为,鉴于我国每年有大量的公务员、各领域的专家学者和不同行业的企业家退休,他们中的部分人也愿意回归田园生活,在故乡的土地上继续发挥余热,那么在政策层面上建立现代"告老还乡"的制度,为乡村振兴开辟一条新的路径就显得尤为重要。在敖虎山看来,"告老还乡"不仅能让农村受益,也能使每个参与者更好地实现人生价值,让更多的人有幸福感和获得感。

无独有偶,全国政协委员刘木华也向大会提交了《让告老返乡的文化传统在乡村振兴中焕发生机》的发言,他认为,"告老还乡"实现了宝贵的人才资源从乡村流出到返回乡村的良性循环。但是,这种文化传统在我国过去几十年的发展中已不再传承。随着时代的发展,特别是改革开放过程中,大量农村人口进入城市发展,成为各类公职人员、党员干部、专家学者、工商企业界人士等,这些人在城市退休后大部分都不能再被社会充分利用,浪费了资源,然而当前现实又使这些人很难回到农村。这种人才资源只能单向从农村流向城市的情况也间接造成了当前大部分农村的人才、文化、管理、组织等全面落后和凋零。

当然,无论是哪一类人才,要想激励他们在农村广阔天地大施所能、大展才华、大显身手,都需要完善的公共基础设施、健全的工作保障制度、充足的发展空间。

我们有千万个理由可以相信,农村不会消失,农民也不会终结。正如熊培云所观察到的:"无论是现在的英国、美国、法国还是其他许多完成转型的国家,乡村并没有随着现代化进程而隐退。在那里,乡村依旧广阔,像大地一样安放城市,让生活在城里的人们不因走得太快而丢掉灵魂,不因走得太远而忘记因何出发。"

以欧美国家经验来看,后工业时代,农业逐渐得到重视。在欧洲国家，能够拥有或租赁一片属于自己可以自由支配的土地，已经成为继汽车、房子时代之后的一种新的财富和地位的象征。

孟德拉斯在《农民的终结》出版20年的跋中，追补了乡村社会的复苏："10年来，一切似乎都改变了：村庄现代化了，人又多起来。在某些季节，城市人大量涌到乡下来，如果城市离得相当近的话，他们有时甚至会在乡下定居。退休的人又返回来了，一个拥有20户人家和若干处第二住宅的村庄可能只有二三户是经营农业的。这样，乡村重新变成了一个生活的场所，就像它同样是一个农业生产的场所。……乡镇在经过一个让人以为已死去的休克时期之后，重新获得了社会的、文化的和政治的生命力。"

中国的农村，正在孕育类似的变化，而且在一些地方已经出现……

【尾声二】

父亲、老屋

本书一开始，我以对往日生活的追思开篇，接着呈现社会转型过程中水头寨人的生活和生存状态。

我写乡亲们的命运变迁，也零零散散提到父亲。父亲的命运用"变迁"来形容，太轻薄了。

我原本计划用《人的振兴》一篇作为本书的尾声，以其为本书画上一个句号，也表达我对乡村未来的思考。

2019年10月2日，在本书绝大部分已经写作完成的时候，我再次回到故乡。听到了关于老屋的故事，再次感受到父亲的沧桑。我才明白，老屋见证了水头寨百年历史，而父亲则见证了水头寨的时代变迁。

请允许我，再写一写我的父亲和老屋，并以此为本书收尾。

一、父亲

咔嚓。趁父亲不注意，我按下快门，给他拍了张照片。

他坐在一张塑料凳子上，凌乱的头发已经花白，没有光泽的脸上爬满了皱纹，眼里无神。

照片是偷拍的，他既没有笑，表情也没有正儿八经拍照时那样僵硬。这是父亲正常的模样。

灰色基调的照片中，窗台上摆放着弟弟女儿的一只黄绿色相间的水杯，这个水杯，给这张照片带来了一丝活力。也唯有这只水杯，外人才能看出，这家的孩子们回来了。

这一天是 2019 年 10 月 2 日。国庆假期，我休假回家看望父母。头一天，我到了六盘水，与弟弟一家以及在弟弟家带孙子的母亲会合。然后，我们再一起回到水头寨。

这些年，只要我休假回家，弟弟都尽量带着一家人陪我回家住上三两天，我们都珍惜这些短暂的相聚时光。

前文提到过，弟弟前几年有了孩子之后，母亲进了城，住到了弟弟家，带孙了去了。一直不愿意离开老家去城市生活的父亲，成了留守老人，一个人看守几间空荡荡的房子。只有逢年过节，或者我们休假回家，这家，才有往日的人气；父亲，也才能享受到短暂的家庭温暖和天伦之乐。

"拍照不给我先说一声。"父亲微笑着抱怨。

父亲一直希望我给他拍一张照片，说是等他过世时，作为遗像放在棺木前。

我一直没有满足他的愿望。一来，我还接受不了父亲和我谈论死亡这个沉重而遥远的话题；二来，每当相机镜头对准他时，他会条件反射一般，一下子就收紧身子，表情瞬间凝重而僵硬。我不想留下这样的照片，那不是父亲日常的样子。

秋日里的阳光，暖暖的，不似夏天般炎热。母亲忙里忙外准备晚饭，弟弟 2 岁多的儿子拿着一把玩具枪，在院子里踉踉跄跄地边跑边喊："冲啊！冲啊！"另一间屋子里传来弟妹的声音，她有个电话要接，让弟弟赶快去看着女儿。

父亲高兴地看着这一切，这个很日常的家庭画面，对他来说太珍贵了。

我不时偷瞄一眼父亲，看到已经走向衰老的父亲，思绪万千、百感交集。想想父亲这一生，是多么的坎坷，一直饱受折磨：贫穷的折磨、饥饿的折磨、疾病的折磨、孤独的折磨……

父亲属马，1954 年在水头寨出生。爷爷先是娶了一房媳妇，也就是我的大奶奶，大奶奶生了两个儿子之后因病过世。爷爷后来娶了我的奶奶，奶奶生了 4 个儿子。所以从爷爷那边，父亲在家排行老三，从奶奶

水头寨里的"另一半中国"

这边,则排行老大。

父亲出生的年月,正是中国最困难的日子,特别是在农村,很多人家连饭都吃不饱。

家里人口多,爷爷家生活更加拮据。饥饿是父亲童年最深的记忆。

到了上学年龄,父亲终于背着书包进入了学堂。然而,好景不长,一年级刚上了半学期,父亲就被爷爷叫回家种地了。

父亲不下50次遗憾地给我说过这件事:父亲天资聪颖,书本上的知识老师讲一遍就懂了。然后老师就去别的班上课,是父亲带领小同学们读书、写作业。爷爷把父亲从课堂叫回家后,老师曾无数次到家里来劝说,希望爷爷再次把父亲送去读书。遗憾的是,父亲终归没有再继续求学的机会。他们弟兄,唯有父亲没有真正上过学。

父亲十来岁,家里的日子一天不如一天。幼小的父亲开始分担养家糊口的重任——背煤卖。

家乡产煤,父亲就和大人们一起,把煤背到大山之外遥远的地方去卖,以便换几个钱。

在父亲的记忆中,这是最艰苦的一段岁月——贫穷、劳累、饥饿。

每天天还没有见亮,父亲就和大人们背着煤炭开始赶路了。翻山越岭三五个小时后,找到一户户人家把煤卖掉,然后,空着肚子再回家。饥饿难耐,就喝路边的水。父亲说,他的命是路上一条条沟渠里的水挽救的。

在劳累与饥饿交迫中,父亲捡回了生命,也逐渐长大成人。

到了谈婚论嫁的年龄,父亲看上了母亲。

父亲和母亲还有一层关系,父亲的爷爷和母亲的奶奶是亲兄妹。父亲家穷,母亲不同意这门亲事。

母亲常给我说起,她当时下了决心不同意嫁给父亲,只要父亲去外公家,母亲就约上几个闺密,带上盘餐到山里的洞中去躲,不见父亲。直到知道父亲离开之后,她才回家。

然而,外公和大舅舅认定了父亲。特别是外公,由于与爷爷之间的亲戚关系，他见证了父亲的成长，了解父亲的能力和为人。

父亲这个"潜力股"得到了外公和大舅舅的鼎力支持，在"婚姻大事，父母之命"的年代，母亲遵从了这个古训，不情愿地嫁给了父亲。

父母在70年代结了婚。婚后第三天，他们就和爷爷奶奶分家了。父母从爷爷奶奶那里分到的，是几只土碗和几十斤粗粮，这是他们全部的家当和生活资料。

分家之后，父亲用800元钱向爷爷买下了我的高祖父修建的一座房屋，这就是我家现在的老屋。

老屋依山而建，两面木墙，两面土墙，杉木门窗，屋顶是用山里的茅草搭建的。房屋原本五间，大伯分了两间，剩余三间给父亲。

在外婆家的帮扶下，加上父母的勤劳，我们家的日子逐渐有了好转。

父母住的老屋，经了近百年历史，在风雨的吹打中，摇摇欲坠。特别是两面土墙，泥土一点一点地往下掉。

父亲成家后做的第一件大事，就是加固老屋。他用支架支撑起了房顶结构，推倒了两面土墙，再修建起石墙，家越来越温暖，越来越像家。

国家的政策越来越好，父母在村里的日子逐渐过得"人上人"。这期间，姐姐、我和弟弟相继出生，一家人的日子，不算富裕，但也不贫穷。

父亲勤劳、能干，他是家里的顶梁柱，为我们遮风挡雨，带给我们温馨和安全。在我的心中，父亲是最坚实、最高大的靠山。我们一家，很享受这样平凡的日子。

天有不测风云。1993年，一场大难降临在父亲身上。一天，奶奶家的牛在山上摔倒，众人帮忙。在忙乱中，父亲摔了一跤，膝盖的半月板磕碎成3块。

父亲卧床不起。这时，10多岁的我还帮不上什么忙。第一次觉得家里的顶梁柱倒了，一家人六神无主、手忙脚乱。

父亲没有去医院，这种伤情，至少得去县医院。我记不清楚当初家人是怎样商量的，父亲最后决定在家里接受一位农村赤脚医生的治疗。

说是治疗，其实是父亲硬生生地扛了下来，让时间去治愈伤痛。3个

水头寨里的"另一半中国"

多月过去了,父亲下了床,但半月板并没有弥合,他从此走路一瘸一拐。

父亲不能干重活,再加上家里3个孩子上学的负担,我们家一下子又陷入了贫困。

其实,父亲的病还不止这个。由于年轻时过度透支身体,他患有很多病。特别是内脏里的每个器官,几乎都是有问题的。

1996年左右,父亲的身体每况愈下,人一天天消瘦下去。这一年的暑假,父亲逼着我和他修一间新房。

老屋其实很小,占地面积不过70多平方米。一间是父母的卧室,一间是厨房、客厅兼我们的卧室;另外一间是堂屋,按规矩,不能当卧室用。

眼看我们姐弟仨逐渐长大,都需要一个单独的空间,母亲念叨着再修两间新房。

父亲一直没有答应母亲修房的事,在他的规划中,等条件好了,再修几间像样的房子。

1996年的夏天,他突然要修房。而那一年,是他病情最重的时候。

烈日炎炎,我和母亲给他当小工,父亲一个人,一块砖一块砖地往上砌,没日没夜地赶工期。支架上,他不断咳嗽,干一会儿休息一会儿,有时候,连接一块砖都非常吃力。

我非常不解,为什么父亲要在这个时候给身体雪上加霜?一天,吃过晚饭,父亲喝了二两酒。看着我和弟弟,他突然告诉我:我可能不行了,得抓紧时间给你和你弟弟一个人修一间房。如果我不在了,你们长大后连房子都没有,上哪里去找媳妇?

我顿时明白了。我劝告不了父亲,整个假期,我没有再抱怨一句,只是默默地为父亲和泥、提水、运砖……做我能做的,也努力去做我不能做的。

幸运的是,父亲的身体慢慢好了起来。

父亲依然没有放慢脚步,为了供我和弟弟读书,父母尝试过所有农村能赚钱的活路,在干好农活之余,酿酒、磨豆腐、做土火炮……全村人都知道,一年365天,我家几乎没有一天是休息日。

尾声二

父亲与母亲不同，母亲话多，对我们一个错误会唠叨半天。父亲严厉，对我们不多言。在农村生活，他信奉"棍棒出能人"，我们做错事或者不听话就要挨打。

印象最深的是每天早晨起床，母亲每隔几分钟就到我的床边叫一次，母亲走后又睡着。无奈的母亲边干活边念叨。但是，父亲不一样，他只喊一次，如果还不起床，第二次拉开被子就上手。

母亲摸准了这个套路，再来叫我们起床的时候，总要加一句："你爸来了哈。"听到这句话，我多半是一翻身就起床了。尽管多次起来都没有见到父亲，但是却不敢怠慢，谁知道他会不会真的来呢。

和父亲产生矛盾是在上初中时，青春期的时代。我老是觉得父亲不理解我，父亲说的是错的。

父亲不解释，想必，他也不知道怎么对付青春期的孩子。

我深刻感受到父亲对我的爱，是在毕节上高二的那一年。本书第一章交代过，初中毕业后，我到毕节地区民族中学上了高中。去学校报到时，原本父亲是要送我去的。但是，一个同学的舅舅用他的车送我们去报到，我搭了便车，父亲就没有送了。

当时的毕节，是一个地级市的首府。对父亲来说，连县城都很少去，更没有去过这么远的地方，这么大的城市。

高二的一天，我生病了。其实也不是什么严重的病，多半是由于学业紧张造成的神经衰弱。从医院开了一些药，我就回学校上课了。当天晚上和父亲通电话，我给他说了这事。电话那头，父亲简单交代了几句就挂了。

第二天下夜自习，当我回到宿舍时，看见父亲坐在我的寝室里，我惊呆了。一个不识几个字、不常出门的农民，怎么找到我的学校？找到我的寝室？

父亲很坦然也很得意，他告诉我，接到我的电话后，母亲和他都很担心，父母商量，要亲自到学校看一看实情。第二天，他先从家走到了镇上，再从镇上坐车到县城。到县城打听到去毕节的车，然后就坐上这车到

水头寨里的"另一半中国"

了毕节。

我还是很惊讶。我们学校位于毕节郊区,离客车站很远,从纳雍到毕节,只要坐对车,倒也简单,那从客车站怎么到学校呢?

父亲嘿嘿一笑,不忘记见缝插针教育我,"人在外面混,全靠一张嘴。"

原来,父亲下了汽车,在城市里几乎逢人便问道。他总结出了自己摸索出来的经验,不要问那些穿戴时髦的城市人,而是要问在城里干活的乡下人,比如清洁工,他们多半熟悉这个城市的道路而又同情同是乡下来的人。

父亲就像《平凡的世界》里孙少安到黄原城寻找弟弟那样,先礼貌地给别人递上一支烟,然后得到了一段一段正确的路程答案,直到找到学校。

当晚,父亲和我住在寝室里。我们睡在我的小床上,十分温馨。一想,我已经10来年没有和父亲同睡一张床了。

第二天,看我真无大碍,父亲就回家了。至此,父子之间的矛盾解开了,我也认识到了父爱的无声和深沉。它像一杯清茶,初品时带点苦味,却是回味无穷,沁人心脾。

这期间,父亲小补小修,陆续在老屋的一旁,修建了三间砖混结构的水泥平房。

后来,弟弟又上了高中。一来家里的钱都要集中起来给我们读书,二来他看到我们可能不会再回到老家,就停止修建新的房屋。家里的房屋格局基本定了下来——老屋外加三间平房。

又过了10多年,我和姐姐、弟弟相继有了自己的工作,也都在城市安了家,父亲可以享受幸福生活了。当我认为一切都迈上了正轨时,真正的大难降临在父亲的身上。

2011年8月8日,父亲在出卖劳动力时,从正在修建的房屋支架上摔了下来,造成了L1椎体爆裂性骨折(A3型);T8椎体压缩性骨折;骨盆骨折。

这是一次致命的打击。

那时，我的儿子还有 3 个月就要出生。父亲让我不要回去，在家里照顾好老婆。我让弟弟专心照顾好父亲，我来负责外围所有一切，我四处借钱，托人请医……

那段时间，我整夜整夜难眠，一次又一次捂着被子放声大哭。人的命运，难道真是上天注定的吗？那父亲又是怎么得罪了上天，非得一次又一次惩罚他？

生活，芜杂难言。

弟弟告诉我，父亲进入手术室的那天，泣不成声、声泪俱下，他害怕一去再也见不到他的孩子们。

父亲不让我回去，其实，父亲最希望我在他的身边，但他知道，钱和医生也都需要我去解决。后来我后悔了，这是我一生最愚蠢的决定。

再次见到父亲时，是春节带着孩子回家。这时，父亲已经出院，能够站立起来。不过，他的腰已经挺不直了，他佝偻着身体，一下子衰老了很多。

父亲是个要强的人，他曾经也是村里的风云人物。这次打击，不光是身体上的，还有精神上的。他的腰靠两块钢板勉强维持活动，失去了往日的风采，也失去了往日的笑容，父亲再也没有恢复以前那种生机勃勃的精神状态。

这些年，父亲不愿意多出门。一个人守着老屋，静静地等待时间流逝。

我能做什么说什么呢？唯有常回去看看他。歌手崔京浩在电视剧《咱爸咱妈》片尾曲《父亲》中唱道："山里孩子往外走，想儿时一封家书千里写叮嘱，盼儿归一袋闷烟，满大数星斗。都说养儿能防老，可儿山高水远他乡留。都说养儿为防老，可你再苦再累不张口。儿只有轻歌一曲和泪唱，愿天下父母平安度春秋……"

愿父亲平安度春秋！愿天下父母平安度春秋！

二、老屋

给父亲拍的那张照片，背景就是我家的老屋。给父亲拍完照，我又

水头寨里的"另一半中国"

以老屋为背景,让弟弟随意地给我拍了几张。

这时,母亲从房间走出来,见我们对着房屋拍照,又开始念叨了:"早就给你们说,把它拆了,重新盖一间。"

拆还是留?这几年,每年回家,围绕老屋的去留问题,我们都要讨论一番。

母亲主张拆了重建,一来是随着孙辈们的出生及长大,逢春节等节日大家一起回家时没有地方住;二来是觉得别人家都住上了新房,脸上无光,怕村里人笑话。

老屋坐落在村子的中央,这些年,周边相继修建起了新式的砖混墙体的楼房,衬托着老屋的沧桑。特别是堂哥家的三层洋气楼房与老屋相连,更显老屋的破败。

我不是没有考虑过母亲的意见,而是存有一些私心:水头寨300年的历史,这老屋几乎见证了一半。目前,它是村里历史最古老的房屋。虽然历经百年风雨的洗刷,但老屋有两面墙的主体结构、设计风格依然是保存着当初的模样。

老屋是一栋传统的木质结构房子,以前,四面墙都是木结构,祖辈们用精湛的建筑造诣留下了这个杰作。房屋采用穿斗式结构,不用一钉一铆,无论梁、柱、枋、板、椽、檩、榫,都是木材加工。凿榫打眼,榫卯连接,大小条木,凿木相吻,整栋房屋结构精密,牢固、耐久,历经百年屹立不倒。

后来,两面朝阴的木墙在风雨的吹打中逐渐腐烂,祖辈们用土墙代替。房子到了父亲的手中,他又用石墙代替了土墙。另外两面朝阳的木墙,得以保留。不过,它依然写满了时光的痕迹。

20世纪90年代,父母把房顶的茅草换成了小青瓦,老屋融入了现代元素。如今,老屋老了,锈迹斑斑,房顶小青瓦和椽条在一点一点地往下掉。屋顶开始漏雨,父亲无奈,在漏雨处用塑料纸铺盖一层又一层。

每当母亲念叨拆掉老屋的时候,我就给她说:"这老屋就像你和我爹,三间新房是我们姐弟仨,无论我们走到哪里,都不会忘记这个家,也不会分离。"母亲一笑，又说我在骗她。

其实母亲不知道，这是我真实的想法，风雨飘摇的老屋容纳了光阴里的许多故事。

老屋用将近150年的光阴，养育了一辈又一辈人，见证了几代人的悲欢离合、风风雨雨，见证了父辈们的成家立业，孙辈们的出生成长。在炊烟袅袅中，生生不息。

老屋承载了很多记忆，我出生成长在这里。站在老屋前，我就会想起童年的时光。小时候，父母常常忙得没有时间管我们。他们早出晚归，一出门几乎就是一天，姐姐带着我，在屋檐下玩耍，困了就席地而睡，等待父母回家，这是全世界最温馨而安全的港湾。

老屋的堂屋常常是全家人集体干活的地方，我记得，最北一个角落上，放着一方石磨。那个年月吃不上大米，家人要把一粒粒玉米放进石磨，碾成玉米面，然后做饭吃。

推磨这个事，我在刚刚有磨盘高时就参与了。父亲不在家时，母亲一人转动不了沉重的磨盘。于是，我就拉来一个木凳，站在木凳上帮妈妈推磨。边推磨，妈妈边给我说话，很多做人的道理，都是妈妈在推磨时教给我的。

堂屋正中间的墙上，挂着一块"天地君亲师"的牌位。天、地、君、亲、师是族人祭拜的对象，它寄托着族人对天地的感恩、对君师的尊重、对长辈的怀念之情，这也是族人敬天法地、孝亲顺长、忠君爱国、尊师重教价值取向的体现。

因为供奉着这块牌位，堂屋是家中最神圣和庄严的地方。逢年过节，父亲都会到这里来，先供奉天、地、君、亲、师，一家人再开饭。

牌位上方偏左的位置，挖出了一方小小的洞，供奉着一个形似马灯一般的"五显坛箩"，这是族人原始宗教信仰——信奉五显。

这个"坛"由父亲分给儿子，每一个男子成家，都会从父亲那里分一个"坛箩"。听族人们说，族人信奉五显的方式，在明代中期以前是庙祭，祭祀时间是每年农历9月26日至28日，每年举行一次，叫作"五显会"。因明初辗转迁徙，没有办法参加集体祭祀活动，明代中期产生了分立五显坛的事，先辈们开始把五显神接到家中供奉。从此，庙祭改为家祭。

实际上，小小"坛箩"，装着族人对家乡及亲人的怀念。直到今天，族人经过世代繁衍，辗转流徙，家乡的记忆已经荡然无存，但仍将"五显坛箩"这一精神寄托保存了下来。

我们的卧室兼厨房，是进门后的第一间屋子。一笼熊熊燃烧的大火，长年累月不熄灭。每一个夜晚来临，一家人围着这笼大火，吃饭、聊天……欢声笑语久久回荡。

后来，家里先是在老屋旁边修了一间新房。姐姐长大后，那里成了她的闺房。姐姐出嫁后，我搬到了姐姐的房间，父母依旧住在老屋。原先我们的卧室兼厨房，成为专门的厨房。

百年间的烟熏火燎，屋子里黑漆漆的。父亲每隔一段时间，就用一张张报纸糊在墙上，把家里装饰一新。

离开家后，老屋成了我心的归宿。就像作家周克武在《老屋》一文说所写的那样："这一辈子，不管自己身居何处，在我的潜意识里，只有走进乡下的那栋老屋才叫回家。"

老屋在，魂就在。不管离家多久多远，它让我的心中始终有一个念想——有一个叫家的地方在等着我。

老屋虽然老了，但每次回家，坐在老屋里，总想起水木年华那首《老屋》："亲爱的老屋，不大的窗户。阳光洒进来，告诉我日落日出。门外的小树，是爱的礼物。你挑了一天的花布，来装饰我们的窗户。我亲爱的老屋，有你陪伴我的孤独。那时生活有点艰苦，爱是我们唯一的财富。会停电的小屋，常点起蜡烛，听一听老歌，时间就会停住。会透风的小屋，有快乐脚步，偶尔我们会正常，原谅我让你哭。我亲爱的老屋，有你陪伴我的孤独……"

不知道父亲是猜出我的心思，还是我们想到了一起，他从来不提拆除老屋的事。当我们劝他进城时，他总是说："我哪里都不去。如果我走了，老屋谁来管理？"父亲知道，一座房子只要没有住，没有了人间烟火的熏陶，三两年就真的残破了。要是变成那样，我们真的就没有家了。

这些年，我不再劝说父亲离开老屋。我逐渐明白，所谓孝顺首先要顺，父亲既然乐意守着老屋在村里生活，我又何必非逼着他去城市里饱受煎熬呢？

以前见到的都是聚族而居、累世同堂，父亲怎么也没有想到，在他的晚年，一个孩子都不在身边。想听一声"爷爷"的叫唤变得那么的奢侈、那么的遥不可及。

父亲得适应这个转变，适应一个人的生活，他学会了做饭，也学会了承受孤独。

前些年，父亲在老屋的前面栽了一棵桂花树，他又种了很多盆景围绕在桂花树的四周，百年老屋又焕发出新的生机。

……

"吃饭了！"母亲已经做好饭，张罗大家吃饭。我们各自提着一个凳子，进老屋吃饭。

饭桌上，弟弟的儿子伸出小手，要和我划拳，"五魁首、六六六……"这是他爸爸教的，是喝酒的拳法。爱酒的父亲忍不住笑出了声音，看小家伙认真样，大家也都笑了。笑声穿过老屋，飘荡在山村的夜里……

多么美的一幅画，老屋在，根就在；父亲在，家就在。老屋就这样静静地立在那儿，等待着我的归去……

【后记】

后疫情时代的"另一半中国"

一

就在本书即将出版时,新冠肺炎疫情正在全球蔓延。因为这场疫情,有些人、有些事,注定会被历史铭记。

每个人都是历史活动的参与者。此次新冠肺炎疫情期间,于我,在中国疫情防控最吃紧的初期,恰好回到水头寨,有了零距离观察疫情之下农村及农民生活的机会。而当疫情在全球蔓延之时,我又在北京,体验了城市疫情防控面临的"大考"。

我是1月24日(大年三十)从北京匆匆赶回水头寨的,算是迟到者。彼时,该回家的水头寨人,都已经回来了。

春节期间,访友、聚会、喝酒……尽管此时武汉已经封城,很多地方也按下了社会运行的"暂停键",但在这个处于大山深处的村庄,除了1月28日开始实施的封路措施对一些人的出行带来不便之外,疫情的影响似乎不大。

目前的事实也表明,人口高密度的城市是疫病爆发和传播的温床,地广人稀的乡村则是抑制疫病蔓延的地方。

疫情之下,返乡过节的农民工备受关注。由于数量庞大,又连着城市与农村,在这样的危机面前,他们的生存状态一定程度上关系到中国社会的稳定与健康。

春节刚过,起初,水头寨的农民工们还关心何时能够出发,返回上

后 记

班的城市。后来，看疫情防控形势越来越紧，大家也就踏实留下，过着"采菊东篱下，悠然见南山"的生活，享受与家人难得的相伴时光。

于他们而言，在农村，活动空间有广阔的自然与美丽的田野，而不像在城市一旦出不去，就得困在一个一个"鸽子笼"里。在家乡，他们住自己的房，吃父母兄弟种的菜，不用担心生活消费，没有经济危机，大不了撸起袖子重新回到土地上，生活依然可以无忧。

水头寨只是中国农村的一个缩影，面对这场新中国成立以来我国遭遇的传播速度最快、感染范围最广、防控难度最大的重大突发公共卫生事件，广袤的农村为中国在短时间里疫情防控取得重大战略成果发挥了自身独特的作用。

我们还看到，在这样的突发事件面前，农村的贡献还不仅是接纳和抚慰归乡游子这么简单，它还为整个国家应对疫情提供物质保障和安全支撑。

这就是"另一半中国"的价值，它是中国应对重大风险挑战的"缓冲带"与"安全阀"。经过这次疫情的考验，农村的优势再一次凸显。

农村这个大后方，为国家遭遇各种不确定性事件时，提供了广阔的决策空间。

二

当然，不是说农村就是世外桃源、无忧之地，拿这次疫情防控来说，农村在突发性公共危机方面的应变与治理能力、治理经验、治理效率等都远落后于城市。在本书中，我也记述了水头寨许多的萧条现象，这些都是发展、转型过程中不可避免的伤痛。

我在本书序言里说，写作本书，观察水头寨，是希望以一个个乡土故事，来呈现中国社会转型过程中普通中国人的生活和生存状态。后疫情时代，也许还要加一层意思，如何让乡村价值充分释放？

于我而言，写作的过程，是一次次心灵归乡的过程，一次次与父老乡亲隔着时空对话谈心的过程。

水头寨里的"另一半中国"

逃离在故乡这条路上,已经20余年。这些年,我借各种理由,以各种方式回到故乡,安放乡愁。

前段时间,我在"喜马拉雅"上听余秋雨讲解的《中国文化课》,余秋雨对文化有一个很短的定义,他认为:"文化是一种成为习惯的精神价值和生活方式,它的最终成果是集体人格。"余秋雨用一个跨国婚姻离异的例子来说明文化深层的本性,他认为这关系到一个人的安身立命。

我虽然在故乡生活的时间不到15年,但是,就是在这短短的时间里,建立了我看世界的方法,形成了我的思维方式、处事方式和精神价值,它们是我的文化气质。

这些年,虽然生活在城市,但当我遇到一些事情时,往往会依据乡村生活形成的价值认同去判断这个事的意义。

甘地曾经说过:"就物质生活而言,我的村庄就是世界;就精神生活而言,世界就是我的村庄。"故乡的一切,已经在我的身上烙下了深深的印记,成为了我身体乃至血液里的一部分。

这样一种心境,使我再次回到故乡时,会认为故乡已经不再属于我。

其实,故乡只是抛弃了"我",自己成长罢了,故乡不可能成为我记忆中的故园。

实际上,抛开文人式的乡愁,对比乡村的变迁,变是绝对的,不变是相对的,统一于乡村发展历史进程中。

拿水头寨来说,尽管她受到现代化的种种冲击,但我依旧看到,父慈子孝、长幼有序、诚实善良这些乡村优良传统作为村庄精神依然顽强而坚韧。

我要说明的是,我在书中讲述了水头寨的过去与现在,经历的欢乐与痛苦,特别是乡村社会的变迁与转型之痛,由此摆出的一些问题绝不是要抹煞农村改革发展取得的巨大成就,也绝不是要歌颂小农经济形态下传统农村的完美无瑕,而是希望引发一些思考:相对城市而言,农村是中国的另一半,随着乡村社会开放程度不断加深,人口流动愈发频繁,传统文化式微,处在转型时期的乡村社会如何治理更有效?城乡一体化

后 记

如何更加相得益彰？人们的生活如何过得更幸福？一句话，在城镇化加速推进的背景下，怎样振兴乡村这个"另一半中国"，才符合国家长远发展利益和战略安全需要。

三

酝酿本书，观察水头寨，我用了八年的时间。写作本书，从一个冬天开始，在另一个冬天结束，正好是一年；从北京开篇，在海南收尾，思考在路上。

本书的写作，学习并参考了一些前辈的研究成果，因篇幅所限，恕我未能一一列出，敬请谅解，在这里向各位前辈致以最诚挚的谢意。

我还要……

感谢故土，它赋予了我之所以是我的思维方式、价值取向和行为方式，无论在外人看来是好是坏，都已经融进了我的血液，成为了我生命的一部分。

特别是感谢故土的博大与无私，它给予了我一个无论走多久、走多远，都可以回得去的物质和精神的家园。

感谢过往，感谢每一次选择，每一次改变，每一次心碎，每一块伤疤，是它们让我更加坚强，更深地体会到生活的酸甜苦辣。过去无法重写，向所有的过往致敬！

……

要感谢的人和事还有很多，不再一一列举。在此鞠躬，致敬。

最后还有一句话：本人才疏学浅，斗胆出版拙作，书中存在各种缺点甚至谬误一定很多，恳请读者批评！

2020 年 6 月 2 日于北京